C. S. VATRA
ROYAL DAMAGE
WIR WERDEN DICH EROBERN

AF211908

C. S. VATRA

ROYAL DAMAGE

WIR WERDEN DICH EROBERN

Impressum

© 2024 C. S. Vatra

ISBN:
978-3-7597-5819-4

Verlag: BoD • Books on Demand GmbH, In de Tarpen 42,
22848 Norderstedt
Druck: Libri Plureos GmbH, Friedensallee 273, 22763 Hamburg

1. Auflage

Triggerwarnung

Hallo, Sweetheart.

Ich dachte, ich übernehme einmal diese lächerliche Warnung für dich. Ich meine, wer könnte sich denn von ›uns!‹ getriggert fühlen? Du wirst uns lieben, da bin ich mir sicher, nur möchte Vatra, dass ich dich vorher ein wenig aufkläre. Also, hier bin ich.

Mord, Tod, Gewalt, sexuelle sowie psychische Gewalt, Vergewaltigung, Folter, Misshandlung, Alkohol, Drogen und Zigaretten stehen auf der Tagesordnung. Ach so, und irgendjemand könnte eventuell Selbstmordgedanken haben. Und was ich auch nicht vergessen darf zu erwähnen: Wir besitzen hier nicht die beste Ausdrucksweise. Du solltest dich vor Beleidigungen und derben Worten nicht fürchten.

Es sei noch zu sagen, dass mein Bruder und ich sowie andere aus dem Schloss kein großes Interesse an Verhütungsmitteln pflegen. Dir ist aber hoffentlich bewusst, dass diese in der Realität verdammt wichtig sind, oder?

Gut.

~ Lorenzo

Für alle, die sich einen Prinzen wünschen.
Warum nimmst du nicht gleich zwei?

PROLOG

AITANA

Starke Arme heben mich hoch. Ich werde über die Schulter eines breiten Mannes geworfen und schreie. Mit allen Vieren wehre ich mich, doch es ist zwecklos. Er hat mich zu fest in seinen Pranken. Ja, Pranken! Das können keine Hände mehr sein, so groß und stark sie doch sind.

»Ich will dir nicht wehtun!«, brummt der Mann, auf dessen Schulter ich zappele. Ich kralle mich in seinen schwarzen Anzug – der von einer orangefarbenen Krawatte geziert wird –, und zerre daran, als würde ich ihn ausziehen wollen. Aber diesen Anblick will ich mir ersparen. Ich will nur, dass er mich loslässt. Dass er mich nicht entführt!

»Es tut mir so unglaublich leid, Schatz!«, höre ich meine Mutter rufen. Sie folgt uns auf einigen Metern Entfernung.

»Dann sag ihm, er soll mich loslassen! Was zur Hölle will er von mir?«, schreie ich energisch. Der Mann zuckt nicht einmal, während ich gegen seinen steinharten Rücken trommele.

Ich hebe den Kopf und sehe erwartungsvoll in das weinerliche Gesicht meiner Mutter. Was auch immer hier geschieht, ihr fällt es nicht leicht. Tränen kullern ihr über die rosigen Wangen, sammeln sich an ihrem spitzen Kinn. Ihre schmalen Lippen sind bitterlich verzogen, und ihre hellen Augen wollen einfach nicht aufhören, feucht zu werden. Egal, wie oft sie sich diese mit einem Taschentuch reibt.

»Mom!« Ich klinge so kraftlos, wie ich mich fühle, und nach ein paar weiteren Schritten werde ich abgesetzt. Meine Füße finden den Boden und ich keuche auf. Der Mann gräbt seine Finger in meine Schultern und drückt mich nieder. Ich realisiere nicht schnell genug, was passiert, da falle ich auf bequeme Ledersitze.

Ein Auto. Ein großes Auto.

Der Mann nimmt ein Seil hervor und umfasst mein linkes Handgelenk. Ich will es ihm entziehen, aber er ist um einiges stärker als ich. Mir bleibt nur noch eine Möglichkeit.

Ich spucke ihm ins Gesicht. Hektisch lässt er mich los und ich schaffe es, mich an ihm vorbei zu quetschen.

Meine Beine machen sich selbstständig. Ich sprinte über den Bürgersteig in die Arme meiner Mutter. Sie lehnt mich ab, schüttelt nur den Kopf. »Dir wird alles erklärt, Schatz«, seufzt sie nervös, ein Taschentuch zwischen den Fingern haltend. Sie reibt sich damit unter den Augen entlang, trocknet die einzelnen Tränen und presst verzweifelt die Lippen aufeinander. »Du musst mir vertrauen!«

»Aber ... Was will der Mann von mir? Wo bringt er mich hin?«, frage ich panisch. Mein Herz donnert mir gegen den Brustkorb, meine Beine zittern, und nun bilden sich auch Tränen in meinen Augen. *Warum hilft Mama mir nicht?*

»Dir wird es besser gehen«, jammert sie, ehe mich die zwei großen Pranken des Mannes erneut packen und fortziehen. Ich strecke meine Hand nach meiner Mutter aus, doch sie wendet sich ab. Sie kehrt mir den Rücken zu und überlässt mich meinem Schicksal.

Was passiert hier?

»Fass mich nicht an, Kotzbrocken!«, zische ich, unterdrücke meine ängstlichen Tränen und schlucke den dicken fetten Kloß in meinem Hals gewaltsam hinunter.

Ich hätte rennen sollen. Nicht in die Arme meiner Mutter fliehen, sondern irgendwo anders hin. In die Stadt oder so. Dorthin, wo mich niemand hätte finden können. *Aber was dann?* Ich habe weder Geld noch irgendetwas anderes vorzuweisen. Ich wäre verloren in der großen Stadt Madrid. Vermutlich würde ich als Obdachlose enden und um jeden Cent kämpfen müssen. Es gibt zwar noch meinen Vater, aber der steckt mit meiner Mutter sicherlich unter einer Decke. Und meine Tante? Zu riskant, dass auch sie mich an meine Eltern zurückgibt.

Ich habe keine andere Wahl.

Ich muss mitgehen.

Wohin auch immer.

Aber ich werde nicht kampflos gehen! Dieser große schwarze Mann soll wissen, dass man mit mir nicht einfach so umspringen kann! Ich werde ihm zeigen, wen er hier mitnimmt!

Er drückt mich wieder auf die weichen Ledersitze und schafft es diesmal sogar, meine Hände zusammenzubinden. Das Seil schneidet beinah in meine Haut, so fest hat er es gebunden, aber das werde ich verdient haben. Er darf wohl nicht riskieren, dass ich nochmal wegrenne – und mir dann eine Flucht gelingt.

»Hör auf, dich zu wehren!«, knurrt er gereizt und beginnt, meine Fußknöchel zusammenzubinden. Ich schaffe es nicht mehr, nach ihm zu treten. Er hat mich – und knallt die Wagentür hinter sich zu. Dann steigt er auf den Fahrersitz. Neben ihm und neben mir nehmen weitere Männer Platz. Allesamt in Schwarz gekleidet.

Noch mehr Männer, die achtgeben, dass ich nicht fliehe. Als würden die Fesseln nicht reichen. Ich habe zwar Temperament, aber gegen irgendwelche Segelknoten bin ich machtlos.

»Ihr hättet mir ruhig mal helfen können!«, brummt der Mann, der mich verschleppt hat, zu seinen Kollegen, die amüsiert auflachen.

»Du hattest doch alles im Griff«, meint der, der neben mir auf der Rückbank sitzt. Er ist genauso kräftig wie mein Entführer, hat lediglich ein weicheres Gesicht und blondes statt dunkles Haar.

»Mit der wird die Krone viel Spaß haben«, scherzt der Dritte, und ich muss schmunzeln. *Krone?*

»Wo bringt ihr mich hin?«, werfe ich ein, doch niemand macht auch nur Anstalten, mir zu antworten. Sie alle blicken stur gen Straße und der Wagen fährt los. Ich will einen letzten Blick zu meiner Mutter werfen, doch sie ist fort. Sie konnte sich die Situation wohl nicht mehr geben. Sie hat sich dazu entschieden, mich im Stich zu lassen. *Sie wollte mir nicht helfen.*

»Was soll das hier?«, zische ich lauter in der Hoffnung, Aufmerksamkeit zu bekommen. Als mich niemand beachtet, stoße ich meinem Sitznachbarn den Ellenbogen in die Seite. Er seufzt genervt und dreht sein Gesicht in meine Richtung, um mich mustern zu können. Seine hellen Augen studieren meine Miene, die irritiert verzogen ist. Auffordernd hebe ich die Augenbrauen an. Ihn kümmert es nicht, er schweigt weiterhin. Dabei zeichnet sich ein leichtes, amüsiertes Lächeln auf seinen Lippen ab.

»Für wen ist dieser Quälgeist nochmal?«, murmelt der Beifahrer und blickt kurz feixend über die Schulter zu mir nach hinten. Ich runzle die Stirn. *Ich bin für jemanden? Was?*

»Lorenzo«, säuselt der Fahrer kühl. »Hört auf, sie zu ärgern, indem ihr dem Mädchen nur andeutet, was mit ihr geschehen wird. Das ist gemein, und das wird der Krone nicht gefallen.«

Er hat es wieder gesagt. *Krone.* Und wer ist *Lorenzo?*

Ich lasse mich tiefer in den Sitz sinken und schaue aus dem Seitenfenster. Madrid zieht so schnell an mir vorbei, dass mir schlecht wird. Vielleicht liegt es aber auch an meiner Anspannung. Mein Stresspegel ist so hoch wie noch nie. Ich habe Angst. Furchtbare Angst, was diese Männer von mir wollen und wo sie mich hinbringen werden. Gleichzeitig bin ich wütend, weil meine Mutter mich hat gehen lassen. Sie hat nicht für mich gekämpft, wie es eine Mutter tun sollte.

»Wehe, du kotzt mir ins Auto«, knurrt mein Entführer und wirft mir einen prüfenden Blick über den Rückspiegel zu. »Sie sieht sehr blass aus«, erwidert mein Sitznachbar scherzend. Ich verdrehe nur die Augen und versuche, die Männer zu ignorieren. Ich muss ruhig bleiben und einen kühlen Kopf bewahren, nur so schaffe ich es, zu fliehen. Was ich mit mir anfangen werde, wenn mir eine Flucht gelingt, werde ich mir im Nachhinein überlegen. Darüber sollte ich mir jetzt noch keine Gedanken machen. Und selbst wenn ich auf der Straße landen sollte, hätte ich wenigstens meine wertgeschätzte Freiheit zurück.

Ich kann das Meer sehen. Um genau zu sein, erkenne ich einen kleinen Hafen, an dem eine Fähre wartet. *Wir werden doch nicht etwa ...*

Der Wagen biegt ab, und wir steuern tatsächlich direkt auf diese Fähre zu. »Nein! Nein! Ich werde das Land nicht verlassen!«, schreie ich und richte mich in meinem Sitz auf. Ich greife nach dem Türgriff, auch wenn es bescheuert ist, aus einem fahrenden Auto zu springen, doch die Tür ist verschlossen.

»Wir verlassen nur das Festland. Sag mal, bist du blöd oder tust du nur so?«, zischt der Beifahrer und schüttelt schmunzelnd den Kopf. Ich ignoriere seine dämliche Aussage gekonnt und überlege, wie ich hier herauskommen kann. Mein Herz springt mir fast aus der Brust, und plötzlich schlägt mir eine Idee wie ein Blitz ins Gedächtnis.

Ich öffne meine Arme und schlinge sie um den Fahrer. Die anderen Männer können nicht schnell genug reagieren, da beginne ich, den Fahrer mit meinen zusammengebundenen Händen zu erdrosseln. Der Wagen verliert an Kontrolle, wir schlenkern über die Straße. Entgegenkommende Autos und Personen müssen uns ausweichen, doch ich lasse nicht locker. Mein rechter Arm wird gepackt und nach oben gezogen, jedoch habe ich mich am Hals des Fahrers so verkanntet, dass sie mich nicht von ihm losreißen können.

»Nicht mit mir!«, fauche ich voller Stärke. Die Griffe des Fahrers um das Lenkrad werden lockerer. Der Wagen gewinnt ein wenig an Tempo und schlussendlich donnern wir gewaltig gegen einen Mast. Ich stoße mir übel den Kopf und alles wird schwarz.

Mir tut alles weh. Mein Körper fühlt sich merkwürdig entspannt an, und auch in meinem Kopf ist alles so weich, dass es sich dreht.

Bin ich tot?

Ich will meine Hand bewegen, aber sie regt sich nicht. Ich muss tot sein. Ich muss mich mit dieser dämlichen Fluchtaktion selbst umgebracht haben.

Scheißdreck!

»Sie ist ein junges Mädchen. Ihr könnt mir nicht sagen, dass sie euch überwältigt hat! Ihr seid zu dritt gewesen!«, höre ich eine ältere, weibliche Stimme sagen. Sie klingt aufgebracht. Hohe Schuhe stöckeln durch den Raum. Etwas klingelt in meinen Ohren. Ist das ein Glöckchen?

»Sie hat Bruno fast umgebracht!«, rechtfertigt sich ein Mann. Seine Stimme kommt mir bekannt vor. Es muss mein Sitznachbar sein.

15

Bin ich noch im Auto?
Wieder versuche ich, meine Hand zu bewegen, versuche, irgendetwas zu ertasten, doch es funktioniert nicht. Ich bin wie gelähmt.
Liege ich im Koma? Oder wurde ich betäubt?
»Ich sollte euch entlassen!«
»Eure Majestät, ich verspreche Ihnen, dass so etwas nie wieder vorkommen wird. Wir waren unachtsam. Ich bitte um Entschuldigung.«
Majestät? Wo zur Hölle bin ich nur? Ist das hier … Nein. Unmöglich!
»Ich nehme Eure Entschuldigung an. Wie lange dauert es jetzt, bis sie aufwacht?«
Ich bin wach! Hallo!
»Nicht mehr lange, eure Majestät«, entnehme ich eine weitere männliche Stimme. Die ist mir nicht bekannt. Vielleicht ein Arzt? Oder wird Betäubungsmittel hier von jedem Depp verabreicht?
»Gut. Bringt ihr etwas Wasser! Sie wird durstig sein, wenn sie aufwacht«, säuselt die Frau und stöckelt mit ihren hohen Schuhen fort. Eine Tür fällt zu, dann kehrt Stille ein.
Jetzt, nachdem sie erwähnt hat, dass ich etwas zu trinken bräuchte, merke ich, wie trocken meine Kehle geworden ist. Jeglicher Speichel in meinem Mundraum ist versiegt. Ich muss husten.
Plötzlich schaffe ich es, die Augen aufzureißen. Der Raum ist hell, die Sonne scheint mir mitten ins Gesicht. Ich drehe mich um, ziehe eine weiche Decke höher und erkenne, dass ich in einem Bett liege. Der Bezug ist schwarz, die Wand ist schwarz, *alles ist schwarz.* Was zum … *Wo bin ich hier nur?*

»Sonnenschein ist also wach?« Der Mann, der neben mir auf der Rückbank saß, kniet sich in mein Blickfeld und mustert mich ausführlich. Meine Zunge ist so ausgetrocknet, dass ich es nicht schaffe, etwas zu erwidern. Ich muss erneut husten, und sofort wird mir ein Glas Wasser von einer jungen Dame gereicht. Ich nehme es dankbar entgegen und trinke es gierig aus. Das leere Glas wird mir direkt wieder aus der Hand gerissen.

Langsam kehrt Leben zurück in meinen schlaffen Körper.

»Wo bin ich?«, frage ich, als hätte ich nicht schon mehrmals eine Antwort erwartet. Ich lecke mir über die spröden Lippen, um sie zu befeuchten, und lasse meinen Blick an dem Mann vorbeigleiten. Der ganze Raum ist schwarz. Die Beistelltische, die kleine Kommode und das Sofa.

Ich finde es ironisch, dass sogar der Teppich in dieser trostlosen Farbe gehalten wurde, da er so auf dem Boden kaum auffällt. LED-Streifen ziehen sich durch das Zimmer, aber sie sind nicht angeschaltet, weil es mitten am Tag ist.

Ich schaue zu der bodentiefen Fensterfront. Immerhin die dicken Vorhänge sind in einem dunklen Lila gehalten. Wenigstens ein bisschen Farbe in diesem toten Raum.

Durch die Glasscheiben kann ich das Meer betrachten. Unter uns befindet sich ein heller Sandstrand, Palmen ragen in die Höhe. Ihre Blätter erreichen dieses Obergeschoss.

In weiter Ferne kann ich eine Stadt betrachten. Ist das Madrid? Ich glaube schon. Langsam dämmert es mir.

Ich muss im spanischen Sommerschloss sein. Aber wieso? Was will die Krone Spaniens von *mir*? Habe ich irgendein Verbrechen begangen? Nein, nicht dass ich wüsste.

»Ich glaube, du hast endlich von alleine gecheckt, wo du bist«, meint der Mann, der wohl Bruno heißt, zu mir und grinst.

»Und was mache ich hier?« Ich richte meinen Oberkörper auf und bemerke, dass ich bis auf die Unterwäsche ausgezogen wurde. Blut schießt durch meine Adern. »Wer von euch Schweinen hat mich ausgezogen?«

»Die Zofen der Königin«, antwortet Bruno. Sein Grinsen wird breiter und seine Augen wandern tiefer. Ich folge ihnen und merke, dass meine Brüste zu sehen sind. Schnell hebe ich die Decke an und rutsche ans Kopfteil des Bettes. Mein nackter Rücken trifft auf ein weiches Polster. Ich atme tief durch und versuche zu realisieren, dass ich ins spanische Sommerschloss entführt wurde.

Die Gründe sind mir unklar, aber irgendwann muss mir jemand erzählen, was ich hier zu suchen habe. Es braucht also nur eine Portion Geduld meinerseits.

»Du hast dir den Kopf beim Unfall gestoßen«, erklärt Bruno höflich. Außer ihm befindet sich nur noch die junge Dame im Zimmer, die mein leeres Wasserglas in den Finger hält und neben der Tür steht, als würde sie wachen.

»Bin ich schwer verletzt?«, hake ich nach und fahre über meinen Kopf. Ich spüre keine Wunde, kein Blut.

»Du bist mit der Stirn gegen den vorderen Sitz geknallt. Dir ist nichts passiert, weil der Sitz recht weich war, aber dich hats trotzdem umgehauen.« Wieder ist da dieses amüsierte Grinsen. »Ich habe dich anschließend auf die Fähre getragen, wo du betäubt wurdest. Wir wollten nicht, dass du noch mehr Scheiße baust.«

»Wie lange bin ich schon hier?«

»Drei Stunden.«

»Wo sind meine Klamotten?«

»Diese abgenutzten Teile brauchst du nicht mehr. Du wirst neu ausgestattet.«

»Warum? Was soll das?«

Plötzlich neigt Bruno den Kopf, und im Augenwinkel nehme ich eine männliche Gestalt wahr, die im Türrahmen lehnt.

»Das ist sie also?«, fragt die Person. Ich ignoriere sie gekonnt und lege angespannt den Kopf in den Nacken.

»Kann mir einer sagen, was das Weib in meinem Zimmer macht?«, zischt nun eine zweite männliche Stimme. Sie klingt rauer als die andere und jagt mir einen Schauer über den Rücken. So viel Spott habe ich lange nicht mehr zu spüren bekommen.

Ich kann nicht länger wegschauen und richte meinen Kopf auf die beiden Männer, die sich vor dem Bett aufbäumen und mich niederstarren.

Verflucht. Sind das die spanischen Prinzen? In natura sehen sie ja noch viel heißer aus als auf den Pressebildern.

»Dein Zimmer?«, murmle ich nervös und widme mich dem rechten der beiden Prinzen. Seine fast schwarzen Haare liegen perfekt gegelt auf seinem Kopf. Seine dunklen Augen funkeln angewidert, sein Kinn verläuft flach und führt eine markante Linie zu seinen Kieferknochen. Seine Nase ist gerade und seine Lippen sind voll und sehen ... *Nein!* Auf keinen Fall darf ich mir vorstellen, wie gut sie sich wohl anfühlen.

»Ja! Mein Zimmer! Du liegst in meinem verdammten Bett!« Sein Adamsapfel zeichnet sich deutlich ab, wenn er spricht. Sein Körper wirkt in dem engen Anzug wohl definiert.

»Ich wurde hierher verschleppt! Denkst du, ich liege freiwillig in deinem ›verdammten Bett‹?!«, fauche ich und bringe ihm denselben Spott entgegen.

»Sorry, Brüderchen. Das ist eine neue Idee von Mutter«, meldet sich der andere, und meine Augen finden wie automatisch zu ihm. Im Gegensatz zu seinem Bruder ist sein Haar blond und liegt wild auf der Stirn. Seine Augen sind hellblau, und die Gesichtszüge ähneln sich zu denen seines Bruders, nur würde ich behaupten, dass sie etwas weicher sind.

Sie müssen Zwillinge sein. Zweieiige.

Ich glaube, ihre Namen bereits in der Presse gehört zu haben. *Alvaro und Lorenzo.* Leider habe ich keinen blassen Schimmer, wer von den beiden wer ist. Ich habe mich nie mit der spanischen Krone beschäftigt, weil ich bei meinem Vater in Italien aufgewachsen bin und erst vor kurzem zu meiner Mutter gezogen war. »Was für eine Idee?«, knurrt der dunkelhaarige Prinz zu seinem Bruder. Dieser lacht.

»Königin Mutter hält es für eine *gute* Idee, sie von Beginn an bei dir schlafen zu lassen.«

Das Gesicht des Dunkelhaarigen entgleitet ihm. Voller Empörung und Wut wirbelt er herum und sucht den Ausgang auf. »Ich werde mit Mutter reden!«, ist das Letzte, was er sagt, bevor er stürmisch das Zimmer verlässt und die Tür hinter ihm ins Schloss donnert.

Wumm!

KAPITEL 1

AITANA

»Ich bin Alvaro«, stellt sich der blonde Prinz vor und reicht mir geschmeidig eine Hand, die ich ablehne. Er kräuselt amüsiert die Lippen und setzt sich auf die Bettkante. Ich bringe mehr Platz zwischen uns, indem ich wegrutsche, was ihm einen Seufzer entlockt. »Du musst Aitana sein. Mutter hat uns viel von dir erzählt. Ich muss meinen Bruder entschuldigen ... er ist ein kleiner Hitzkopf.«

Der Klang seiner Stimme gefällt mir. Sie klingt so sanft wie Butter, hat einen verspielten Unterton und verlockt zum Zuhören.

»Was wollt ihr von mir? Was mache ich hier?«, frage ich und Alvaro hebt die Hand. Augenblicklich verlassen Bruno und die junge Dame das Zimmer und wir sind alleine.

»Ich darf dir das gar nicht verraten, weißt du? Aber ich erzähl es dir. Das bleibt unser kleines Geheimnis«, flüstert er charmant. Ich muss sogar lächeln. Und das ist nicht gut. Ich muss ihn hassen, ihm zeigen, dass ich ihn verabscheue.

Bevor er beginnt, lehnt er sich ein Stück in meine Richtung. Der Geruch von Sandelholz und Lavendel steigt mir in die Nase.

Wie kann ein Mann so gut riechen?

»Meine Mutter meint, mein Bruder und ich brauchen dringend eine Freundin, also hat sie eine inoffizielle Bewerbersuche gestartet. Deine Eltern müssen dich zur Verfügung gestellt haben, und deshalb bist du hier. Du darfst Lorenzos Freundin spielen.« Er lehnt sich wieder zurück und beobachtet meine Miene, die zu Stein gemeißelt ist. Das kann unmöglich sein. Meine Mutter soll mich der spanischen Krone ausgeliefert haben?

Sie hat mich – nachdem sie mich endlich bekommen hat – an die … Nein! Das würde sie nicht tun! Und doch … es würde ihr Verhalten erklären, als dieser große Mann mich abgeführt hat, als wäre ich eine Verbrecherin.

»Das ist gegen meinen Willen. Ich bin volljährig und will das hier nicht! Lasst mich sofort frei!«, fauche ich selbstsicher. Alvaro schüttelt den Kopf, steht vom Bett auf und geht ein paar Schritte Richtung Tür. Es ist die Tür auf der linken Seite. Das muss ich mir merken, da es rechts noch zwei Weitere gibt und ich den Ausgang bei meiner Flucht kennen muss.

»Wir können dich nicht freilassen. Du wirst dich mit Lorenzo arrangieren müssen.«

»Ihr könnt mich hier nicht festhalten! Außerdem ist dein Bruder wohl nicht so begeistert von mir!«

»Das legt sich, wenn es dunkel wird!« Alvaro zwinkert mir grinsend zu, ehe er den Raum verlässt und hinter sich abschließt. Ich springe auf, renne ihm nach und rüttle an der Türklinke, doch nichts geschieht.

Was meint er mit: Das legt sich, wenn es dunkel wird?

Ich bleibe mitten im Raum stehen, drehe mich mehrmals um mich selbst und suche einen Ausweg, jedoch muss ich feststellen, dass es keinen gibt. Ich kann nicht durch das Fenster verschwinden, da ich in die Tiefe stürzen würde, und hinter den anderen Türen verstecken sich lediglich ein Badezimmer und ein Ankleidezimmer.

Ich sitze in der Falle. Oder eher sitze ich in einem Schlafzimmer-Käfig, welcher nach Finsternis und innerer Verbitterung schreit. Warum sonst richtet man alles in Schwarz ein?

Lorenzo muss eine dunkle, böse Seele haben. Ich muss über diesen Gedankengang grinsen, weil es absoluter Schwachsinn ist. Man kann einen Menschen nicht anhand seines Zimmers beurteilen. Oder?

Hätte man mich anhand meines Zimmers beurteilt, müsste man wohl denken, ich wäre nie erwachsen geworden. Meine Mutter hat mein Kinderzimmer nie verändert, seit ich damals mit zehn Jahren auszog. Die Wände sind dementsprechend Pink und die braunen Möbel spröde und zerschlissen. Es hängen sogar noch Pferdeposter überall. Peinlich.

Plötzlich wird die Tür aufgerissen und Lorenzo betritt das Zimmer. Er stoppt in der Bewegung, als er seinen Blick über meinen Körper gleiten lässt und grinst. Ich merke erst jetzt, dass ich ja immer noch so gut wie nackt bin. Meine weiße Spitzenunterwäsche bedeckt nur das Nötigste.

»Hey! Dreh dich sofort um!«, schreie ich ihn an. Sofort vergeht ihm das Grinsen, und er steuert zielstrebig und mit großen Schritten auf mich zu. Ich weiche zurück, doch habe bald die Wand an meinem Rücken. Lorenzo scheut keine Nähe, kommt bis auf wenige Zentimeter an mich heran und platziert seine muskulösen Arme links und rechts neben meinem Kopf, um sich abzustützen.

Mein Herz bebt und schießt Blut in meine brennenden Wangen. »Es heißt königliche Hoheit! Und das hier ist *mein* Zimmer! Ich werde sicherlich keinerlei Rücksicht auf dich nehmen. Hast du das verstanden?«, knurrt er durch zusammengepresste Zähne hervor. Ich rieche sein Parfum von einer Mischung aus Pfefferminze und Zimt. Es ist betörend, doch ich halte meinen klaren Verstand bei.

Unschlüssig darüber, wie ich reagieren soll, nicke ich. Zu meinem Verwundern entfernt er sich nicht von mir, sondern hebt nur fordernd seine dunklen Brauen an.

»Ja, verstanden, eure königliche Hoheit!«, zische ich leise. Leider sieht er es selbst jetzt nicht ein, sich von mir zu entfernen. Nein, er starrt mich lieber nieder, als wäre ich wertlos und ein großer Stein auf seinem ach so mächtigen Weg.

Ich muss schlucken und habe das Gefühl, die Luft in dem Zimmer wird von Sekunde zu Sekunde dünner. In seinen dunklen Augen glüht es. Vor Wut? Ich kann es nicht deuten und würde am liebsten zusammenschrumpfen, damit er endlich von mir weicht.

Seine Präsenz ist gewaltig. Er versprüht etwas Machtvolles, das mein sonst so freches Mundwerk komplett schweigen lässt. Ich traue mich nicht länger, ihm in die Augen zu sehen, weil ich befürchte, er könnte mir in die Seele schauen. »Brüste hast du, das muss man dir lassen.« Sein Blick wandert hinunter, dann grinst er.

»Die sind nicht für dich bestimmt!«

Er schaut auf. »Du wirst mir nicht in die Quere kommen, mir nicht auf die Nerven gehen und verschwinden«, raunt er nun gegen mein Ohr. Sein warmer Atem streift mich und schickt eine ungewollte Gänsehaut über meinen Körper. Dieser kratzige, raue Ton seiner Stimme fährt mir bis unter die Haut. Sie ist so anders als die von Alvaro und so viel prickelnder.

»Glaub mir, wenn ich könnte, würde ich sofort gehen«, erwidere ich kaum hörbar. Ich habe mir die Worte vorgestellt, bin sie im Kopf durchgegangen, und doch haben sie nur so schwach meine Lippen verlassen. Ich will nicht ängstlich wirken. Ich will ihm eigentlich klarmachen, mit wem er sich hier anlegt, aber ich kann nicht. Es geht einfach nicht. Er schüchtert mich … ein.

»Zweimal am Tag legt die Fähre ab.« Seine Mundwinkel zucken leicht in die Höhe.

»Gut zu wissen.« Ist es wirklich! Jetzt habe ich einen Anhaltspunkt, wie ich von dieser blöden Insel verschwinden kann. Ich muss mich nur aus dem Schloss schleichen und die Fähre zum Festland erwischen. Ganz einfach. Ein Plan, der idiotensicher ist.

»Wenn du dich geschickt anstellst, schaffst du die Fähre am Abend noch«, haucht er. Jedes feine Härchen an meinem Arm stellt sich auf. Sein kalter und doch verspielter Blick trifft mich hart. Ich erschaudere.

Noch nie war mir ein Mann so nah. Es bräuchte kaum Anstrengung, und ich könnte ihn berühren. Könnte alles von ihm anfassen, wie es mir lieb ist. Die Verlockung ist durchaus da, aber ich zügele mich.

»Ich werde mein Glück versuchen«, beteuere ich und lächle selbstsicher. Er tut es mir gleich, jedoch auf eine andere Art. Nur einer seiner Mundwinkel hebt sich. Es sieht fast schon feixend aus, ich kann es nicht richtig deuten, aber das muss ich auch nicht. Denn wenn mir die Flucht heute Abend gelingen sollte, bin ich ihn los.

»Großartig! Ihr habt euch schon kennengelernt«, ertönt plötzlich die weibliche Stimme hinter Lorenzo, die ich vorhin im Bett bereits wahrgenommen habe.

Es muss die Königin sein.

Lorenzo macht keine Anstalten von mir abzulassen, seine Augen mustern jeden Winkel meines Gesichtes, und die Spannung im Raum wird immer deutlicher.

Ich verstehe noch lange nichts von dem, was hier gespielt wird, und habe keine Ahnung, wie ich mit der Situation umgehen soll. Ich sollte ihn von mir stoßen und endlich meinen nackten Körper bedecken, aber wie würde Lorenzo auf meine Geste reagieren?

»Lorenzo-Liebling, ich brauche deine Zukünftige.«

»Zukünftige?«, sprudelt es ironisch aus mir heraus. Ich muss mir ein lautes Lachen verkneifen. Lorenzo verzieht die Augenbrauen und stößt sich tatsächlich von mir weg. Ich bleibe an der Wand zurück und atme tief durch. Ich will seinen verdammten Geruch aus meiner Nase verbannen und dieses teuflische, heiße Grinsen schlichtweg vergessen.

»Nur damit das klar ist, Mutter ... Wenn du sie nicht verschwinden lässt, wirst du ihren Tod verantworten müssen!«, knurrt Lorenzo laut, und ich erhasche einen kurzen Blick in das selbstbewusste Gesicht der Königin. Sie ist absolut unbeeindruckt von seinen Worten. Mich hingegen lassen sie nicht allzu kalt.

Könnte er mich umbringen?

Hat er das damit gemeint?

»Raus«, zischt sie nur, und Lorenzo befolgt ihre Anweisung. Er schließt die Tür hinter sich und lässt mich mit der Königin und ihren drei Zofen – ich denke, es sind welche – alleine. Anmutig und mit ineinander verschränkten Händen steht die Königin vor mir im Zimmer. Ihr blondes Haar ist in einen Fischgrätenzopf gebunden. Sie hat dieselbe Augenfarbe wie Alvaro, nur sind ihre um einiges blasser, was sicherlich am Alter liegen wird. Ich schätze sie auf Anfang fünfzig.

Ihre Gesichtszüge sind weich und erste Falten machen sich bemerkbar. Sie trägt ein schwarzes, langes Kleid, welches ihre wunderschöne Figur betont. Sie hat nicht eine Speckfalte. *Bemerkenswert.*

»Was wird das hier?«, frage ich sie verwirrt. Sie lächelt und wedelt mit einer Hand. Sofort stürmt eine Zofe auf mich zu, greift nach mir und zieht mich in die Mitte des Raumes. Die anderen beiden Zofen beginnen, ein Maßband an meinem Körper anzusetzen. Meine Beine werden vermessen, meine Hüfte, ja sogar meine Brüste.

»Hey!«, beschwere ich mich, doch sie hören nicht auf und gehen ihrer Arbeit nach. Ich entscheide mich dazu, ruhig stehen zu bleiben. Die Arbeit als Zofe muss schon hart genug sein, da muss ich sie nicht noch schwerer machen.

»Wir brauchen deine Maße für deine neue Garderobe, die wir dir besorgen werden. Du wirst komplett ausgestattet, deswegen hast du auch nichts Eigenes mitgebracht«, erklärt die Königin. Wenn ich es richtig im Kopf habe, heißt sie Estella.

Mir fällt auf, dass ich wirklich kein Eigentum mit ins Schloss bringen konnte. Nicht einmal mein Handy konnte ich mir schnappen, als der Mann mich mitnahm. Es ging alles so schnell. Er stand schlagartig vor der Tür und hat nach mir gegriffen.

»Können Sie mir endlich erzählen, was genau meine Mission sein soll?«, hake ich genervt nach. Meine Arme werden angehoben. Jeder Zentimeter meines Körpers wird genaustens abgemessen.

»An deiner Aussprache üben wir noch. Und aktuell heißt es für dich ›eure Majestät‹«, faucht mich eine Zofe an. Schnippisch funkle ich ihr entgegen.

Was fällt der ein, so mit mir zu reden?

»Du darfst dich glücklich schätzen, Aitana. Du wirst die Zukünftige meines Sohnes werden.«

Alles in mir erschaudert. »Das habe ich begriffen, eure Majestät. Nur leider verstehe ich nicht, wieso? Warum ich? Haben Sie Lose gezogen und mein Name stand drauf?«

Die Königin lächelt und tritt einen Schritt näher an mich heran. Sie umfasst mein Kinn und hebt es an. »Deine Mutter hat dich beworben. Meine Söhne sind sehr ... *speziell* und genießen ihre ... *Freiheit*. Das wird sich ändern. Sie sollen endlich ihrem Schicksal nachgehen und eine Frau finden. Ich habe diese Aufgabe für sie übernommen und dich ... ausgewählt. Deine Mutter hat dafür eine ordentliche Summe erhalten, und dir steht ein unaussprechlicher Reichtum zur Verfügung, wenn du dich an die Regeln hältst und meinen Sohn für dich beanspruchst.«

Ich schlucke und verarbeite ihre Worte langsam. »Und was reizt Sie an mir? Es gibt genug andere Mädchen, die sicher liebend gerne ihren Sohn daten würden. Ich habe bis vor kurzem nicht einmal in Spanien gelebt!«

»Du besitzt spanisches Blut und das Temperament, das mein Sohn gebrauchen kann«, säuselt die Königin mit weit geöffneten Augen.

»Sie kennen mich nicht.«

»Du kannst dir nicht vorstellen, *wie gut* ich dich kenne. Ich habe wohl verschwiegen, dass das Bewerberverfahren vor acht Jahren war. Es hatte seine Gründe, weshalb du zu deinem Vater nach Schweden ziehen musstest. Du solltest dich nicht mit

Spanien und seiner Krone beschäftigen. Solltest Abstand von der Presse, die über meine Söhne berichtet, bekommen und eine reine Mädchenschule besuchen, damit du jungfräulich bleibst, bis wir dich holen.«

Meine Wangen röten sich beschämt. Sie weiß … dass ich …

Deswegen wollte mein Vater nie, dass ich männliche Freunde finde. Ich durfte nie auf Partys, wurde auf eine Weiberschule geschleppt und fast völlig von der Außenwelt abgeschottet. Nur damit …

»Ich glaube Ihnen kein Wort!«, sage ich und schüttle den Kopf. Estella zuckt mit den Schultern, ehe sie weiterspricht.

»Deine Mutter wollte nur das Beste für dich, und wir können es dir geben. Du wurdest vor ein paar Tagen achtzehn und deshalb bist du hier.«

»Und Sie wussten damals schon, dass ihre Söhne sehr speziell sind. Sie haben mich wegen meines Temperaments gewählt, aber Sie konnten ja wohl nicht in die Zukunft schauen, oder?«

»Du warst nicht das einzige Mädchen, das wir über Jahre beobachtet haben. Erst vor ein paar Wochen haben wir schlussendlich dich gewählt.«

Wow. Mein Kopf explodiert gleich. Das darf alles nicht wahr sein. Diese Irren haben mich jahrelang geprägt und nun entführt? Das ist ein bescheuerter Traum. Das muss einer sein. *Wach auf! Wach auf!*

»Ich will das nicht. Ihr könnt das nicht gegen meinen Willen machen! Außerdem bin ich nicht adelig. Ich dachte, nur Adelige dürfen in die Nähe der Krone?!«

Die Zofen lassen von mir ab. Ich verschränke die Arme vor der Brust und beobachte, wie eine weitere Frau den Raum betritt. Sie schiebt einen Kleiderständer vor sich her.

»Die Krone ist am Zerbrechen. Das Land schätzt unsere Herrschaft nicht mehr. Die Adeligen nehmen Abstand. Es gibt kaum Töchter, die geeignet sind, und die, die es sind, wollen mit der Krone nichts am Hut haben. Wir brauchen eine stärkere Monarchie. Unsere Söhne sind die letzte Hoffnung, aber das geht nur mit einer starken Frau an ihrer Seite.«

Ich habe mitbekommen, dass die Bürger Spaniens die Krone als selbstzerstörerisch betrachten. Sie kassieren Steuern, aber bauen davon nichts auf. Sie verbessern das Land nicht, obwohl es so sehr von den Bürgern gewünscht wird. Aber was soll *ich* da schon ausrichten? Ich kann ihnen nicht helfen.

»Aber Lorenzo ist kein Thronfolger ... Bin ich da nicht unnötig?«

»Wenn Alvaro sterben sollte, wird Lorenzo König, und deshalb braucht auch er eine Frau an seiner Seite«, erklärt die Königin abschätzig. Sie spricht, als wäre es logisches Denken und ich hätte selbst drauf kommen müssen. Leider habe ich keinerlei Ahnung von der Krone und dessen Regeln und Rituale.

Ich bin alles, aber nicht geeignet für diesen Job. Und ich will es auch gar nicht sein!

»Finde dich mit deinem Schicksal ab. Du weißt nun alles, was du wissen sollst.«

In gewisser Weise ja. Ich weiß jetzt, warum ich hier bin und was meine Aufgabe ist. Dennoch habe ich unglaublich viele Fragen und kann nicht verarbeiten, dass meine Eltern mir dieses *Schicksal* angetan haben.

KAPITEL 2

AITANA

Endlich bin ich angezogen. Mir wurde ein dunkelrotes, knielanges Kleid gegeben, welches meine Figur hervorragend betont. Ich habe keinen blassen Schimmer, ob ich jemals ein so enges Kleid anhatte.

Aber es ist schön. Wirklich schön. Und so teuer, dass ich es mir niemals leisten könnte. Dazu gab es hohe schwarze Pumps und Perlenschmuck. Meine dunklen Haare wurden mir von einer Zofe zu einem ordentlichen Pferdeschwanz gebunden. Im Nachhinein habe ich einzelne Strähnen herausgezogen, weil ich mir zu *clean* aussah.

Ich fühle mich so heiß und sexy wie noch nie und kann meinen Blick kaum vom Spiegel abwenden. Ich hoffe lediglich, dass mir eine Flucht in diesen Schuhen gelingt. Normalerweise trage ich keine mit hohen Absätzen und kann dementsprechend nicht darin laufen. Es muss aussehen, als hätte ich einen Stock im Hintern.

Ich betrachte mein geschminktes Gesicht. Ich wollte nicht, dass mir Make-up aufgetragen wird, jedoch hatte ich nichts zu melden. Wenn die Königin etwas will, bekommt sie es auch, selbst wenn es gegen meine Rechte geht.

Zum Glück reden wir hier nur von Wimperntusche und ein bisschen Concealer sowie dunkelrotem Lippenstift – passend zum Kleid.

Es klopft an der Zimmertür und ich wirble herum, ehe ein großer Mann in schwarzem Anzug eintritt. Bruno.

»Die Königsfamilie bittet dich zum Abendessen«, sagt er trocken und deutet mit der flachen Hand zur Tür. Ich stemme die Arme in die Hüften und recke das Kinn.

»Ich verzichte!«, fauche ich selbstsicher, doch Bruno lacht amüsiert auf.

»Du hast keine Wahl. Es ist ein Pflichtessen!«

»Ich habe *keinen* Hunger«, betone ich. Bruno setzt an und marschiert mit – gefühlt – riesigen Schritten auf mich zu. »Stopp! Keinen Schritt weiter!«

Er reagiert nicht auf meine Worte, sondern wirft mich schwungvoll über seine Schultern. Zu meinem Glück bleibt das Kleid an Ort und Stelle und ist lang genug, um meinen Hintern zu bedecken.

»Ich habe keine Lust auf Diskussionen und gehe lediglich meinem Befehl nach«, brummt er genervt und trägt mich aus dem Zimmer. Wir gehen einen breiten Flur entlang. Die riesige Fensterfront präsentiert mir eine wunderbare Sicht auf das Meer und den Strand. Bedauerlicherweise kann ich die Aussicht in meiner Position nicht genießen.

Mit meinen Beinen zappele ich wild herum. Meine Hände trommeln gegen seinen harten Rücken. »Lass mich los!«

Er trägt mich eine Treppe hinunter. Wir biegen irgendwo links ab und kommen schließlich in einem großen Speisesaal an. Ich werde abgesetzt und ziehe taumelnd mein Kleid zurecht. *Dieser blöde Affe!* »Fass mich noch einmal an, und ich schneide dir die Arme ab!«, schreie ich ihn wütend an und stochere mit meinem Finger gegen seine Brust.

Hinter mir räuspert sich jemand, und ich drehe mich um. Am riesigen Esstisch sitzen Lorenzo, Alvaro, die Königin und noch ein paar weitere Leute, die mich allesamt amüsiert und geschockt zugleich ansehen.

Meine Wangen erröten. Ich ziehe meinen Zopf fest und trete gespielt selbstsicher an den Tisch heran. *Verdammt, wie peinlich!*

»An Spaß wird es dir nicht mangeln, Enzo«, plappert Alvaro scherzhaft und grinst breit.

»Bitte. Setz dich!«, befiehlt Estella und deutet auf den freien Platz neben Lorenzo. Er sitzt seinem Bruder gegenüber, der neben einer Frau in meinem Alter sitzt.

Sie hat rötliches Haar, ebenfalls in einen Pferdeschwanz gebunden. Ihre Augen sind grün sowie das breite schleierhafte Kleid, das sie trägt. Ob sie freiwillig hier ist? Nein, sie muss Alvaros Zukünftige sein. Mit Sicherheit wurde sie genauso wie ich entführt.

An der Spitze sitzt Estella. Sie thront am Tisch wie die Königin, die sie ist. Ihr Blick gleitet über all die Personen, die sonst noch ihren Platz hier haben. Die meisten kenne ich nicht. Frauen und Männer in meinem, aber auch in ihrem Alter.

»Brauchst du eine Extraeinladung?«, knurrt Lorenzo, der mir bereits den Stuhl zurechtgerückt hat. Ich stehe immer noch wie ein Trottel in der Gegend herum, weil ich lieber die Leute angestarrt habe, anstatt meinen Hintern hinzupflanzen. *Das wird ja immer peinlicher!*

»Nein, eure königliche Beschissenheit«, rutscht es mir schneller heraus, als ich den Gedanken überhaupt gefasst habe. Ich halte mir die Hand vor den Mund und kassiere das empörte Stöhnen der Leute am Tisch. Nur einer lacht: Alvaro.

Ich setze mich schnell und ignoriere die Blicke, die an mir kleben, wie Schweiß unter den Achseln. Für den Rest des Tages sollte ich lieber den Mund halten.

»Sie ist der Inbegriff eines Gesindels. Ich dachte, ihr sucht jemanden wie mich?«, mischt sich nun die Frau neben Alvaro ein. Dieser verdreht genervt die Augen und nimmt sich kommentarlos eine Gabel von dem Salat in seiner Schüssel.

Der Tisch ist so voll gedeckt, dass zehn Familien davon essen könnten. Es muss eine unfassbare Verschwendung sein, da im Anschluss sicherlich alles weggeworfen wird. Oder die Bediensteten nehmen sich was. Dann hätte es wenigstens noch eine Verwertung.

Vor mir steht ein leerer Teller. Daneben liegen unfassbar viele Arten von Besteck. *Reichen nicht Messer und Gabel?*

»Sie hat dasselbe Recht hier zu sein wie du«, antwortet Estella mit einem leichten Lächeln auf den Lippen.

»Ich wurde aber deutlich besser erzogen und werde eurer königlichen Hoheit gegenüber nicht frech.« In der Stimme von Alvaros Zukünftigen liegt Verachtung. Ich schaue zu ihr hinüber und verziehe provozierend das Gesicht. Ihr Mund steht bei meinem Anblick offen. Ist diese *Empörung* von ihr gespielt, oder ist sie es nicht gewohnt, dass man so mit ihr umspringt?

»Sehen Sie das, Majestät?«, zischt sie und zeigt mit dem nackten Finger auf mich.

»Es reicht jetzt, Blanka! Und du hörst auch auf. Wir sind in einem Schloss und nicht im Kindergarten.« Estellas Blick wandert von der Frau zu mir, dann schaut sie auf ihren Teller. »Esst jetzt.«

Die Frau, die wohl Blanka heißt, streckt mir ernsthaft die Zunge heraus. Ich ignoriere ihre kindischen Mätzchen und bediene mich an dem Salat. Als ich ihn auf den Teller lege und nicht in die Schüssel, werde ich komisch von Alvaro angesehen.

»Ich gebe Blanka recht. Aitana gehört hier nicht her«, murmelt Lorenzo neben mir, der mich ebenfalls ansieht.

»Was habe ich falsch gemacht, *eure königliche Hoheit*«, frage ich schnippisch und blicke in seine hasserfüllten Augen. *Wow.* Wir kennen uns nicht, und er hasst mich.

Aber das darf er. Er darf mich hassen, so viel er will. Ich werde sowieso nicht bleiben. Ich nehme die nächste Fähre ans Festland und verschwinde aus Spanien. Für immer.

»Du kennst nicht einmal die Tischregeln. Was soll man mit dir anfangen«, knurrt er und rümpft die Nase. Er stützt seine Ellenbogen auf den Tisch und reibt sich mit den Händen über die Stirn.

»Wo soll ich das gelernt haben? Ich bin nicht in einem Schloss aufgewachsen!«, rechtfertige ich mich, doch er ignoriert mich. Das Seufzen der Königin bedeutet, wir sollen endlich den Mund halten und in Ruhe essen. Und genau das tue ich jetzt auch. Ich ignoriere alles und jeden und esse, wie ich essen will.

»Dürfen wir aufstehen, eure Majestät?«, fragt Blanka zuckersüß, nachdem alle fertig gegessen haben. Estella faltet die Hände ineinander und lässt ihren Blick zu den einzelnen Personen am Tisch gleiten.

»Vorher möchte ich euch noch etwas mitteilen. Dir, Alvaro, Lorenzo und Aitana«, beginnt Estella. »Damit sämtliche Fluchtversuche ausgeschlossen werden und ihr euch besser kennenlernen könnt, werden die Fahrten der Fähren unterbrochen. Ihr bleibt so lange auf der Insel, bis ich euch wieder freigebe. Es gibt mehr als genug Essen und Trinken, das Personal, eure Freunde, sowie einer der königlichen Ärzte verweilen mit euch hier, damit ihr versorgt seid. Ich werde heute Abend die letzte Fähre nach Hause nehmen, und dann seid ihr für eine ungewisse Zeit alleine.«

Mir stockt der Atem. Das darf nicht wahr sein! Die können mich doch nicht festhalten?! Ich will nicht mit diesen Irren hierbleiben! Außerdem hat Lorenzo damit gedroht, mich umzubringen! Oder … so ähnlich …

Blut rauscht in meinen Ohren. Ich habe nur heute Abend die Möglichkeit zu fliehen. Das ist meine einzige Chance, sonst sitze ich in diesem goldenen Käfig fest!

»Wie bitte?«, zischt Lorenzo und springt so hektisch vom Stuhl auf, dass er nach hinten umkippt. Irgendein dummer Bediensteter rennt sofort los, um ihn wieder aufzustellen.

»Das hast du gar nicht erzählt, Mutter!«, presst Alvaro durch die Zähne hervor.

»Ihr hättet ja auch so schnell wie möglich das Schloss verlassen«, säuselt sie grinsend und zuckt belanglos mit den Schultern. Fast so, als würde sie uns nicht jegliche Freiheit rauben.

»Natürlich hätten wir das. Was soll der Scheiß?«, knurrt Lorenzo.

»Das kann lustig werden«, flötet Blanka munter. Hat sie noch alle Nadeln an der Tanne oder was geht mit dieser Frau ab? Wie kann sie das so gelassen nehmen? Ist sie vielleicht doch freiwillig hier? Oder ist sie einfach dumm? Dumm, naiv und machtgierig, weil sie die Königin von Spanien werden könnte.

»Und was machen wir in dieser Zeit?«, fragt Alvaro. Ich könnte schwören, sein Augenlid zuckt vor Wut.

»Keine Ahnung … Nachwuchs zeugen oder so. Euch jungen Leuten fällt schon etwas ein.«

Hat die Königin wirklich *Nachwuchs zeugen* gesagt? Mich schüttelt es. Das ist eine solch gruselige Vorstellung. Außerdem möchte ich keine Kinder. Niemals. *Den Kram tue ich mir nicht an.*

Fassungslos betrachten die Prinzen ihre Mutter. Keiner sagt auch nur ein weiteres Wort. Es würde sowieso nichts bringen. Die Königin hat ihre

Entscheidung gefällt. Und wie das nun mal so ist, muss sich jeder daran halten.

Aber ich nicht! Wir fahren zusammen zum Festland. Sie wird es nur nicht mitbekommen.

»Du sagtest, unsere Freunde bleiben ebenfalls hier, aber sie befinden sich nicht im Schloss ...«, hakt Alvaro nach.

»Die kommen mit der Fähre heute Abend und lassen euch dann aus dem Speisesaal«, plappert die Königin fröhlich und richtet sich geschmeidig vom Stuhl auf.

Plötzlich schließen sich die großen Holztüren um uns herum. *Sie sperren uns in dem Saal ein.* Nein! Meine Fluchtmöglichkeit ...

Lorenzo betrachtet mich flüchtig. Ihm muss derselbe Gedanke gekommen sein. Immerhin war er es, der mir erzählt hat, wann die Fähre zurückgeht.

»Wir sind die Prinzen, du kannst uns nicht einsperren und auf der Insel gefangen halten!«, knurrt Lorenzo drohend, aber Estella bleibt ungerührt. Sie lächelt kühl, während sie auf eine der Holztüren zugeht.

»Und ich bin die Königin. Das Personal wird euch weiterhin jeden Wunsch von den Lippen ablesen, aber niemand wir euch gehen lassen, wenn ihr es verlangt. Die Telefone werden abgestellt und Handyempfang gibt es nicht. Findet euch damit ab!«

Mit diesen Worten schlüpft sie durch einen Spalt und verschwindet. Sie lässt uns alleine. Eingepfercht in einem Speisesaal.

KAPITEL 3

AITANA

Die Wände wurden mit einer komischen, dunkelgelben Vliestapete tapeziert. Darauf sind goldene Muster zu erkennen. Sie sieht alt aus, aber stammt nicht aus einem früheren Jahrhundert. Der Boden besteht noch aus kaltem Stein, der definitiv aus einem früheren Jahrhundert bestehen könnte. Er ist schwarz und hat an einigen Stellen Einkerbungen, die ihn uneben machen. Ansonsten wurden einige bunte Teppiche ausgelegt. Der Tisch, die Stühle und die Schränke sind alle aus dunklem Holz. Welcher Baum das mal war, ist mir unklar. Ich kenne mich damit nicht aus. Über dem Tisch hängt ein protziger Kronleuchter, und an den Wänden spenden Kerzen normalerweise Licht. Die sind aber nicht angezündet, da die Sommersonne ihre letzten Strahlen durch die Fenster schickt. Dieser Teil des Schlosses muss nicht komplett renoviert worden sein, da der Flur, durch den ich vorhin getragen wurde, und Lorenzos Schlafzimmer bodentiefe Fenster besitzen, während die im Speisesaal recht klein und mittig platziert sind.

Es gibt eine Bar. An der Wand dahinter steht ein riesiges Regal mit dem unterschiedlichsten Alkohol, an dem sich Alvaro bedient. Er trinkt einen Whisky, wenn ich es richtig gesehen habe. Blanka steht neben ihm und quasselt ihm das Ohr ab. An seiner Miene erkennt man, dass sie ihn nervt, aber er sagt nichts dazu.

Lorenzo hat es sich am anderen Ende des Tisches bequem gemacht. Er meidet mich und alle anderen in diesem Raum. Die Leute, die vorhin noch mit uns zu Abend aßen, durften den Saal verlassen, was die Stimmung kippen ließ.

»Bruder, trink mit mir!«, ruft Alvaro ihm zu, doch Lorenzo ignoriert seine Worte. Nach weiteren Minuten sieht er mich schließlich an. In seinen Augen brennt etwas, dass ich nicht identifizieren kann. Ist er noch sauer, weil ich ihn *königliche Beschissenheit* genannt habe?

Egal, wie gemein meine Aussage war, ich werde mich nicht dafür entschuldigen. Das hat er nicht verdient. Nicht, nachdem er im Schlafzimmer so … so … so keine Ahnung zu mir war.

»Was glotzt du so bescheuert?«, fauche ich stattdessen. Ich muss ihm klarmachen, dass man mit mir nicht tun und lassen kann, was man will. Ich werde diesen Schlossaufenthalt lediglich durchstehen und dann für immer verschwinden. Ich werde fliehen und rennen, so schnell und lange mich meine Beine tragen können.

Lorenzos Mundwinkel zucken kaum merklich – oder ich bilde es mir ein. Kann es sein, dass ich ihn amüsiert habe?

Leider lächelt er nicht wirklich, sondern betrachtet mich stumm weiter. Ich kann nicht erahnen, was in seinem Kopf vor sich geht. Zu gerne wüsste ich es.

Aber ... wahrscheinlich gibt's da sowieso nichts, was interessant wäre.

»Kannst du dieses Feuer spüren, Bruder?«, ruft Alvaro scherzhaft. Ich werfe ihm einen knappen Blick zu. Immerhin er lächelt. »Aitana wird nicht leicht zu händeln sein. Wenn du Hilfe brauchst, sag Bescheid.«

»Hey!«, schnauben Blanka und ich gleichzeitig. Das ist gruselig. Das sollten wir nie wieder aus Versehen machen!

»Lorenzo wird sehr wohl mit ihr alleine fertig!«, prustet Blanka, woraufhin Alvaro seine hübschen blauen Augen verdreht.

»Niemand wird mich händeln! Ihr haltet euch besser von mir fern!«, sage ich stur und verschränke die Arme vor der Brust.

»Sonst?«, knurrt Lorenzo rau und ich erschaudere. Er darf meine harte Schale nicht bröckeln lassen. Ich bin eine selbstbewusste Frau, die weiß, was sie will und das umsetzt. Zumindest rede ich mir das ein.

Der dunkelhaarige Prinz sitzt schräg auf dem Stuhl, hat seinen linken Fußknöchel auf das rechte Knie gelegt und die Hände ineinander gefaltet. Mir fallen erst jetzt die Ringe an seinen Fingern auf.

»Sonst mache ich dir das Leben zur Hölle!«, drohe ich und recke das Kinn in die Höhe. Meine imaginäre Prinzessinnenkrone könnte sonst von meinem Kopf rutschen.

Plötzlich springt Lorenzo auf. Ich ebenfalls. Aus Angst. Oder Nervosität. Keine Ahnung, jedenfalls bekomme ich das Bedürfnis zu fliehen. Und als er auf mich zumarschiert, renne ich um den Tisch.

»Übertreib es lieber nicht!«, warnt Alvaro mich von den billigen Plätzen aus. Dabei kann er sich das Lachen nicht verkneifen.

Lorenzo jagt mir nach. Immer und immer wieder umrunden wir den Tisch wie zwei spielende Kinder. »Bleib weg!«, schreie ich panisch. Dann passiert das, was ich befürchtet habe.

Ich knicke in diesen bescheuerten hohen Pumps um und falle. »Scheißdreck!« Ich keuche, und Lorenzo tritt vor mich. Er sieht zu mir hinunter. Wut brennt in seinen dunklen Augen.

»Jetzt bist du fällig!« Der Ton seiner Stimme ist ernst. *Ich bin am Arsch.*

Er breitet seinen Arm aus und schiebt das Geschirr zu Boden. Dabei scheppert das Besteck, die Teller und Gläser zerbrechen laut. Anschließend packt er grob meinen Oberarm und zieht mich auf die Beine. Er drückt mich mit dem Rücken auf den Tisch, spreizt meine Beine und nimmt dazwischen Platz. Meine Arme fixiert er mit seiner linken Hand über meinem Kopf.

Ich bin ihm ausgeliefert. *Scheißdreck!*

Unruhig zappele ich auf dem Tisch. Meine Bewegungsfreiheit ist recht eingeschränkt und losreißen ist unmöglich. Er ist um so vieles stärker als ich.

Der Duft seines Parfums steigt mir in die Nase. Ich muss seufzen, will nicht, dass dieser meine Sinne einnimmt.

»Du wirst Respekt vor mir haben. Ich bin der Prinz Spaniens und lasse mich nicht von dir vorführen!«

Mein Herz bebt so laut, dass er es unmöglich überhören kann, und mein Blut rauscht mir bis in die Ohren. Es klingt wie das Meer. Aber da ist noch etwas ... Gefällt mir die Scheiße etwa?

»Du bist nur der Prinz. Für den Thron hat es wohl nicht gereicht?!«, werfe ich ihm grinsend an den Kopf. Seine Augen funkeln mir verspielt brennend entgegen. Seine Mundwinkel verziehen sich tatsächlich zu einem Lächeln.

»Du hast anscheinend keine Ahnung, wen du hier vor dir hast.« Seine freie Hand streicht über meinen Oberschenkel. Sie wandert über die Innenseite, bis hin zu meiner Mitte. Kurz vor *ihr* stoppt er. Ich muss mir ein leichtes Stöhnen verkneifen, weil sich seine Berührungen besser anfühlen, als ich mir hätte vorstellen können. Alles in meinem Unterleib beginnt zu kribbeln, und die dünnen Härchen an meinen Armen stellen sich erregend auf.

Das darf mir nicht gefallen. Warum reagiert mein Körper so? Ich kenne das gar nicht von mir. Was wohl aber eher daran liegen mag, dass ich nie Männerkontakt hatte.

»Ich will, dass du mich um Verzeihung anflehst!« Seine Finger streifen über den Stoff meines Slips, genau über meine Pussy. Ich zucke zusammen und keuche leise auf.

Ich spüre selbst, wie feucht ich bin, und dass ich immer nasser werde. Es ist mir total unangenehm, als er es ausspricht und Blanka und Alvaro seine Worte hören und alles mitverfolgen wie im Kino.

»Du machst mich dumm von der Seite an, aber zerfließt unter mir wie ein Wasserfall? Ironisch, oder? Ich könnte dir geben, wonach du dich verzehrst, aber erst entschuldigst du dich.«

Meine harte Fassade bröckelt mehr und mehr. Trotzdem kann ich mich nicht entschuldigen. Dieser Satz, will meine Lippen einfach nicht verlassen. Er verdient es nicht!

»Fick dich!«, spucke ich ihm entgegen. Seine Finger bohren sich tiefer in den Stoff. Ich kann sie so deutlich fühlen, sie lassen alles in mir erzittern.

Wie muss der Sex mit ihm erst sein?

»Falsche Aussage«, haucht er gegen mein Ohr. Er hebt mein rechtes Bein leicht an, damit er mir einen festen Schlag auf den Hintern verpassen kann. Ich stöhne schmerzerfüllt auf. *Was soll das?* Und warum fühlt sich das gut an?

Ein leichtes Prickeln verteilt sich auf der betroffenen Stelle. Ich beiße mir auf die Unterlippe und merke, wie Hitze in meine Wangen steigt.

Ich betrachte sein verspieltes Gesicht, diese himmlischen vollen Lippen und seine dunklen, wunderschönen Augen, die mich erwartungsvoll ansehen.

»Lass mich gehen!«, presse ich hervor. Lorenzo schüttelt den Kopf und verpasst mir einen weiteren Klaps. Wieder keuche ich und werde feuchter und feuchter. Ja, ich laufe vollkommen aus.

Diese Berührungen, die Nähe, seine ganze Erscheinung und diese verdammte Dominanz machen mich so unfassbar geil. Ich will gar nicht, dass er aufhört, obwohl es falsch ist. Nur stört es mich, dass wir Zuschauer haben.

Und das weiß er. Das ist der Sinn hinter dieser *Strafe*.

Perverses Pack!

»Noch hast du die Chance, dich zu entschuldigen. Wenn ich erst anfange, wirst du leiden!«, droht er kalt. Diesmal bin ich es, die den Kopf schüttelt. *Nur über meine Leiche!*

Lorenzo lässt abrupt von mir ab und dreht mich auf den Bauch. Meine Füße finden den Boden. Und ehe ich mich versehe, klatscht seine flache Hand ein weiteres Mal auf meinen Arsch. Viel fester als zuvor.

»Aua!«, fauche ich und will mich instinktiv in die Glasplatte des Tisches krallen, aber ich finde keinen Halt.

»Halt den Mund!«, befiehlt er und schlägt zu. Ich presse die Lippen zusammen und schlucke. Es schmerzt höllisch, aber ich werde nicht nachgeben.

Schlag *fünf* folgt.

Sechs.

Ich winde mich unter ihm, aber er lässt nicht los, nimmt meine Hände und fixiert sie hinter meinem Rücken.

Sieben.

Tränen steigen mir in die Augen. Er geht zu weit.

Acht.

Sie laufen mir über die Wange, aber ich ertrage es. Ich will es durchhalten. Will ihm nicht die Genugtuung geben, über mich gesiegt zu haben.

Neun.

Warum hört er nicht endlich auf? Sieht er nicht, dass ich fertig bin?

Ich schluchze laut und hätte erwartet, dass meine Erregung nachlässt …

Nein, sie bleibt gleich.

Zehn.

Meine Schmerzgrenze ist erreicht. Ich kann nicht mehr. »Bitte«, wimmere ich heulend.

»Ich gebe einen Fick auf deine Gefühle, Sweetheart!«

Elf.

Meine Beine geben nach, aber Lorenzo hält mich. Mein Körper erschlafft unter den Schmerzen, die meine Arschbacken ausstrahlen. Ich schmecke meine Tränen. Sie sind salzig.

»Hör bitte auf! Es tut mir leid!«

»Da fehlt noch etwas!«

Zwölf.

»Es tut mir leid, eure königliche Hoheit!«, jammere ich bitter. Im Hintergrund höre ich Blanka lachen, aber sie ist mir egal. Ich kann an nichts anderes denken als an die Schmerzen, die sich in mir ausbreiten.

Lorenzo lässt von mir ab und ich sinke auf die Knie. Im nächsten Moment werden die großen Holztüren aufgerissen. Ich höre dumpfe Stimmen, wische mir schnell die Tränen aus dem Gesicht und stehe mit wackeligen Beinen auf.

Ich muss hier raus! Aber wohin? Ins Schlafzimmer. Egal wohin, Hauptsache weg hier!

Während ich nach draußen stürme, marschieren ein Dutzend junge Leute in den Saal hinein. Ich beachte sie nicht, ignoriere ihre verwirrten Gesichter und renne die Treppen nach oben. Ich erinnere mich an den Weg ins Schlafzimmer, und dort angekommen, knalle ich die Tür hinter mir ins Schloss.

Lorenzo hat mich verletzt und gedemütigt! Das werde ich niemals vergessen. Er ist ein kaltblütiges Monster! *Ich hasse ihn!*

Meine Arschbacken schmerzen, als ich mich auf sie sinken lasse und meinen Rücken gegen die Tür lehne, damit niemand so schnell hier hereinkommt. Einen Schlüssel gibt es nicht. Warum? Schätzt Lorenzo keine Privatsphäre?

Ich kann die Tränen nicht unterdrücken, also lasse ich sie an meinen Wangen hinunterlaufen. Mein Körper brennt. Vor Schmerz, Wut und … Erregung? Wie kann ich jetzt immer noch Erregung empfinden?

Meine Gedanken drehen sich um das Geschehene. Irgendwas hat mir daran gefallen. Es ist unerklärlich und absolut absurd, aber ich kann es nicht leugnen.

Weinend bleibe ich auf dem Boden zurück, während allmählich dröhnende Musik bis ins Schlafzimmer dringt.

Er feiert mit seinen Freunden, nachdem er mir so was angetan hat?

Ich werde mich an dir rächen, Lorenzo!

KAPITEL 4

LORENZO

Ich kippe mir Shot Nummer drei hinter die Birne. Gerade als ich mir das kleine durchsichtige Gläschen erneut befüllen möchte, klopft mir Flavio auf die Schulter, und der Wodka verteilt sich auf der Bar.

»Bro! Was soll der Scheiß?«, knurre ich ihn an.

Ein breites Grinsen liegt auf seinen Lippen, während er sich neben mich setzt und mich ansieht.

Ich kenne ihn schon, seit ich klein bin. Wenn ich es richtig im Kopf habe, müssten es zehn Jahre sein. Wir waren zusammen in der Schule. Ich habe ihn durch jede Klasse begleitet und mit ihm in den Pausen Mist gebaut.

Seine lockigen schwarzen Haare hat er in einen kurzen Zopf gebunden. Er trägt sein Septum in der Nase. Das Licht bricht sich darin und blendet mich leicht. Er musste es sich nach einer Wette stechen lassen. Wir wollten beide dieselbe Frau ins Bett bekommen, und ich habe gewonnen.

Wer kann mir auch widerstehen?

»Sorry, Hase. War keine Absicht«, säuselt Flavio, reißt mir die Wodkaflasche aus der Hand und befüllt uns beiden ein Gläschen. Wir nehmen sie hoch, stoßen an und kippen den Kram mit einem Zug in den Hals. Er brennt, aber tut seinen Zweck. Und das ordentlich.

Ich spüre jeden Tropfen Wodka, der meine Kehle hinab rinnt und in meinem Magen aufgefangen wird. Die Wirkung ist, dass mir schummrig wird und meine Laune steigt. *Ja, sie steigt, nachdem Sweetheart sie mir versaut hat.*

Sie hat all das, was ich mit ihr gemacht habe, verdient. Sie soll irgendwo in einer Ecke hocken und flennen. Dann nervt sie mich nicht.

»Alvaro hat erzählt, dass deine Kleine Feuer im Arsch hat.« Flavio wackelt mit den Augenbrauen. Musik donnert im Hintergrund. Der Bass strömt durchs gesamte Schloss.

»Anscheinend. Die hat sich mit mir angelegt, kannst du dir das vorstellen?«, erwidere ich und verdrehe die Augen.

Flavio füllt die nächsten Gläschen. »Ich würde lieber die nehmen als Blanka. Die Alte geht mir mächtig auf den Sack.«

»Du kennst sie seit ein paar Minuten?!« Wir lachen auf. Flavio hat aber recht. Ich selbst kenne Blanka bereits seit ein paar Tagen. Sie nervt noch gewaltiger als Aitana. Das liegt an ihrer heuchlerischen, schmeichlerischen Art. Sie will unbedingt die Königin von Spanien werden und kriecht meinem Bruder regelrecht in den Arsch.

Ob Alvaro sie schon gefickt hat?

Mich schüttelt es bei dem Gedanken. Ich würde Blanka nicht einmal mit der Kneifzange anfassen, obwohl ich zugeben muss, dass sie heiß und schön ist. Sie hat alles, was ein Mann von ihr wollen könnte.

Leider stehen mein Bruder und ich nicht auf Weiber, die uns die Eier lecken, um ein wenig unserer Macht bekommen zu können.

»Wo hat deine Mutter die nur aufgegabelt?« Flavios Blick wandert zu Blanka, die neben Alvaro wie eine Königin steht. Sie reckt den Kopf in die Luft, hat die Hände hinter ihrem Rücken verschränkt und lacht über Jeronimos dummen Witze.

»Valencia. Ihre Eltern kommen aus gutem Hause, haben Unmengen an Geld, aber sind nicht adelig. Sie haben einfach die Chance gewittert, ihre Tochter zur Königin zu machen«, erzähle ich knapp, was ich weiß und schaue zurück zu Flavio. Er wendet sich dem Regal hinter der Bar zu und scheint zu überlegen, was wir als Nächstes trinken könnten.

»Oh … Erdbeerlikör«, japst er munter und springt vom Hocker. Er bedient sich am Regal und macht die Gläschen damit voll. Die rote Flüssigkeit hat eine dicke Konsistenz und lässt sich trinken wie weiche Butter. *Komisch.*

Es schmeckt sehr süß, man merkt den Alkohol daher kaum. Das ist sehr gefährlich. Man überschreitet dadurch sein Limit und checkt es nicht einmal.

Aber habe ich heute überhaupt ein Limit? Solange ich nicht kotzen muss, ist es mir egal. Immerhin hängen wir auf dieser scheiß Insel fest!

»Warum bist du freiwillig da?«, frage ich Flavio, der sich mit den Ellenbogen auf der Theke abgestützt hat.

»Hallo? Party, Party, Party!«, antwortet er amüsiert.

»Na ja, so toll finde ich das nicht.«

»Hier sind eine Menge hübscher Weiber, es gibt Alkohol und eine Vollverpflegung. Was will man mehr, Hase?«

Ich hasse diesen Kosename. Irgendwann hat er angefangen, mich so zu nennen. *Hase.* Sehe ich aus, als hätte ich weißes Fell und einen Puschelschwanz? Ich bin kein fucking *Hase!*

»Wie kamst du nochmal auf den Namen?«, murmle ich und Flavio lacht.

»Du hast als Kind einen Hasen gehabt. Und du hast den Käfig offengelassen. Als du bemerkt hast, dass er weg war, hast du dir tagelang die Augen ausgeheult.«

Ach ja. Da klingelt was. Nicht witzig!

»Mach voll«, sage ich nur und sehe über sein dämliches Lachen hinweg.

»Natürlich ... Hase.« Er schenkt ein, und ich leere das Glas in einem Zug. *Das schmeckt so gut.*

»Schaut mal, was Jeronimo mitgebracht hat!« Alvaro marschiert mit Jeronimo auf uns zu. Er hält einen Joint in der Hand und wedelt damit durch die Luft.

»Das haben wir ja seit Jahren nicht mehr geraucht«, antwortet Flavio begeistert und reißt Alvaro die Tüte aus der Hand. Er nimmt das Teil zwischen die Lippen, und Jeronimo hält ihm das Feuerzeug entgegen. Der Joint beginnt an der Spitze rötlich zu flimmern.

Nachdem er einen tiefen Zug genommen hat, reicht er ihn Alvaro.

»Ich war auf Toilette und schon ziehst du dir Drogen rein?«, faucht plötzlich Blanka hinter ihm. Sie stößt dazu und sieht ihren Prinzen empört an. Ich muss seufzen, was sie nicht unkommentiert lässt.

»Stöhn nicht so. Die Scheiße ist ungesund!«

»Was hast du Schnepfe gerade gesagt?«, knurre ich sie an. Sie zuckt zusammen und korrigiert sich.

»Tut mir leid, Hoheit, aber so was macht man als Prinz nicht.«

»Geh mir nicht auf die Eier!«, zischt Alvaro sie nun an. Ihr hübsches Gesicht entgleitet ihr beinahe weinerlich. Sie nimmt Abstand von der Runde und gesellt sich zu ein paar Mädchen. Dass Alvaro so mit ihr umspringt, hat sie wohl nicht erwartet. *Schnepfe!*

»Vielleicht sollte ich mit ihr dasselbe machen, was du Aitana angetan hast. Scheint ja so, als hätte es was gebracht. Sie lässt dich in Ruhe«, meint mein Bruder und reicht mir den Joint.

»Solltest du durchaus in Erwägung ziehen.« Ich nehme die Tüte zwischen die Lippen und inhaliere den Qualm. Dann reiche ich sie an Jeronimo, der es sich auf einem Hocker bequem gemacht hat. Seine Haare sind auf wenige Millimeter geschoren. Diese *Frisur* hat er erst vor Kurzem für sich entdeckt. Eigentlich waren seine Haare so lang wie die von Flavio.

Seine dunklen Augen nehmen an Röte an – was der Joint auslöst.

Jeronimo ist Alvaros bester Freund, sowie Flavio meiner ist. Trotzdem verstehen wir uns allesamt. Obwohl Jeronimo nicht immer mein Fall war. Seine dummen Witze sind unlustig, und generell ist sein

Charakter recht langweilig, während Flavio eher zu der Sorte *durchgeknallt* gehört. Mit ihm habe ich nach abendlichen Saufpartys Straßenschilder geklaut und sie in verlassene Hausfenster geworfen. Wir haben sogar mal ein Haus angezündet. Wenn auch unbeabsichtigt. Neben meinen königlichen Pflichten hat Flavio mir Spaß gebracht. Er hat meine Teenager-Zeit bereichert.

»Was hast du deiner Flamme angetan, Hase?«, fragt mich Flavio neugierig, und ich muss grinsen.

»Ihr so derbe den Arsch versohlt, dass sie wahrscheinlich die nächsten Tage nicht sitzen kann.« Flavios Augen werden groß und Alvaro klopft mir lobend auf die Schulter.

»Ich hab's gesehen«, erwidert mein Bruder.

»Das hätte ich auch gerne gesehen. Fand sie es schlimm?« Flavio wippt hinter der Theke.

»Die heult sich immer noch die Augen aus.« Ich nehme den Joint entgegen und ziehe daran. Kurz muss ich einen Hustenreiz unterdrücken.

»Oder auch nicht, Hase.« Flavio zeigt hinter mich. Ich wirble auf dem Hocker herum und treffe auf Aitanas zorniges Gesicht. Ihre dunklen Augenbrauen sind wütend verzogen, und sie presst die Lippen aufeinander. Sie fixiert mich und kommt mit schnellen Schritten genau auf mich zu.

Was will sie denn jetzt?

Direkt vor mir macht sie Halt. Ich kann nicht schnell genug reagieren, da holt sie aus und verpasst mir eine donnernde Ohrfeige mit der flachen Hand.

Alvaro, Flavio und Jeronimo sind erst schockiert, dann beginnen sie zu lachen. Meine Wange brennt tierisch, und sofort schießt tobender Ärger durch meine Adern. Sie hat mich geschlagen. Vor meinen Freunden. Vor all den Leuten, die sich in diesem Speisesaal befinden. *Mich!* Den Prinzen von Spanien! Ist sie lebensmüde?

Ich steige vom Hocker, doch werde von dem Alkohol sofort wieder umgehauen und muss mich setzen. Alles in meinem Kopf beginnt sich zu drehen. Mir ist so schwindelig, dass ich fast meinen Zorn auf sie vergesse.

Scheiße ist mir schlecht.

Aitana grinst breit, dann peitscht sie ihren Pferdeschwanz in meine Richtung und begibt sich hinter die Bar. Flavio macht ihr Platz, und somit bedient sie sich ausgelassen an dem Erdbeerlikör. Sie nimmt kein Gläschen dafür, nein, sie trinkt einen großen Schluck aus der Flasche.

Dumme Schlampe!

»Nur weil ich dir jetzt nichts tue, heißt es nicht, dass keine Retourkutsche kommt, Sweetheart!«, warne ich sie. Für eine Sekunde verschwindet ihr Lächeln und ihre Miene legt sich in Angst, doch dann macht sie unbeirrt weiter und nimmt einen zweiten Schluck.

»Die hat Eier aus Stahl«, säuselt Jeronimo und zuckt mit den Schultern. Ich werfe ihm einen spöttischen Blick zu und gebe ihm schließlich den Joint, den ich zwischen meinen beringten Fingern halte.

Sie mag mutig sein, aber irgendwann wird sie sich unterwerfen und mir auf Knopfdruck gehorchen. Wenn ich sie schon am Hals habe, weil keine Fähren mehr fahren, dann wird es für sie wenigstens die Hölle auf Erden werden. Und niemand – verdammt, niemand – kratzt an meinem Ego!

Ich mustere die kleine Puppe, was sie sichtlich nervös werden lässt. Ihre dunklen Haare fallen vereinzelnd aus dem Pferdeschwanz. Ihre Wimperntusche ist leicht verschmiert, was sicherlich an den Tränen lag, die sie wegen mir vergießen musste, aber ansonsten schreit nichts mehr danach, dass sie geweint hat. Jegliche Trauer ist aus ihren haselnussbraunen Augen gewichen.

Ich schaue tiefer.

Ihre Brüste sind prall und wohlgeformt. Meine Hände würden sich perfekt um sie schließen können. Sie ist nicht allzu schlank, was mir auch gefällt. Ich erkenne ein paar kleine Speckröllchen, die sich super dazu eignen, mich an ihrem Körper festzuhalten, wenn ich sie Doggy nehme. *Kurven hat die Kleine.*

Ich finde es gut, dass sie kein dünnes Brett ist, so wie Blanka. Aitanas Körper lässt sie natürlich wirken.

Mein Schwanz regt sich. Ich darf mir nicht vorstellen, wie es wäre sie nackt unter mir zu haben. Sie zu vögeln. Das hat sie nicht verdient. Sie verdient es nicht einmal, in die Nähe meines Schwanzes gelassen zu werden.

»Flavio«, stellt er sich bei Aitana vor. Er reicht ihr die Hand, und sie nimmt sie tatsächlich entgegen und schüttelt sie freundlich.

»Aitana.«

»Ich bin Jeronimo.« Sie wendet sich ihm zu und schüttelt auch ihm die Hand. Wollen meine Jungs jetzt Punkte bei ihr sammeln oder warum sind sie so höflich? Ich kotze gleich. Verdammte Schleimer.

»Aitana … dich hätte ich ja nicht auf der Party erwartet«, flötet plötzlich Blanka neben meinem Ohr. Sie lässt sich auf dem Barhocker nieder und stützt ihren Kopf auf den Händen ab. Zuckersüß lächelt sie Aitana entgegen.

War ja klar, dass diese Schnepfe kommt, wenn sie Konkurrenz in der Nähe wittert.

Was ihr hauptsächliches Problem mit Aitana ist, konnte ich noch nicht entschlüsseln. Dazu kenne ich sie nicht gut genug und um ehrlich zu sein: will ich auch gar nicht. Vielleicht sieht sie aber auch wirklich eine Konkurrenz in ihr. Sollte Alvaro abkratzen, hätte sie keine Macht mehr über Spanien, außer sie hat Kinder. Und Alvaro will keine.

Die Krone wird mit uns aussterben. Wird sowieso Zeit für ein demokratisches Land. Die Monarchie ist schon lange abgedroschen und gleicht einer Diktatur.

»Tu mir einen Gefallen und nerv andere Leute mit deinem dämlichen Geplapper«, erwidert Aitana ebenfalls so zuckersüß wie Blanka.

Blankas Augenbrauen ziehen sich zusammen. Ihr Körper spannt sich an und ihr Lächeln verliert an Kraft. Die Schnepfe kann nicht mit Konter umgehen. *Niedlich.*

»Ich scheine nur dich zu stören, also kann ich bleiben«, erwidert Blanka.

Nein, du störst jeden. Aber niemand will etwas sagen, da diese Spannung zwischen dir und Aitana echt interessant ist.

KAPITEL 5

AITANA

Diese dumme Schnalle macht mich ernsthaft von der Seite an?! Was ist ihr Problem mit mir? Zum Glück weiß ich, wie ich mit dieser Art Frau fertig werde. Ich war jahrelang auf einer Mädchenschule, da ist sie mein geringstes Übel. Ich habe viel, viel schlimmere Mädchen erlebt.

»Wir sollten ins Billardzimmer gehen. Ich langweile mich langsam«, meint Jeronimo und sieht fragend in die Runde.

»Klingt gut, ihr gegen uns«, antwortet Alvaro und deutet erst auf Flavio, Lorenzo und mich, dann auf Blanka, Jeronimo und sich selbst.

»Die Verlierer gehen nackt im Meer baden«, wirft Flavio ein und wackelt spielerisch mit den Augenbrauen.

Was? Nein. Niemals gehe ich mit ihm und Lorenzo Nacktbaden. Das können sie vergessen! Mein Körper bekommt niemand von ihnen zu Gesicht!

»Oh ja. Das wird spannend«, flötet Blanka und springt auf.

Nein, das ist nicht spannend, das ist dumm! Sogar ziemlich dumm. Verdammt dumm. Dümmer geht es nicht!

»Bist du dabei?«, fragt Lorenzo. Er wendet sich an mich.

»Auf keinen Fall!«

Plötzlich stößt Alvaro mir in die Seite. Er zwinkert mir zu und will zum Sprechen ansetzen, da teilt sich Blanka mit. »Spaßbremse. Du willst nur nicht, dass jemand deinen dicken Körper sieht!«

»Halt deine Klappe, Flittchen. Wenn der zukünftige König sprechen will, hält das billige Volk den Mund!«, knurrt Alvaro sie nun an, und ich muss mir das Lachen verkneifen. Ein Grinsen lasse ich mir dennoch nicht nehmen, denn Blankas Miene verzieht sich zu einer hässlichen Fratze.

Ich schäme mich nicht für meinen Körper. Schon in der Mädchenschule musste ich mir oft genug anhören, dass ich nicht die idealen Maße habe. Ich bin ein wenig kräftiger gebaut als andere, aber keineswegs über meinem Idealgewicht.

»Und ich werde die zukünftige Königin!«, rechtfertigt sie sich.

»Glaubst du wirklich daran? Das entscheide nämlich ich. An deiner Stelle wäre ich leise, du kannst dir sonst ausmalen, was heute Abend mit dir geschehen wird!«

Abrupt hält Blanka inne und traut sich nicht, ein weiteres Wort über die Lippen zu bringen. Der Blick der Runde gleitet nun vollständig zu mir. Alle sehen mich erwartungsvoll an, und nach Blankas Provokation kann ich nicht anders, als zuzustimmen.

Ich habe es zwar nicht nötig, aber ich werde ihr das Gegenteil beweisen. Ich bin weder eine Spaßbremse, noch schäme ich mich für meinen

Körper. Außerdem müssten wir erst einmal verlieren und zu meinem Glück bin ich recht gut in Billard. Natürlich zählt nicht nur das Können, aber die Chance zu verlieren, ist gering. Ist sie doch! Oder?

»Wollt ihr beim Spiel zusehen?«, ruft Lorenzo den anderen Leuten im Speisesaal zu. Es sind alles Freunde von ihm und Alvaro. Vier Männer und fünf Frauen. Sie liegen ungefähr in meinem Alter und tanzen ausgelassen zur Musik.

»Ein neues Billardduell?«, fragt eine Blondine, und Lorenzo nickt. »Da sind wir dabei.«

Anscheinend haben die Freunde schon öfters Billard gegeneinander gespielt. Ich muss nur hoffen, den besseren Bruder im Team zu haben. Dann kann nichts schiefgehen.

Wir verlassen den Speisesaal und gehen einen langen Gang entlang, der zu einer hölzernen Wendeltreppe führt. Im oberen Teil des Schlosses angekommen, führt ein weiterer Gang zu einem wunderschönen Türbogen. Das Billardzimmer ist atemberaubend. Alte Bücherregale stehen an den Wänden. Es gibt einen Steinkamin, der sogar brennt, und die gewohnte Fensterfront, durch die man auf Madrid schauen kann. Mittlerweile ist es dunkel draußen und die Stadt glitzert in der Ferne.

Ich könnte stundenlang diese Aussicht genießen, aber wir sind für etwas anderes hier. Die Zuschauer nehmen auf den Sesseln und der großen Couch vor dem Kamin Platz. Sie verrenken sich halb, um uns beobachten zu können, und stellen ihre vollen Gläser auf den kleinen Beistelltischen ab.

Der Billardtisch ist protzig und groß und sieht verdammt edel aus. Vermutlich war er sehr teuer. Unter ihm liegt ein roter Teppich, damit der Holzboden vor seinen Beinen geschützt wird. In einem Eimer stehen die Queues, die sich Lorenzo und Alvaro nehmen. Unter dem Tisch holt Flavio die Kugeln hervor und platziert sie mit einem Hilfsdreieck auf dem Tisch. Die weiße Kugel legt er mit einem Abstand vor die anderen.

Lorenzo und Alvaro umkreisen den Tisch und sehen sich gespielt ernst an.

»Eins bis zehn. An welche Zahl denke ich?«, fragt Alvaro.

»Drei«, antwortet sein Bruder grinsend.

»Du lagst tatsächlich richtig. Du fängst an.«

Ich beobachte Lorenzo dabei, wie er den Queue auf dem Tisch, zwischen seinen Fingern ablegt, und vor der weißen Kugel mit der Spitze ansetzt. Er sieht konzentriert aus, was irgendwie … sexy wirkt. *Er ist nicht sexy! Er hat mich geschlagen!* Und ich ihn. Wir sind quitt. Zumal ich nicht leugnen kann, dass mir gefiel, was er getan hat. So irgendwie zumindest.

Er holt aus und trifft die weiße Kugel fest. Sie prallt gegen die Bunten, die in alle Richtungen zerschellen. Und … da … Eine geht ins Loch!

»Wir haben die Ganzen«, teilt Lorenzo mit und setzt den Queue erneut vor der weißen Kugel an. Wieder trifft er, doch leider fällt die angepeilte bunte Kugel nicht ins Loch, sondern prallt gegen eine Kante und kommt mitten auf der Fläche zum Stehen.

»Ich bin«, meint Alvaro. Der blonde Prinz beugt sich über die Tischplatte und setzt an. Er sieht genauso verboten heiß aus wie sein Bruder, aber scheint um einiges netter zu sein.

Hätte ich nicht ihn bekommen können?

Lorenzo ist das Oberarschloch Nummer eins! Ich hasse ihn und wünschte, er würde sich einfach in Luft auflösen. Dann könnte ich diesen Inselaufenthalt als Kurzurlaub ansehen.

Geräuschvoll prallen die Kugeln aneinander, aber keine geht ins Loch. Lorenzo gibt den Queue an Flavio. Dieser nimmt ihn entgegen, zielt und trifft. *Ja!* Eine blaue Kugel fällt ins Loch. Somit darf Flavio nochmal.

Ich scheine in das gute Team gerutscht zu sein. Wenn das so weiter geht, werden wir gewinnen. Und ich *will* gewinnen.

Leider locht Flavio kein zweites Mal ein. Alvaro gibt Jeronimo den Queue und auch dieser versenkt keine Kugel. Nun bin ich.

Mit zittrigen Händen nehme ich den hölzernen Stab an und fixiere die weiße Kugel. Ich darf mich nicht lächerlich machen, indem ich verfehle. Dieser Schuss muss sitzen, und am besten fällt eine Kugel ins Loch. *Bitte, bitte, bitte.*

Ich beuge mich über die Tischplatte, halte den Queue zwischen meinen Fingern und atme tief durch. In meinem Sichtfeld erscheint Alvaro. Seine blonden Haare fallen ihm auf die Stirn. Er beobachtet mich mit eisernen, verspielten Augen, die mich schwach werden lassen. Mein ganzer Körper bebt vor Nervosität, und ich bin mir sicher, die Kugel zu treffen. Doch dann ... Alvaro nimmt zwei Finger hoch und hält sie vor seine Lippen. Seine Zunge schnellt hervor und vermittelt das Bild, er würde eine Pussy lecken. Ich erstarre, merke die Hitze in meinen Wangen aufkommen und schieße aus Versehen im selben Moment gegen die Kugel. Sie hat nicht genug Schwung bekommen und rollt daher nur wenige Zentimeter über das Feld. Lorenzo seufzt aus einer Ecke heraus und reißt mir unsanft den Queue aus der Hand.

Scheiße. Alvaro hat mich abgelenkt!

Scham schießt mir durch die Venen, als Alvaro triumphierend zu grinsen beginnt. Ich hätte ihn nicht beachten dürfen. Hätte mich nicht von seiner unverschämten Geste ... irritieren ... lassen dürfen. Ich bin so verdammt dumm.

»Ich dachte, wir würden fair spielen, Bruder«, raunt Lorenzo, und Alvaro nimmt seinen siegenden Blick von mir.

»Tun wir doch auch«, entgegnet er und zuckt mit den Schultern.

»Du hast Aitana abgelenkt.«

»Das musst du dir eingebildet haben.« Die Spannung zwischen den Brüdern steigt. Man bekommt sie im ganzen Zimmer zu spüren, denn die Luft wird dünner. Beide wollen gewinnen, und sie würden alles dafür tun.

»Anscheinend«, knurrt Lorenzo, wendet sich von seinem Bruder ab und kommt auf mich zu. Seine muskulöse Brust spannt durch sein Shirt. Ich kann bei jedem Schritt erkennen, wie sie sich deutlich darunter abzeichnet.

Warum muss dieses Arschloch so heiß sein?
Er packt mich am Oberarm und zieht mich in eine abgelegene Raumecke vor ein paar Bücherregale.

»Lass dich nicht von Alvaro verführen!«, befiehlt er leise und wirft einen Blick zu den Zuschauern und der Runde, damit er sicher ist, dass uns niemand zuhört.

»Ich habe mich nicht verführen lassen!«, verteidige ich mich und verschränke schützend die Arme vor der Brust.

»Ich weiß, was er dir gezeigt hat, und ich habe gesehen, dass dich das ganz schön nervös gemacht hat.«

Ich muss schlucken. Niemals konnte er das gesehen haben. Und … es hat mich nicht nervös gemacht. Es war zwar ziemlich anzüglich, aber ich habe es verdrängt. Oder? Zumindest habe ich mir nicht vorgestellt, wie es ist, von ihm geleckt zu werden. Immerhin ist er vergeben. Aber es muss gut sein. Von ihm … Er wird wissen, was er mit seiner Zunge macht.

Meine Mitte beginnt zu kribbeln, was mich erneut schlucken lässt.

»Denkst du gerade an meinen Bruder?«, zischt Lorenzo. Seine Augen weiten sich ungläubig, und ich schäme mich augenblicklich für meine Gedanken.

»Nein, bist du irre?«, lüge ich und schaue zu Boden.

»Verarschst du mich?« Seine Stimme klingt zornig, und ich verstehe weshalb. Ich wurde ihm *versprochen* und denke an Sex mit Alvaro. Ich sollte mich in Grund und Boden schämen.

Andererseits kann es mir egal sein, ich hasse ihn!
»Fick dich doch ins Knie!«
»Gut, dann sollst du sehen, was du von meinem Bruder hast.« Das sind seine letzten Worte, bevor wir wieder zum Tisch gehen, weil er mit dem nächsten Schuss dran ist. Ich habe keinen blassen Schimmer, was er mir damit sagen will, aber ich befürchte nichts Gutes.

Die Zeit vergeht schnell und Kugeln werden in Löchern versenkt, da bin ich wieder an der Reihe. Ich nehme Flavio den Queue ab und lehne mich über den Tisch.

»Hallo, Herzblatt«, säuselt plötzlich Alvaro an meinem Ohr. Er hat sich neben mich gestellt, seine Lippen sind so nah an meinem Ohr, dass ich seinen warmen Atem spüren kann.

»Verzieh dich«, fauche ich, doch er lächelt nur.

»Du wirst die Kugel nur treffen, wenn du dich mit allem, was du in deinem kleinen hübschen Köpfchen hast, konzentrierst.« Blitzartig streift seine Hand über meinen schmerzenden Hintern, und ich erzittere unter der Berührung. Ist er wahnsinnig?

Und warum sagt Blanka nichts dazu?

Ich schaue auf, sie spricht ausgelassen mit Lorenzo und ist damit abgelenkt. Das ist eine Falle, ein mieser Plan von den Brüdern oder ... oder ... keine Ahnung!

»Lass uns doch einen Deal machen?«, schlägt Alvaro vor. Seine Hand gleitet tiefer und mein Atem stockt. Er trägt ebenfalls Ringe, ich kann sie über dem Stoff meines Kleides erfühlen.

»Welchen?«, frage ich und wende ihm meinen Blick zu. Ich spiegele mich in seinen eisblauen Augen und glaube, mich darin verlieren zu können, wenn ich mich nicht schleunigst von ihm entferne. Sein angenehmer Duft steigt mir in Nase und ich kann nicht anders, als zu bleiben und dem sanften Klang seiner Stimme zu lauschen.

»Wenn du während des Spiels zwei Kugeln versenkst, tue ich dir einen *Gefallen*. Wenn nicht, gehörst du diese Nacht mir.«

Wie bitte? Mein Unterleib kribbelt höllisch und es kommt mir vor, als würde ich jeden Moment ersticken. *Wurde es hier irgendwie heißer? Ist eine Heizung an?*

Meine Knie werden weich und ich halte den Queue nur noch halb so fest zwischen den Fingern wie noch vor Sekunden.

»Das ist ein schlechter Deal, oder nicht? Wenn ich Kugeln treffe, riskierst du es, zu verlieren.« Ich beiße mir auf die Unterlippe, was Alvaro betrachtet. Sein Lächeln wird wahrhaftiger.

»Ich habe kein Problem mit dem Nacktbaden. Gewinnen oder verlieren spielt doch keine Rolle, wenn man so einen Deal am Laufen hat, oder?« Er zwinkert mir verführerisch zu und seine Hand gleitet unter mein Kleid. Er streichelt über den Stoff meines Slips, genau auf meiner Weiblichkeit. Ich keuche innerlich und verdrehe die Augen.

»Das geht nicht«, hauche ich kaum hörbar.

»Wegen Lorenzo? Du könntest dich an ihm rächen wegen deines armen Hinterns.« Ich muss grinsen, weil der Gedanke zu gut wäre, aber ich bin so nicht.

Ich werde mich nicht auf diese Weise an ihm rächen. Doch dann schiebt Alvaro den Slip zur Seite, wandert mit seinen Fingern an meine Klit, und ich zweifle an meiner Meinung. Er beginnt, *sie* leicht zu massieren, und ich muss mich beherrschen, nicht aufzustöhnen. *Scheißdreck, das tut so gut.* Noch nie hat mich jemand an meiner Weiblichkeit berührt. Das Gefühl ist so befremdlich und gleichzeitig umwerfend. Ich kann mich kaum auf den Beinen halten und würde am liebsten unter seinen Fingern zerfließen.

»Deal«, antworte ich, auch wenn es so unfassbar dumm von mir ist. Wenn ich verliere und keine zwei Kugeln versenke, wird er mich für diese Nacht beanspruchen. *Und wer weiß was mit mir machen!*

Aber ist das nicht das Aufregende? Er könnte mir meine Jungfräulichkeit nehmen, für die ich so lange in der Mädchenschule ausgelacht wurde. Jeden Tag wurde mir gesagt, ich müsse sie endlich loswerden. Ich wäre zu alt, um noch Jungfrau zu sein.

»Du solltest dich konzentrieren, Herzblatt«, empfehlt mir Alvaro schließlich, nimmt seine Hand zurück, die sofort auf meiner Haut fehlt, und lässt mich zu einem Schuss ansetzen. Ich treffe die weiße Kugel ordentlich, aber versenke keine der Bunten. Verdammt. Das könnte schwerer werden, als ich gedacht habe. Ich bete, dass ich mich mit diesem Deal nicht verzockt habe, denn ich will diesen Gefallen von ihm bekommen.

Nein! Nein, nein, nein! Wieder habe ich keine einzige Kugel versenken können. Und mittlerweile werden die Kugeln auf dem Spielfeld rar. Um genau zu sein, liegen noch zwei da. Und die muss *ich* versenken, sonst habe ich den Deal vermasselt und muss mich Alvaro für eine Nacht ausliefern. Ich dachte, ich wäre besser in Billard, aber da habe ich mich wohl verschätzt.

Vielleicht liegt es auch an meiner prickelnden Nervosität. Zwischen meinen Beinen brennt die pure Lust. Ich trage sie seit heute Mittag mit mir herum, und Alvaro ließ sie neu aufflammen.

Zu meinem Übel hat Alvaros Team auch noch aufgeholt. Sie müssen lediglich die schwarze acht ins Loch bringen und haben damit gewonnen. Dann hätte ich nicht nur den Deal verloren, sondern müsste Nacktbaden gehen. *Schlimmer kann es nicht werden.*

Warum hat mein dämliches Hirn sich überhaupt darauf eingelassen?

Blanka nimmt den Queue zwischen ihre schmalen Finger und setzt die Spitze vor der weißen Kugel an. Sie wird es unmöglich schaffen, die letzte Kugel abzuräumen. Sie hat ebenfalls noch überhaupt keine Kugel ins Loch geschickt.

Sie holt aus und schlägt zu. Die weiße Kugel prallt gegen die Schwarze, die wiederum im … *Nein!* Sie versenkt die letzte Kugel im Loch.

Alvaros Team jubelt triumphierend, während ich meine Hände an die Stirn schlage und seufze. Das kann nicht sein. Nein! Nein, nein, nein! Nein!

Diese irre Nuss kann unmöglich den letzten Schlag gemacht haben. Das ist … Das ist … Nein!

Lorenzo beglückwünscht das Team. Ich schaue zu Alvaro, der mir feixend grinsend zuzwinkert.

Ich bin am Arsch. Scheißdreck.

KAPITEL 6

AITANA

Die Nachtluft ist kühl, aber nicht eisig. Eine leichte Meeresbrise weht durch meine Haare, und ich atme tief durch die Nase ein. Rieche das Salzwasser und genieße die Aussicht auf die funkelnde Stadt in der Ferne. Madrid ist atemberaubend.

Im Hintergrund höre ich unsere Zuschauer murmeln. Vor ihnen stehen Blanka, Jeronimo und Alvaro. Alle starren uns erwartungsvoll an.

Ich kann kaum glauben, dass wir wirklich verloren haben und das ich mich … ausziehen muss.

Flavio macht es lachend vor, reißt sich die Kleider vom Leib und springt mit einem schmerzhaft aussehenden Bauchklatscher ins kalte Meer. Nach einigen Sekunden taucht er auf, grinst bis über beide Ohren und krault im Wasser umher.

Ich schaue zu Lorenzo, der sich im rechten Auge herumfummelt, und gehe auf ihn zu.

»Alles okay?«, frage ich, als würde es mich wahrhaftig interessieren. Er antwortet nicht, dann fischt er etwas aus seinem Auge und überreicht es Alvaro. Eine Kontaktlinse? »Bist du blind?«

»Nein.« Er dreht sich zu mir um, und ich erkenne in dem fahlen Licht einer Fackel, dass er zwei verschiedene Augenfarben hat. Sein Linkes ist wie gewohnt braun, doch das Rechte ist … blau.

»Du hast ...«, setze ich an und verliere mich in diesem Schönheitsmerkmal.

»Ja ja. Zwei verschiedene Augen. Hast du mich dann fertig angestarrt?«, knurrt er kühl und zieht sich sein Shirt aus. Mein Mund wird trocken bei dem Anblick seines wohldefinierten Oberkörpers. Ich würde zu gerne über seine Brustmuskeln streicheln, aber zügele mich besser. Ich bin nach diesem Tag wohl die Letzte, die ihn anfassen sollte.

»Wieso versteckst du dein blaues Auge hinter einer Kontaktlinse?«, frage ich daher und stülpe mir zögerlich mein Kleid über den Kopf. Es landet im weichen Sand.

Hinter mir höre ich Blanka lachen. Ich ignoriere ihre dummen Mätzchen, meinem Selbstbewusstsein schaden zu wollen.

Lorenzos Blick gleitet knapp über meinen Körper, dann schaut er mir tief in die Augen und zischt: »Das geht dich einen Scheiß an!« Ungehalten geht er an mir vorbei, lässt nebenbei seine Boxershorts fallen und steigt zu Flavio ins Meer. Einen Blick auf seinen Arsch bekomme ich leider nicht zu sehen. Ich habe mich nicht schnell genug umgedreht. *Mist.*

Ohne auf die Zuschauer zu achten, öffne ich meinen BH und werfe ihn zusammen mit meinem Slip auf den Boden. Ich spüre sämtliche Blicke auf meinem Körper, weshalb ich wenigstens meine Brüste bedecke, als ich mich auf den Weg ins Wasser mache. Es ist kalt, aber auszuhalten. Ich hole tief Luft und springe hinein. Die absolute Stille umhüllt mich für einige Augenblicke, dann tauche ich auf und werde von Lorenzos bunten Augen gefangen genommen.

Er ist einen guten Kopf größer, selbst jetzt, wo ich auf einer kleinen Sanderhebung stehe. Seine Brust liegt frei, meine wird von dem dunklen Meer verschluckt. Zu gerne würde ich tiefer schauen und in dem dunklen Wasser nach seinem Schwanz suchen. Da es Nacht ist, würde ich ihn jedoch nicht finden, deswegen lasse ich meine Augen auf seinem markanten Gesicht ruhen.

Lorenzo ist wunderschön. So anders als sein Bruder, aber genauso traumhaft. Er sieht aus wie ein Gott. Oder ein böser Engel mit schwarzen Flügeln. Ja, das passt besser.

Er ist der Racheengel und sein Bruder ein Schutzengel mit weißen Flügeln, die so prachtvoll sind, dass sie über mehrere Armlängen hinweg ragen. Sie sind samtig und man kann die einzelnen Fasern fühlen.

»Bist du gefühlskalt?«, fragt Lorenzo plötzlich, und ich muss schmunzeln. Wie könnte er das meinen? Hat er mich heute Mittag nicht genug weinen sehen? Habe ich nicht genug Schmerz ertragen müssen?

»Bitte?«

»Du wurdest von einem unserer Angestellten entführt, quasi aus deinem Zuhause gerissen. Man hat dir gesagt, deine Mutter hätte dich verkauft und dass deine gesamte Vergangenheit von meiner Familie bestimmt wurde. Du bist mit mir auf einer Insel gefangen und musst dich einem Schicksal hingeben, für das du nicht geschaffen wurdest. Aber dich scheint es nicht mitzunehmen … wieso?«

Ich muss über seine Worte nachdenken, und mir wird bewusst, dass ich noch gar keine Zeit hatte, alles zu verarbeiten. Ich war kaum zwei Stunde da, in denen ich eingekleidet und von irgendwelchen Leuten genervt wurde, da versohlte Lorenzo mir bereits den Arsch. Ich konnte seitdem an nichts anderes mehr denken als an ihn und Alvaro. Ich hatte keine Möglichkeit, den Verrat meiner eigenen Mutter zu … verarbeiten.

Sie hat mich einfach an die spanische Krone verkauft, als ich ein *Kind* war! Ein kleines, unschuldiges Kind! Wie kann eine Mutter so etwas tun? Wollte sie lediglich, dass es mir durch Reichtum an nichts fehlt oder hat sie nur an sich selbst gedacht? Immerhin muss sie eine ordentliche Summe für mich bekommen haben.

Ich habe keine Ahnung, was ich darüber denken soll. Einerseits könnte es mir weitaus schlimmer gehen, andererseits hätte ich dieses Leben nie für mich gewählt. Ich bin keine Prinzessin, wollte und werde nie eine sein. Ich interessiere mich nicht für die Politik und das Militär und werde es vermutlich niemals verstehen. Der Kram ist mir viel zu kompliziert. Ich würde lieber aufs College gehen, aber diesen Traum kann ich mir nun aus dem Kopf schlagen.

Ich sollte mir eine Katze anschaffen und mit dem Stricken beginnen, damit ich ein wenig Trost in meinem neuen ätzenden Leben bekomme.

Nein, ich werde fliehen, sobald mir die Möglichkeiten offen stehen. Mit der ersten Fähre, die hier anlegt, bin ich weg. Ich werde dieses mir aufgedrängte Schicksal nicht annehmen. Am besten wäre es, ich würde das Land verlassen. Ich wollte sowieso schon immer nach Amerika.

»Ich sehe keinen Grund, zu trauern oder wütend zu sein. Meine Mutter hat mich ausgeliefert, na und? Ich habe seit Jahren bei meinem Vater gelebt. Sie hat mich nicht einmal besucht. Sie bedeutet mir dementsprechend nicht allzu viel. Und mit euch werde ich schon fertig«, antworte ich schulterzuckend und verschweige natürlich den Teil mit der Flucht. Auch wenn er mir erst den Tipp mit den Fähren gegeben hat, muss er nicht unbedingt mehr davon wissen.

»Ihr könnt übrigens rauskommen!«, ruft Alvaro vom Strand aus, doch Lorenzo und ich bewegen uns keinen Meter, sondern sehen uns gegenseitig in die Augen. Ich möchte seine Iris sehen, wenn es hell ist.

»Ich hoffe, dir ist klar, dass ich nicht bei dir schlafen werde.«

Lorenzo grinst. »Ich habe die anderen Schlafzimmer längst geprüft. Meine Mutter hat alle abgeschlossen. Wenn du dir also nicht mit Blanka oder den anderen Mädels eins teilen willst, bleibt dir nichts anderes übrig.«

»Blanka hat ein eigenes Zimmer?«, fauche ich empört und verziehe das Gesicht. Sie wird bevorzugt!

»Sie wehrt sich nicht gegen ihr Schicksal. Sie krabbelt sogar freiwillig in Alvaros Bett. Du nicht.

Und damit du dich an mich gewöhnst, schläfst du bei mir. Hat meine Mutter mir so erklärt.«

Ich schüttele ungläubig den Kopf. Das ist so ein Schwachsinn. »Und du konntest nichts gegen deine Mutter machen?«

Lorenzos Augen verdunkeln sich. Er dreht den Kopf zur Seite und betrachtet die glitzernde Stadt. Ich bezweifle, eine Antwort auf meine Frage zu erhalten.

»Kommt ihr jetzt? Euch muss doch kalt sein?!« Wieder ruft Alvaro uns zu. Die Zuschauer haben längst den Strand verlassen und sind zurück ins Schloss gegangen. Auch Flavio ist nicht mehr bei uns. Es warten nur noch Alvaro und Blanka. *Hätte dieses dumme Weib nicht auch verschwinden können?*

»Na los.« Lorenzo legt einen Arm um meine Hüfte. Sofort brennt seine Berührung auf meiner Haut wie heißes Eisen. Ich spüre die Ringe an seinen Fingern, die Wärme seines Körpers und seufze innerlich wegen seiner Nähe.

Er führt mich aus dem Wasser und Alvaro wirft uns zwei Handtücher zu. Ich wickle es mir um, sammle meine Klamotten vom Boden auf und folge den anderen in das Schloss. Blanka plappert ununterbrochen von irgendwelchen Aktien, die sie sich im Internet angeschaut hat, als würde es irgendjemanden interessieren. Will sie die Prinzen beeindrucken? Punktet man etwa mit Aktien bei ihnen?

Wir betreten die Gänge, in denen die Schlafzimmer liegen. Alvaro lässt sich vorsichtig zu mir zurückfallen und überlässt Blankas Gerede Lorenzo.

»Komm«, flüstert er und sowie er mich erreicht hat, greift er abrupt nach meiner Hand und zieht mich in einen weiteren Gang. Die Schritte von Lorenzo und der Irren werden immer leiser, bis sie gar nicht mehr zu hören sind. Ich atme auf.

»Wo gehen wir hin?«, frage ich neugierig. Der Gang ist so schmal, dass ich hinter Alvaro laufen muss. Meine Hand lässt er nicht los. Seine Finger sind warm und beringt wie Lorenzos. Ob die Ringe eine Bedeutung haben?

Anspannung bildet sich in meinem Körper. Ich werde nervöser, umso weiter wir uns von den Schlafzimmern entfernen. Die Frage, was Alvaro nun mit mir tun wird, steht mir vermutlich auf die Stirn geschrieben. Würde er es mir verraten oder wirft er mich lieber ins kalte Wasser? Ich vermute Letzteres.

»Du verbringst die Nacht mit mir im Salon.«

»Reicht der Speisesaal nicht? Wozu braucht man einen Salon?«

»Du kennst den Unterschied, oder?«, erwidert Alvaro amüsiert und wirft mir einen knappen Blick über die Schulter zu.

»Na ja …« Ich muss gestehen, ich habe keine Ahnung.

»Der Speisesaal ist zum Speisen da. Der Salon zum rauchen, trinken, Poker spielen und um vor dem Kamin zu sitzen.«

»Also eigentlich wie das Billardzimmer«, stelle ich fest, doch Alvaro schüttelt den Kopf.

Er öffnet mir eine große Flügeltür und ich schlüpfe hindurch. Ein riesiger Kamin brennt und bildet die einzige Lichtquelle in diesem Raum. Zwar hängt ein kristallener Kronleuchter von der Decke, jedoch macht Alvaro keine Anstalten, ihn anzuschalten.

Vor dem Kamin steht ein rotes Sofa, rechts und links davon zwei Sessel. Ein Türbogen führt in einen anderen Raum. Ich kann grob den Pokertisch erkennen. Hinter einer Tür links von mir, erwarte ich ein Badezimmer.

Die Fensterfront ist wie in den anderen Teilen des Schlosses ein echter Hingucker. Auch von hier erkennt man Madrid.

Es gibt eine hölzerne Bar, hinter der ein Regal mit Alkohol seinen Platz hat. Ähnlich wie im Speisesaal.

Dieses Zimmer gefällt mir mit Abstand am besten. Der dunkelrote Teppich und die dazu passenden Vorhänge, der dunkle Holzboden und die braune Wand machen den Raum irgendwie gemütlich. Ich würde sogar behaupten; ich fühle mich hier wohl.

»Lass uns ein Spiel spielen, Herzblatt«, raunt Alvaro ruhig und lässt seine Hand an meinen Rücken gleiten. Ich trage nur dieses Handtuch, da mein Kleid voller Sand ist – ich werfe es in die nächste Ecke.

Alvaro hat eine beige Chino an und ein dunkelblaues Hemd, das er mit seiner freien Hand am Hals etwas weiter aufknöpft. Er führt mich zur Bar und bittet mich, mich zu setzen.

»Was hätte die Dame gerne?«, fragt er und positioniert sich wie ein Barkeeper hinter der Theke. Er passt definitiv nicht in dieses Bild. Er gleicht einem Prinzen noch eher als sein Bruder, der mit zerrissenen Jeans durch die Gegend marschiert.

»Was trinkst du denn?«

Alvaro verschafft sich einen Überblick über die Auswahl und greift zu einem Whisky. »Das sieht gut aus.«

»Nehm ich auch, aber bitte mit Cola. Habt ihr so was überhaupt?«

Er bückt sich und holt eine Cola hervor. Hinter ihm, unter dem Regal, befindet sich ein kleiner Kühlschrank – oder eine Gefriertruhe, ich bin mir nicht sicher. Er holt Eiswürfel heraus und gibt ein paar in die Gläser, ehe er den Whisky hinterher kippt. In mein Glas kommt noch die Cola, dann überreicht er es mir und wir stoßen an.

Nach einem großzügigen Schluck stelle ich das Glas ab und schaue Alvaro intensiv an.

»Welches Spiel willst du spielen?«

Seine Mundwinkel zucken. »Frage beantworten oder trinken. Selbsterklärend, nicht wahr?«

»Und dann mischst du mir den Whisky mit Cola?«, scherze ich. Er müsste wissen, dass ich ganz einfach mein Glas leeren werde, anstatt auf seine Fragen einzugehen.

»Das«, er zeigt auf mein Glas, »ist nur zum so trinken. Wir spielen mit purem Wodka.« Er holt eine Flasche mit durchsichtiger Flüssigkeit hervor und stellt sie zusammen mit zwei Shotgläsern auf der Theke ab.

Seine Augenbrauen wippen verspielt, was mich lächeln lässt. »Nein, Alvaro. Das werde ich nicht spielen.«

»Wieso nicht, Herzblatt? Was könnte ich über dich erfahren, wovor du Angst hast?«

Gute Frage. Wovor habe ich Angst? Es gibt nichts, dass mich in Verlegenheit bringen könnte. »Na schön. Spielen wir, aber ich fange an.« Alvaro nickt und ich denke einen Moment nach. Leider fällt mir auf die Schnelle, nichts Prickelndes ein. »Wie alt bist du? Tut mir leid, dass ich das nicht weiß, ist irgendwie an mir vorbeigegangen.« Sicherlich steht darüber einiges in der Presse.

»Dreiundzwanzig«, antwortet Alvaro schmunzelnd. Er muss mich für bescheuert halten, weil mir keine bessere Frage eingefallen ist. Aber wenigstens weiß ich nun, dass er gute fünf Jahre älter ist als ich.

»Bist du wirklich Jungfrau oder glaubt meine Mutter das nur?«, haut er plötzlich seine Frage heraus. Ich verschlucke mich beinah an meinem eigenen Speichel.

Seine Augen fixieren mich neugierig. Ich verschränke die Hände ineinander und lege sie bequem auf der Theke ab. Das darf nicht wahr sein. Um solche Fragen geht es also.

»Ja, ich bin *wirklich* noch Jungfrau, aber ich bin nicht *ganz* unerfahren«, erwidere ich offen, weil ich mir dafür garantiert nicht die Kante geben will.

»Interessant. Erklär mir das genauer.«

Ich überlege kurz, ob ich es ihm lieber nicht erzählen soll. Andererseits habe ich nichts zu verlieren, oder?

»Da mein Vater *sehr* streng war, was meine Jungfräulichkeit betrifft und daher auch nie Kerle in meiner Nähe erlaubt hat, bin ich kreativ geworden. Immerhin gibt es ja tausende Sexspielzeuge. Ich habe mir nach der Schule einen Dildo gekauft und es einer Frau in einem Porno nachgemacht. Das war dann mein erster Höhepunkt mit einem ›Schwanz‹ in mir. Ansonsten habe ich selbst Hand angelegt.«

»Das hätte ich nie von dir gedacht!« Er grinst breit.

»Und du? Bist du Jungfrau?«, stelle ich die Gegenfrage. Alvaro lacht kurz auf und schüttelt den Kopf.

»Seh ich aus, als wäre ich noch jungfräulich?«

»Hätte ja sein können.« Ich zucke mit den Schultern.

»Man kann sagen, ich habe jede Gelegenheit zum Ficken genutzt.«

»Und darauf bist du stolz?«

Alvaro runzelt nachdenklich die Stirn und sieht mich perplex an. »Nicht auf jede, mit der ich geschlafen habe, aber es war eine Freiheit, die ich mir als Kronprinz genommen habe. Ich wollte meinen Verpflichtungen für ein paar Stunden den Rücken kehren, und Sex hat da immer am besten geholfen.«

»Und warum hast du keine Freundin? Warum musste dir deine Mutter Blanka auf den Hals hetzen?«

Er lehnt sich auf die Theke und stützt sein Kinn zwischen Daumen und Zeigefinger ab. »Ich bin der Richtigen noch nicht über den Weg gelaufen.« Er meidet meinen Blick. »Und meine Mutter wird mich nicht zwingen können, mit Blanka ein Paar zu mimen, wenn ich nicht will.«

Irgendwie ist es schade, dass Alvaro seine Zeit mit belanglosem Sex verschwendet hat, anstatt auf die richtige Frau zu warten. Vielleicht sehe aber auch nur ich das so.

»Vergessen wir das Spiel nicht. Du bist offiziell dran.«

Wollte Alvaro die Nacht mit mir tatsächlich so verbringen? Wir spielen ein Spiel und unterhalten uns? Das kann doch nicht alles sein!

»Was hast du mit mir vor?«, frage ich daher.

»Weiß ich noch nicht.«

»Lügst du?«

Seine hellen Augen funkeln, reflektieren das Licht vom Kamin. Er lächelt leicht und schüttelt den Kopf.

»Nein, Herzblatt.«

Irgendetwas verriet mir, dass ich ihm diese Antwort nicht glauben kann. Will er die Spannung nicht kaputt machen und ist deswegen nicht ehrlich zu mir?

Ich sollte abwarten.

»Beichte mir deine dunkelste Sexfantasie«, sagt er unerwartet.

Meine Augen weiten sich ungläubig. Das kann er nicht ernst meinen! Ich will zum Gläschen greifen, doch er fängt meine Hand ab und tadelt mich mit seinem Blick. Er will es wirklich wissen. Ich dachte, ich hätte eine Wahl?

»Lass mich darüber nachdenken«, hauche ich und spüre das Blut in meine Wangen schießen. Ich beiße mir verlegen auf die Unterlippe und krame im tiefsten meines Unterbewusstseins. Ich hatte als Teenie viele Fantasien, da ich Sex nie ausleben durfte. Ich musste mir vorstellen, wie Männer meinen Körper berührten, mich zum Höhepunkt leckten, mich durch die ganze Nacht fickten und mit mir taten, was sie wollten. Ich wollte benutzt werden, habe mich so danach gesehnt, dass ich manchmal nicht schlafen konnte.

Da fällt mir etwas ein, aber es kostet mich eine verdammte Überwindung, es auszusprechen.

»Mein Vater hat jeglichen Männerkontakt im Keim erstickt. Ich habe mir nichts sehnlicher gewünscht als einen Mann, der es mir einfach besorgt. Ich wollte übermannt und benutzt werden. Ich habe mir ausgemalt, wie es ist … vergewaltigt zu werden. Aber auf einvernehmliche Art und Weise. Wir hätten vorher drüber gesprochen und dann hätte diese Person«, das nächste Wort begleite ich mit Finger-Gänsefüßchen, »zuschlagen können, wann auch immer es ihr lieb ist.« Ich presse peinlich berührt die Lippen aufeinander und meide Alvaros Blick. Er nimmt mein Kinn zwischen die Finger und zwingt mich, ihn anzusehen.

»Du hast einen Hang für Rape-Play?« Das Weiß in seinen Augen ist noch leicht gerötet, was vermutlich an dem Joint liegt, den er sich vorhin gegönnt hat.

»Ich würde es *psychische Störung* nennen«, sage ich ironisch. Denn welcher normale Mensch hat Vergewaltigungsfantasien und steht darauf?

»Ich bin kein Psychologe, aber ich kann mir einen Ursprung für diese Fantasie zusammenreimen«, säuselt Alvaro amüsiert. Sein rechter Mundwinkel schnellt in die Höhe, was ihn so verflucht sexy wirken lässt, dass ich ihn am liebsten für immer ansehen würde. »Dein Vater hat eine Sex-Verbot-Regel aufgestellt, und du wolltest jemanden, der diese bricht. Der sich einfach nimmt, was er will, egal, was du oder dein Vater dazu sagen.«

Ich nicke leicht, soweit es mir in seinem Griff möglich ist. »Könnte was dran sein.«

Plötzlich lehnt er sich weiter zu mir, und seine Lippen landen auf meinen. Ich spüre dieses unbekannte Kribbeln in meinem Unterleib und lasse die Hitze aus meinen Wangen in meine Mitte strömen. Unruhig rutsche ich auf dem Hocker herum. Seine Lippen sind butterzart und lassen mich jegliche Kontrolle verlieren.

Ich will mehr, noch so viel mehr. Und er wird es mir geben.

KAPITEL 7

AITANA

Abrupt löst sich Alvaro aus dem Kuss. Er packt derb in meinen Nacken und zieht mich zum Sofa hinüber. Dort zwingt er mich auf die Knie und drückt meinen Oberkörper auf die Sitzfläche. Ich stöhne unter seiner Dominanz und lasse alles kommentarlos geschehen. Meine Mitte brennt gierig vor Lust und Neugier, und ich merke, wie ich auslaufe. Meine eigene Feuchtigkeit rinnt meinen Oberschenkel hinab. Alvaro zieht mir das Handtuch vom Körper und wirft es in die nächste Ecke. Seine Hand streichelt über meinen nackten Rücken. Jede Berührung hinterlässt ein Prickeln auf meiner Haut, das sich nicht beschreiben lässt.

»Spreiz die Beine!«, befiehlt er rau und ich gehorche. Er nimmt dazwischen Platz, gleitet mit der Hand zu meinen Arschbacken und knetet sie. »Braves Mädchen.«

Seine Stimme ist ein hungriges Knurren. Seine andere Hand greift in mein Haar, zieht meinen Kopf in den Nacken, und sein warmer Atem trifft meine Ohrmuschel.

»Du wirst dich jetzt ganz lieb dehnen lassen, verstanden?«

»Dehnen? Meine … meine Pussy?«, frage ich dümmlich. Er lacht hinterhältig.

»Deinen Arsch.«

»Was? Nein!«, sage ich und will mich aufrichten. Sofort drückt er mich zurück auf das bequeme Polster der Couch. Meine Haare ziepen zwischen seinen Fingern.

»Deine Jungfräulichkeit gehört meinem Bruder. Dein Arsch hingegen …«

»Nichts gehört Lorenzo!«, werfe ich wütend ein und will mich erneut aus seinem Griff befreien. Leider ist er um einiges stärker und kann mich mit einer Leichtigkeit an Ort und Stelle fixieren.

Ein Finger wandert zu meinem Hintern, teilt meine Arschbacken und gleitet tiefer zu meinem Eingang.

»Wag es bloß nicht!« Kaum habe ich die Worte ausgesprochen, rutscht er mit seinem feuchten Finger in mich. *Hat er ihn mit Speichel beträufelt? Nein, das fühlt sich wie Gleitgel an. Woher hat er das?* Ich stöhne auf und liege automatisch ruhiger auf dem Sofa. *Fühlt sich diese … Verbotszone … etwa gut an?*

»Dein Safeword lautet *Lorenzo*«, raunt Alvaro amüsiert und dringt tiefer in meinen Anus ein. Ich glaube, ich spinne. Lorenzo? Als Safeword? *Na toll.*

»Ist dir nichts Besseres eingefallen?«

»Nö.« Ein zweiter Finger dringt gegen meinen Eingang. Ich muss keuchen, weil das Gefühl, wie er eindringt, so intensiv ist. Mein Anus umschließt seine Finger vollkommen. Sie sind so tief in mir, dass ich seine Ringe merke. Sie sind kalt und glatt, aber da ist auch etwas Unebenes.

Langsam beginnt er mich zu vögeln. Seine Finger in mir sind definiert. Ich stöhne leise und bin perplex, als er noch einen dritten Finger dazunimmt.

»Reicht das nicht?«, hauche ich tonlos und kralle meine Hände in ein naheliegendes Kissen.

»Nope.« Er dringt ein, mein Griff in den Stoff wird fester. Mein Unterleib kribbelt, und meine Mitte pulsiert so stark, dass ich nur zu gerne um Erlösung betteln würde.

Aber so weit kommt es noch!

Ich höre, wie Alvaro sein Hemd aufknöpft, während er vorsichtig schneller wird. Ich will mich umdrehen, doch schaffe es nicht, weil ich zu überwältigt von den Empfindungen bin.

Sein Oberkörper muss großartig aussehen. Genauso muskulös wie der von Lorenzo. Ich würde ihn küssen und ablecken und liebkosen, wenn ich nur könnte. Ich will Alvaro mit jeder Faser meines Körpers spüren und ihm geben, was er will, so wie er mir gibt, was ich will. Wonach ich mich sehne.

Die Hand, die eben noch seine Brust entblößt hat, streichelt über meinen Hintern. Und plötzlich schlägt er mich. Er gibt mir einen unfassbar festen Klaps auf meine Pobacke, sodass ich aufschreie.

»Die ist für meinen Bruder.«

»Hä?«, mache ich ahnungslos.

»Du hast ihn geschlagen. Und ich nun dich.«

»Das ergibt keinen Sinn.«

Seine Finger werden schneller, anstatt dass er antwortet. Schließlich zieht er sie heraus, und ich vernehme eine Gürtelschnalle.

Automatisch werde ich nervös.

Wie wird es sich wohl anfühlen, von seinem Schwanz ausgefüllt zu werden? Wird es wehtun? »Schön entspannen, Herzblatt«, brummt Alvaro hinter mir und setzt seine Spitze an meinen Eingang. Ich keuche, kralle mich noch fester in das Kissen und höre mein Herz in meinen Ohren schlagen. Es springt mir beinah aus der Brust vor Aufregung. Ein Widerstand drängt sich gegen meine Öffnung. Ich versuche, seinen Anweisungen Folge zu leisten und entspannt zu bleiben, doch habe das Gefühl, dass meine eigene Nervosität mich blockiert.

»Wenn du es nicht auf die harte Tour willst, musst du jetzt loslassen«, sagt Alvaro und drückt sich stärker gegen meinen Anus. Ich atme durch und lasse meinen Körper erschlaffen. Er gleitet in mich. Erst ist es nur seine Eichel, dann sein Schaft. Nach einigen Sekunden presst sich seine Hüfte gegen meine Arschbacken.

Er ist komplett in mir.

Ich stöhne, ehe er mich langsam zu ficken beginnt. Er ist so sanft, dass ich mich fallen lassen und es genießen kann.

»So ist's gut«, knurrt er zufrieden und greift in den Speck meines Rückens. Ich werde lauter, ungehaltener, und er erhöht das Tempo.

Mein Anus fühlt sich ausgefüllt an, Alvaros Schwanz muss eine beachtliche Größe haben. Dieses intensive Gefühl kribbelt bis in meine Weiblichkeit.

Eine Hand umfasst meinen Hals und schnürt mir leicht die Luft ab, was mich noch geiler macht. Meine Feuchtigkeit fließt an meinen Oberschenkelinnenseiten hinab, und ich wünschte, er würde mich erlösen. Andererseits will ich nicht, dass es endet.

Der Sex könnte die ganze Nacht gehen.

Er ist berauschend, einnehmend und lässt mich alles um uns herum vergessen und ausblenden. Für einen Moment verdränge ich sogar, dass ich mit diesen Irren in einem Schloss festsitze, dass sich unglücklicherweise auf einer Insel befindet.

Alvaro wird grober und schneller. Ein leises, entzücktes Seufzen verlässt seine Lippen, und ich schreie meine Lust in die Nacht hinaus.

Sein Becken prallt hart gegen meine Backen. Dass mein Anus das aushält, ist ein Wunder. Ich werde benutzt, wie ich es mir immer vorgestellt habe. *Forsch, hart, geil.*

Eine Hand wandert zu meiner klatschnassen Pussy und beginnt, meine Perle zu massieren. Ich strecke meinen Rücken vor Erregung durch und kann daher über die Lehne des Sofas blicken.

Sofort erschaudere ich. Lorenzo lehnt im Türrahmen. Seine braunen Augen betrachten mich eindringlich. Ja, braunen Augen. Er trägt wieder eine Kontaktlinse.

Sein dunkles Gesicht lässt nicht durchblicken, was er denkt oder fühlt. Ich kann nur erahnen, wie sauer er auf mich sein muss. Ich ficke mit Alvaro. Verdammt, seinem Bruder!

Ich winde mich unter Alvaros Griffen, doch er lässt nicht locker. Seine Hand massiert weiterhin meine Perle und ich habe das Gefühl, jeden Moment zu explodieren. Dass Lorenzo uns in flagranti erwischt hat, brennt umso mehr in meiner Mitte. Ich sollte mich schlecht fühlen und das Safeword sagen, aber was würde das ändern? Ich kann nicht rückgängig machen, was geschehen ist … Und der Orgasmus ist längst nicht mehr aufzuhalten.

Ich komme hart und gleichzeitig mit Alvaro. Mein ganzer Körper zuckt, meine Pussy zieht sich zusammen und schlägt Wellen. Ich schreie laut. Das gesamte Schloss muss mich hören, aber mir ist es egal.

Lorenzos Blick folgt meinem zerklüfteten Selbst. Er regt sich keinen Meter, sondern starrt mich lediglich an.

Ich erschlaffe unter Alvaro und mein Kopf sinkt auf das Polster. Ich fühle mich ausgelaugt, als wäre ich einen Marathon gelaufen.

Der Orgasmus war so viel intensiver, wie ich mir vorgestellt habe. Meine Pussy ist überwältigt von den Eindrücken.

Alvaro zieht sich aus mir zurück und überreicht mir stumm mein Handtuch. Ich will es entgegennehmen und meinen nackten Körper bedecken, doch bekomme es sofort wieder aus der Hand gerissen. Lorenzo. Er wirft es durch den Raum, greift an meinen Oberarm und zieht mich auf die Beine. Seine Finger umschließen meine Wangen, und er zwingt mich, ihn anzusehen.

Scham fließt augenblicklich durch meine Venen. Wie konnte ich mich nur Alvaro hingeben?

»Welche Strafe wäre für dieses Vergehen angemessen?« Lorenzo spielt überlegend. Dabei schaut er gen Decke.

»Welches Vergehen? Ich kann schlafen, mit wem ich will!« Ich sehe seitlich zu Alvaro hinüber in der Hoffnung, er würde mir helfen, doch er lächelt nur feixend, hat seine Hände in den Hosentaschen seiner Chino vergaben. Seine verschwitzte Brust glänzt im Licht des Feuers.

Ich werde lange auf Hilfe von ihm warten müssen. Irgendwie erkenne ich daran, dass ich mich mit blöden Zwillingen angelegt habe. Sie stärken sich den Rücken, halten zusammen und machen sogar gemeinsam eine Frau fertig. Das liegt in ihren Arschloch-Genen.

»Nein, du gehörst mir und hast mich zu fragen, wenn du mit jemandem schlafen willst«, stellt er klar. Ich winde mich in seinem Griff.

»Leck mich!«, zische ich aufgebracht.

»Erst wenn du brav bist.« Er grinst. Seine Augen verfinstern sich, dann gibt er mich frei. »Geh duschen. Das Bad ist dort. Und bleib nackt.« Er zeigt auf eine geschlossene Tür.

»Du hast mir gar nichts zu sagen!«, spucke ich ihm entgegen. Er lässt meine Worte nicht auf sich sitzen, greift in mein Haar und zieht mich daran zu Boden. Ich sinke unwillig auf die Knie und sehe zu ihm hoch.

Sein Kiefer mahlt angespannt. Er wirkt, als müsste er sich beherrschen, mich nicht zu schlagen. Seine gesamte männliche Erscheinung, der böse Schimmer in seinen Augen und diese makellosen weißen Zähne, die durch sein teuflisches Grinsen hervorblitzen, bilden ein wunderschönes und zugleich gefährliches Gesamtbild.

Ich habe ja keine Ahnung, mit wem ich mich hier anlege.

»Geh duschen, sonst wird deine Strafe umso härter.« Er lässt mich los, und ich richte mich auf. War es unbedingt nötig, mich zu Boden zu drücken, als wäre ich ein unerzogener Hund? Er kann mich nicht einfach behandeln, wie es ihm gerade passt! Und er hat kein Recht, mich zu bestrafen. Auch wenn ich mit Alvaro gevögelt habe, sind wir nicht zusammen. Wir sind kein Paar, und ich muss mich nicht an irgendwelche Regeln halten. Ich habe einen freien Willen!

Trotzdem lasse ich mir kein zweites Mal sagen, dass ich gehen soll. Ich marschiere mit erhobenem Haupt ins Badezimmer und schließe die Tür hinter mir ab. Dort steige ich in die Dusche und lasse das warme Wasser auf meine Haut perlen. Ich wasche den Sex und jegliche Spur, dass Alvaro mich berührt hat von meinem Körper und shampooniere meine Haare ein. Es gibt keine Frauenprodukte, deswegen müssen die Männersachen herhalten.

Fertig geduscht trockne ich mich mit einem frischen Handtuch ab und föhne meine klatschnassen Haare. Ich brauche eine gute Viertelstunde, bis meine lange Mähne endlich vollkommen trocken ist.

Dann schließe ich die Tür auf und gehe zurück in den Salon. Alvaro und Lorenzo haben es sich an der Bar bequem gemacht und unterhalten sich.

»Es wird Zeit, Mutter die Macht zu nehmen. Du bist längst volljährig«, sagt Lorenzo. Er hat seinen Ellenbogen auf die Theke gelegt und den Kopf auf die Handfläche gestützt.

»Das geht nur mit einer Frau an meiner Seite. Das Land wird mich niemals ohne akzeptieren«, erwidert Alvaro, der seinem Bruder zugewandt ist und die Hände in den Taschen der Chino vergraben hat.

Ich bleibe noch einen Moment im Türrahmen stehen. Vielleicht finde ich etwas Pikantes heraus?

»Das Land wird Mutter nicht mehr lange akzeptieren.«

»Muss es aber. Versteh mich nicht falsch, ich werde diese Macht genießen, aber noch nicht jetzt. Es geht einfach noch nicht.« Die Brüder sehen sich intensiv an, dann gleitet Alvaros Blick zu mir.

»Hallo, Herzblatt. Komm doch zu uns.«

KAPITEL 8

AITANA

Meine Knie werden weich. Ich gehe auf die beiden Prinzen zu, die meinen Körper betrachten, als wäre ich eine billige Statue.

Lorenzos feixendes Grinsen macht mich mehr als nur nervös. Es jagt mir Angst ein. Irgendetwas muss er geplant haben, während ich duschen war. Nur was? Wird es mir so sehr wehtun wie heute Mittag? Wird er mir erneut den Arsch versohlen? Bei Gott ... bitte nicht. Ich merke meinen Hintern immer noch, wenn ich mich setze.

»Deinen Körper könnte ich mir den ganzen Tag ansehen. Wir sollten sie nackt im Schloss herumlaufen lassen«, schlägt Alvaro vor. Die beiden Prinzen lachen auf. Einer schöner als der andere.

Meine Wangen prickeln aufgeregt. Das würden sie nicht tun, oder? Mich nackt vor all den Menschen herumlaufen lassen, die sich hier im Schloss tummeln?!

»Das kommt auf die Liste meiner potenziellen Bestrafungen«, erwidert Lorenzo. Sein Blick gleitet von meinen Brüsten zu meiner Pussy. »Mir gefällt die Landebahn.« Er zuckt amüsiert mit den Augenbrauen.

Erst verstehe ich nicht, worauf er hinauswill, dann schaue ich an mir hinunter. »Ich … ähm.« Ich verstecke meine Pussy vor seinen Blicken. Meine Sinne werden von Scham belegt. Ich habe mir über die Intimrasur nie Gedanken machen müssen. Mich hat nie jemand nackt gesehen.

»Das hat definitiv was«, meint Alvaro grinsend und nimmt sein Whiskyglas zwischen die beringten Finger.

Lorenzo zückt ein Zigarettenpäckchen und bietet seinem Bruder eine an. Beide nehmen eine Kippe zwischen ihre vollen Lippen und zünden sie an. Der ausgestoßene Qualm vermischt sich in der Luft, und auf der Theke steht ein Aschenbecher, der da vorhin noch nicht stand.

»Willst du auch eine?«, fragt Lorenzo und hält mir das Päckchen entgegen. Ich schüttele den Kopf und trete näher an die beiden Männer heran.

»Ich möchte schlafen gehen«, äußere ich den Wunsch. Zwar bin ich nicht sehr müde, aber alles ist besser als das. Lorenzo lässt mich mit Absicht zappeln, bevor er mir seine sinnlose Strafe verkündet. Dieses Getue kann ich mir auf jeden Fall sparen!

»Geh hinter die Theke«, befiehlt er nun, ehe er an dem braunen Teil seiner Kippe zieht.

Ich tue, was er sagt. Ich will es einfach nur hinter mich bringen. Oder spontan die Flucht ergreifen – da bin ich mir noch nicht ganz sicher.

»Irgendwo muss Ingwer liegen. Kannst du ihn sehen?«, fragt Alvaro, und ich schaue mich um.

Unter der Theke finde ich eine Porzellanschüssel, in der ein paar Knollen Ingwer liegen.

»Ja. Und?«

»Such einen T-förmigen.« Ich bin mir unsicher, welcher der Prinzen zu mir spricht. Ihre Stimmen klingen zum Verwechseln ähnlich, wenn sie wollen.

Ich greife nach dem Ingwer, von dem ich denke, er entspricht den königlichen Anforderungen und lege ihn Lorenzo und Alvaro vor die Nase.

»Sieht gut aus. Schäle ihn«, weist der schwarzhaarige Racheengel an. »Hinter dir gibt es ein Messer.«

»Was soll das?«, frage ich und hebe verwirrt eine Braue an. Wollen die beiden mir irgendwelche Aufgaben für Dumme geben? Ich habe da keine Lust drauf!

»Du bist nicht in der Position, Fragen zu stellen!«, knurrt Lorenzo und deutet mit den Fingern, in denen er die Kippe hält, auf den Ingwer.

Ich schweige und beginne, die Wurzel zu schälen, weil eine Diskussion nichts außer Ärger bringen würde. Mein Kopf steckt bereits zu tief in der Schlinge, ich muss nicht auch noch meinen Stuhl wegtreten.

»Weißt du, was ich am meisten auf dem Festland vermisse?« Lorenzo widmet sich seinem Bruder.

»Dein Motorrad?«, antwortet dieser.

Oh, Lorenzo ist ein Organspender?

»Ja.«

»Ich vermisse meinen Skyline.«

Ich spitze die Ohren. Alvaro fährt einen Skyline? Das ist mein Traumwagen!

»Wenn wir von dieser verdammten Insel runter sind, sollten wir eine Spritztour machen. Ich kenne da eine tolle Strecke.«

»Klingt nach einem Plan.«

»Aber bitte … lass Blanka zuhause!«

Alvaro grinst und nickt. Ich würde Blanka auch nicht auf dem Beifahrersitz haben wollen. Man möchte die Aussicht und die Atmosphäre genießen, und diese Nervensäge quasselt einem das Ohr ab. Nein danke.

»Fertig«, unterbreche ich die beiden Prinzen. Sie wenden sich mir sofort zu und betrachten die Wurzel in meiner Hand.

»Schieb sie dir in den Arsch. Aber so, dass wir sehen können, wie du es machst«, brummt Lorenzo mit einer Leichtigkeit, die mich unbehaglich werden lässt. Er spricht diese Anforderung aus, als wäre sie selbstverständlich. Als ginge es hier darum, Blumen zu gießen oder so.

»Nein«, antworte ich mit brennenden Wangen. Das kann er weder von mir verlangen, noch werde ich das tun!

Alvaro formt seine Lippen und flüstert das Wort *Safeword*. Es wäre tatsächlich schlau, davon Gebrauch zu machen, aber dann hätten diese Bastarde … gewonnen. Oder?

Ich will nicht als das feige kleine Mäuschen dastehen, wie ich es schon immer war. Oft genug musste ich mir von meinen Mitschülerinnen anhören, wie langweilig und angsterfüllt ich wäre. Damit muss endlich Schluss sein. Mein Vater regiert mich längst nicht mehr, und all meine sehnsüchtigsten Träume könnten wahr werden, wenn ich mich darauf einlasse.

Scheiße, ich bin so dumm, wenn ich darüber nachdenke, etwas für die Prinzen zu tun, nur um meine Bedürfnisse zu stillen. Ich sollte das Safeword sagen und verschwinden. Dann hätte ich vielleicht meine Ruhe, bis die nächste Fähre am Ufer anlegt.

»Wenn ich es machen muss, werde ich nicht sanft sein. Also?«, knurrt Lorenzo dunkel. Seine Brauen ziehen sich ernst zusammen, und ich muss schlucken.

Was soll ich tun?

»Warum überhaupt? Kann das meinen ... Po nicht ernsthaft verletzen?«, hake ich trocken nach und recke den Kopf in die Höhe.

»Weil Ingwer wehtut. Du wirst dort Schmerzen haben, wo mein Bruder dich gefickt hat. Ganz einfach. Und du brauchst dir keinen Kopf über Langzeitfolgen zu machen. Die Praktik kommt aus dem BDSM-Bereich. Vermutlich haben gerade tausende Leute auf der Welt Ingwer im Arsch.« Die beiden Prinzen drücken ihre Zigaretten im Aschenbecher aus, ohne ihre Blicke von mir abzuwenden.

Vorsichtig gehe ich auf das Sofa zu. Ich beuge mich über die Lehne und stütze mich mit der freien Hand auf dem Polster ab. Alvaro und Lorenzo müssen den perfekten Blick auf meinen Hintern haben. Und auf meine ... Ein Kribbeln zieht mir durch den Unterleib. Ich finde die Scheiße heiß. Das sollte ich nicht. Niemals. Aber ich kann nichts dagegen tun. Der Gedanke, wie die beiden mir Befehle geben und mir zu ihrem Vergnügen Strafen aufbürden, weckt eine Lust in mir, die ich nicht beschreiben kann – und von der ich nicht gewusst habe, sie würde existieren.

»Ansonsten ist sie glatt rasiert«, murmelt Lorenzo zu seinem Bruder.

»Oh ja. Wieso die Landebahn, Herzblatt?«, erwidert Alvaro, und irgendetwas sagt mir, dass er höhnisch grinst. Mein Blick gleitet über meine Schulter. Die Prinzen sitzen wie angewurzelt auf ihren Hockern und beobachten mich bei jeder noch so kleinen Bewegung.

»Weil ich es schön finde und man sich als Frau nicht für seine Körperbehaarung schämen sollte!«, antworte ich stolz. Zu oft habe ich mitbekommen, wie die Mädchen meiner Schule sich darüber unterhalten haben, wie peinlich es ist, wenn man Haare an der Pussy oder unter den Achseln hat. Gut, unter den Achsel entferne ich meine auch. Das liegt aber nicht an der Gesellschaft, sondern weil ich es an *mir* schöner finde. Meine Weiblichkeit hingegen *soll* Haare haben! Denn jeder Mann, der mich deswegen verspottet, wird auf Anhieb aus meinem Leben verbannt!

»Warum dann nicht die Haare komplett dran lassen?« Lorenzo klingt ernsthaft neugierig.

»Hatte ich eine Zeit lang, wurde mir aber zu langweilig. Ich wollte eine … *Frisur*.«

»Verstehe, Sweetheart. Los jetzt. Schieb' dir den Plug in deinen süßen Hintern.«

Alvaros Augenbrauen wippen spielend, und Lorenzo zündet sich entspannt eine zweite Zigarette an. Ich drehe den Kopf nach vorne, um nicht in ihre amüsierten Gesichter schauen zu müssen, und setze die Ingwerwurzel an meinem Hintereingang an. Ich muss tief durchatmen, da mich diese Geste eine Menge Überwindung kostet.

»Muss ich dir helfen kommen?«, knurrt Lorenzo streng, und ich schüttle schnell den Kopf. Auf keinen Fall schiebt dieses Arschloch mir irgendetwas in den Körper! Das mache ich selbst.

Aber so sehr ich es auch versuche, wollen meine Finger die Wurzel nicht in meinen Hintern führen. Mein Gehirn blockiert diese Ausführung sofort und gibt keine Signale an meine Hand weiter. *Komm schon!* Der Ingwer schafft es ein kleines Stück weit in mich, doch sofort ersticke ich diese Bewegung. Es brennt. Ein feuriges, scharfes Brennen entfesselt sich in mir. Ich beiße mir auf die Unterlippe und ziehe scharf Luft durch die Nase. *Scheiße!*

»Das ist sadistisch! Ich kann das nicht!«, sage ich und klinge beinahe flehend.

»Du musst aber.« Keine Ahnung, wer von den beiden Arschlöchern das gesagt hat, aber ich tippe auf Lorenzo. Er verlangt Unmögliches von mir und empfindet dabei Spaß!

»Es geht nicht!«, versichere ich ihm und nehme plötzlich Schritte hinter mir wahr. Noch bevor ich mich umdrehen kann, wird mir der Ingwer aus der Hand gerissen und an meinem Anus angesetzt. Schnell und grob führt einer der Brüder die Wurzel in mich ein. Ich kann froh sein, dass ich bereits durch Alvaro gedehnt wurde, sonst hätte das Ganze böse enden können.

»Aua!«, fauche ich. Der Ingwer gibt sein ätherisches Öl frei und mein Hintern fängt förmlich Feuer.

Ich kann nicht beschreiben, wie schmerzhaft es ist.

»Wann darf ich es rausholen?«

Die Person, die mir den Ingwer eingeführt hat, betritt mein Sichtfeld. Es ist Lorenzo. Mit verschränkten Armen grinst er mir feixend ins Gesicht. Ich habe solche Schmerzen, dass ich mich gar nicht auf sein wunderschönes Äußeres konzentrieren kann. Diese muskulösen Arme, diese braunen funkelnden Augen und das schwarze Haar.

»Wenn ich es erlaube.«

Unterbewusst schnellt meine Hand zu meinem Hintern. Sie wird von Lorenzo abgefangen, weil er befürchtet, ich würde den Ingwer herausziehen. Und bei Gott: würde ich!

»Nein, nein«, spricht er in einem Singsang aus. »Das bleibt schön drin.«

»Bitte«, wimmere ich unter Schmerzen.

»Blas mir einen.«

Fassungslos schaue ich zu ihm hoch. Das kann er unmöglich ernst meinen! Ihm seinen Schwanz zu lutschen, während er mir diese höllische Bestrafung antut, *kann* er einfach nicht ernst meinen.

Ist er so sadistisch, dass er an diesem Spiel wahrhaftige Freude empfindet?

»Na los, Herzblatt. Tu es«, plappert Alvaro auf den billigen Plätzen. Ich würdige ihn keines Blickes, sondern mustere Lorenzos Miene. Sein Haargel gibt allmählich den Geist auf. Einzelne, dunkle Strähnen fallen ihm ins Gesicht, wodurch er seinem Bruder um einiges ähnlicher sieht. Seine markanten Gesichtszüge, die braunen Augen und die schwarzen Haare sind der entscheidende Unterschied zu Alvaro. Jedoch haben ihre Nasen und die Augen dieselbe Form. Auch die Lippen sind gleichermaßen geschwungen.

Der Gedanke, Lorenzos Schwanz betrachten und ihn schmecken zu können, reizt etwas in mir, dass ich nicht beschreiben kann. Ich werde beinah feucht. Aber nur beinah.

»Blas dir doch selbst einen!«

Alvaro lacht auf, Lorenzo nicht. Er verzieht die Augenbrauen, greift grob in mein Haar und schleift mich um das Sofa herum. Der Plug in meinem Hintern macht sich bei jeder meiner Bewegungen bemerkbar. Ich keuche, weil das Gefühl gut und doch befremdlich zugleich ist.

Am besten wäre es aber, wenn es nicht wehtun und meinen Anus in Brand setzen würde.

»Ich wette, für Alvaro hättest du es gerne gemacht. Und sogar vollkommen freiwillig«, knurrt Lorenzo trocken und lässt sich auf das Sofa sinken. Er zwingt mich auf die Knie zwischen seine Beine und gibt mein Haar frei. Ich will aufstehen und fliehen, doch Alvaro schubst mich zurück auf meinen Platz. Er hält mich an den Schultern fest und wartet, bis sein Bruder den Gürtel seiner Jeans geöffnet und seine harte Länge hervorgeholt hat.

Mein Mund wird bei dem Anblick seines Schwanzes staubtrocken. Er ist größer, als ich ihn mir vorgestellt habe. Viel größer. Von Adern geziert, pulsiert er in seiner beringten Hand. Erst jetzt erkenne ich darunter einen Siegelring mit dem königlichen Wappen. Eine Krone auf dem Kopf eines Stiers.

»Mach meinen Bruder glücklich, Herzblatt«, raunt mir Alvaro ins Ohr und drückt meinen Kopf überraschend sanft gegen Lorenzos Schoß.

Sinnlich öffne ich die Lippen und lasse seine Eichel in meinen Mund gleiten. Er schmeckt herb und männlich.

Sofort stöhnt Lorenzo auf. Ich lasse meine Zunge um seine Eichel gleiten und schaue in sein Gesicht. Er hat die Augen geschlossen, die Hände hinter dem Kopf verschränkt und genießt, was ich mit ihm mache.

Alvaro hat seine Hand in meinem Haar vergraben und steht fast schon schützend hinter mir, während ich Lorenzos Härte tiefer in meinen Mund gleiten lasse. Meine Lippen umschließen seinen Schaft und ich gebe ein langsames, vorsichtiges Tempo vor.

Unsicher, ob ich meine Sache gut mache, da es mein erstes Mal ist, bestätigt mir Lorenzo meine Arbeit mit einem lauten Stöhnen. Er sieht so unrealistisch schön aus, dass ich für einen Moment Angst habe, dieser Mann könnte nicht echt sein. Wie gerne würde ich ihn küssen, denn seine Lippen sind so verführerisch geöffnet, dass dieses Bedürfnis in mir aufsteigt.

»Schneller, Herzblatt«, befiehlt Alvaro, und ich gehorche. Ich bewege meinen Kopf deutlich schneller in seinem Schoß und passe gleichzeitig auf, ihn nicht zu tief zu nehmen. Ungern würde ich würgen wollen, denn sein Schwanz hat eine mehr als beachtliche Länge.

»Dein erstes Mal?«, fragt der dunkle Prinz, und ich nicke, soweit es mir möglich ist. »Dafür machst du es ganz gut.«

Ganz gut? Was heißt: *Ganz gut?* Ich finde, ich mache das toll!

»Du solltest ihn tiefer nehmen!«, schlägt Alvaro vor. Ich will Lorenzos Schwanz aus meinem Mund nehmen, um ihm an den Kopf zu werfen, dass ich es nicht tun werde, da hält er mich fester und drückt mich tiefer in Lorenzos Schoß. Ich muss würgen – Lorenzos Schwanz zuckt gierig.

Meine Hände krallen sich in Lorenzos Oberschenkel, weil Alvaro mich erneut würgen lassen will. Ein paar Sekunden schaffe ich es, dagegen anzukämpfen, doch dann sinke ich tiefer und lasse dem Reiz seinen Lauf.

Diese verdammten Bastarde!

»Du könntest das Safeword benutzen. Ach ja, geht ja gar nicht!« Alvaro lacht über seine eigenen Worte, und auch Lorenzo muss breit grinsen. *Wie witzig!* Aber ich hatte nicht vorgehabt, es zu sagen, weil mir die Scheiße irgendwie gefällt. Die beiden Prinzen teilen mich auf ihre Weise miteinander. Erst durfte ich mit Alvaro schlafen, und jetzt muss ich Lorenzo verwöhnen, während mir Ingwer im Anus steckt. Dass Alvaro den Ton angibt und über meine Weise, wie ich den Schwanz *seines Bruders* lutsche, entscheidet, ist verdammt erregend und lässt mich deutlich nass zwischen den Beinen werden.

Alvaros freie Hand wandert an meine Brüste. Er knetet sie abwechselnd und zwirbelt meine Nippel, bis sie sich zusammenziehen. Ich muss mit Lorenzos Schwanz in meinem Mund keuchen.

»Schön bei der Sache bleiben, Sweetheart«, erinnert mich Lorenzo. Ich habe wegen Alvaros Berührungen unterbewusst das Tempo verringert und nehme es nun wieder auf. Sein Schaft gleitet tief in meinen Mund und wieder heraus.

Nach weiteren Augenblicken stößt mir Lorenzos Hüfte entgegen. Er fickt meinen Mund härter, forscher, unkontrollierter und lässt mich das ein oder andere Mal würgen. Da mir sein Tempo zu schnell und grob ist, möchte ich meinen Kopf zurückziehen, doch Alvaro hält dagegen und zwingt mich, Lorenzos Schwanz so zu nehmen, wie er es will.

Lorenzos Hand löst Alvaros Hand an meinem Kopf ab. Er drückt mir immer wieder seinen Schwanz in den Hals, während Alvaro mit der einen Hand meine Brüste verwöhnt und mit der anderen zu meiner Weiblichkeit wandert. Er streichelt sanft über meine Klit und umkreist meine Perle. Ich stöhne, dann würge ich, und dann stöhne ich wieder.

Alles, was die beiden Brüder mit mir machen, rauscht so schnell an mir vorbei, dass ich nicht mehr mitkomme. Ich spüre die vielen Berührungen auf meiner Haut und gleichzeitig die harte Seite, die mir Lorenzo unterbreitet.

Meine Lippen schwellen an und mein Mund wird vom Speichel überflutet. Ich komme durch Lorenzos Stöße gar nicht dazu, ihn zu schlucken. Er läuft hinaus, an seinem Schwanz hinunter und fängt sich an seinen Eiern.

»Das ist geil«, presst der dunkle Prinz hervor. Ich merke, dass er langsam zum Höhepunkt kommt. Sein Schwanz versteift sich, und er spritzt in meinem Mund ab. Heißer Samen läuft meine Kehle hinab, und ich schlucke willig jeden Tropfen.

Seine Hand verspannt sich so sehr in meinem Haar, dass es wehtut. Ich winde mich unter seinem Griff und werde tatsächlich freigegeben. Zufrieden schaut Lorenzo mich an. Ich lecke ein letztes Mal über seinen Schwanz, dann löse ich mich von ihm.

»So gerne ich dich auch weiter befummeln würde, wirst du heute keinen Orgasmus mehr bekommen«, säuselt Alvaro mir von hinten ins Ohr.

»Wieso?«, frage ich und wende mich ihm zu. Mein Blick wechselt zwischen den beiden Prinzen, die sich vielsagend ansehen.

»Du warst heute frech und hast deine Strafen so weit erhalten. Einen Orgasmus hast du dir aber nicht verdient«, antwortet Lorenzo schließlich, und Alvaro nimmt seine Finger von mir.

»Das ist unfair!«, zische ich, weil ich mich insgeheim darauf gefreut habe, Alvaro würde mich weiterhin berühren.

»Gerecht!«, korrigieren die beiden Prinzen mich synchron. Daran erkennt man wohl, dass sie Zwillinge sind. Denken sie vielleicht sogar an dasselbe?

»Ihr seid Arschlöcher!«, werfe ich ihnen an den Kopf und stehe vom Boden auf. Dann schnappe ich mir mein Handtuch und schlinge es um meinen

Körper. Lorenzo und Alvaro müssen meine Nacktheit nicht länger als nötig betrachten. »Darf ich diesen dämlichen Ingwer jetzt rausholen?« Zu meinem Glück brennt er nicht mehr so schlimm wie am Anfang. Aber ich werde ihn noch ein bisschen zu spüren bekommen. Selbst wenn er nicht mehr in mir ist. *Das ätherische Öl muss sich an meiner Schleimhaut festgesetzt haben.* »Tu, was du nicht lassen kannst«, sagt Lorenzo nur und macht eine ablehnende Handbewegung. Das lasse ich mir kein zweites Mal sagen und verschwinde im Badezimmer. Der Ingwer lässt sich leicht entfernen. Ich werfe ihn in den Mülleimer, wasche meine Hände und mein Gesicht und stoße zurück zu den Prinzen.

»Kann ich jetzt gehen?«, hake ich zur Sicherheit nach und die beiden nicken.

KAPITEL 9

ALVARO

Langsam öffne ich meine Lider. Mir tut der Rücken weh. Auf dem Sofa zu schlafen, war das Unbequemste, was ich seit langem getan habe. Lorenzo hat es schlimmer getroffen. Er musste einen der Sessel nehmen und aufrecht schlafen. Seine Augen sind noch geschlossen. Er sieht so friedlich aus.

Wir sind alleine im Salon und haben uns gestern nach dem Fick mit Herzblatt dazu entschieden hierzubleiben, um unsere Ruhe zu haben. Lorenzo wollte Aitana Ruhe gönnen und ich mir von Blanka. Die Olle wäre nämlich sicherlich in mein Bett gekrabbelt.

»Enzo«, rufe ich leise zu meinem Bruder hinüber. Er regt sich nicht, schläft tief und fest wie ein Baby. »Enzo!«

»Halt den Mund, Bruder«, nuschelt er genervt. Sein Kopf ist auf seiner Hand abgestützt. Sie rutscht ab, sein Kopf macht die Biege und erhebt sich ruckartig, mit aufgerissenen Augen. »Fuck, Alter.«

Morgendliches Sonnenlicht bricht sich in seinem Gesicht, welches durch die Fensterfront in den Salon strahlt. Heute wird ein heißer Tag. Vielleicht gehe ich später schwimmen.

»Hast du auch Hunger?«, frage ich und werde von einem verschlafenen Enzo ins Visier genommen.
»Keine Ahnung, Mann. Wie viel Uhr ist es?«
Ich senke meinen Blick auf die teure Rolex an meinem Handgelenk und lese die Zeit ab. »Halb zehn.«
»Dann sollten wir warten.«
»Oder schnell sein.« Mein Magen knurrt. Um zehn Uhr werden alle Leute, die sich in diesem Schloss befinden, vom Personal zum Frühstück gerufen. Enzo scheint diese Veranstaltung meiden zu wollen.
»Kein Bock auf Gesellschaft?«, frage ich daher, und er schüttelt den Kopf.
»Wir müssen uns noch besprechen.«
Ich runzle die Stirn. »Aktuell sollten wir den Ball flach halten. Wir können sowieso nichts tun.«
Lorenzo verdreht die Augen und richtet sich auf. Nachdem er seinen Körper durchgestreckt und laut gegähnt hat, steht er auf und begibt sich zur Bar. Er nimmt eine Zigarette aus dem Päckchen, das auf der Theke liegt, und zündet sie an.
»Mutter kam unserem Plan in die Quere«, zischt er rau.
»Der kurze Aufenthalt stört nicht.« Ich richte mich ebenfalls auf und schließe mich meinem Bruder an. Er bietet mir eine Kippe an, die ich dankend ablehne. Am frühen Morgen kann ich diesen Geschmack nicht abhaben.
»Es geht nicht nur um den Aufenthalt. Es geht auch um Aitana und Blanka. Vor allem um Blanka! Du musst sie loswerden.« Enzos Stimme klingt

bröckelig und kalt. Seine Stimmbänder sind noch verschlafen, und er quält sie zusätzlich mit der Zigarette.

»Soll ich sie töten oder worauf willst du hinaus?«, hake ich unsicher nach. Blanka das Leben zu nehmen, steht nicht auf der Liste der Dinge, die ich gerne tue. Es wäre schade, ihr das Genick brechen oder sie ins Meer werfen zu müssen. Auch wenn die Olle ziemlich nervt, wäre es trotzdem eine Verschwendung ihrer zarten, machthungrigen Seele.

»Das wäre das Beste.«

»Wir wollten keine Unschuldigen mit reinziehen«, weise ich ihn auf unseren Plan hin. Enzo seufzt und wedelt mit einer Hand vor meinem Gesicht herum.

»Die ist nicht unschuldig. Die hängt an der Titte unserer Mutter. Töte sie, bevor sie dich tötet.«

»Hier wird erst mal niemand getötet!«, antworte ich eindringlich. »Blanka wird uns nicht im Weg stehen.«

»Und was, wenn sie mit will?«

Ich atme tief durch und denke über seine Worte nach. Was, wenn die Olle mit uns gehen will? Wenn sie Teil unseres Planes sein möchte?

»Ich will die nicht an der Backe haben«, fügt er noch hinzu.

»Und Aitana?«, stelle ich als Gegenfrage.

Enzo sieht auf und sucht in meinen Augen nach der Ernsthaftigkeit meiner Frage. Die findet er schnell, denn ich meine es ernst. Wir haben Aitana genauso an der Backe wie Blanka. Beide Frauen können unseren Plan potenziell gefährden.

»Mutter hätte sich keinen dümmeren Zeitpunkt aussuchen können, uns die Weiber auszuliefern.« Er lenkt von meiner Frage ab, was mich in meiner Vermutung bestärkt, dass er Aitana mit in den Plan einbeziehen will. Ich bin hin und her gerissen, ob wir es tun oder Herzblatt von uns fernhalten sollten. In meinem Kopf klingt *beides* nach der *besseren* Alternative.

»Mutter wird ihre Strafe dafür erhalten«, erwidere ich trocken und verschränke die Hände ineinander. Enzos Mundwinkel zucken kaum merklich in die Höhe. Dann nimmt er die Kippe zwischen seine Lippen und zieht den Qualm tief in seine Lungen.

»Wir sollten uns das Frühstück hierher bringen lassen.«

»Wir werden garantiert nicht den ganzen Tag im Salon verbringen, wenn das deine Absicht ist, Enzo.«

»Komm schon, Varo.«

Ich schüttele den Kopf und tadele ihn mit meinem Zeigefinger. »Lass uns auf die Terrasse gehen. Zwei Männer können aufpassen, dass niemand zu uns stößt.«

»Schön«, gibt mein Bruder nach und drückt den Kippenstummel im Aschenbecher aus. »Wir machen uns fertig und treffen uns in einer Stunde unten.«

Der weiße Marmortisch auf der großen Terrasse, die sich hinter dem Schloss befindet, wurde reichlich gedeckt. Es gibt frisches Obst, Eier, Brötchen, einfach alles, was das Herz eines Prinzen begehren kann.

Die Sommersonne steht hoch, die umliegenden Palmen schützen uns vor der puren Hitze mit ihren weit gespannten Blättern. Man kann das Meer rauschen hören. Die umliegenden Pflanzen und Büsche spenden einen sicheren Ort für zwitschernde Vögel.

Es gibt eine Hängeschaukel, auf die ich mich jedoch nie gesetzt habe, weil mir von diesem Schaukel-Kram schlecht wird. Lorenzo hingegen nutzte sie bereits einmal, um irgendeine Tussi darauf zu ficken.

Die Terrasse ist, zusammen mit dem Salon, mein Lieblingsort des Sommerschlosses. Es wirkt beinah paradiesisch, und als wäre man in der Karibik. An den vier Ecken der Terrasse stehen Fackeln, die einem nachts Beleuchtung bieten. *Wie romantisch.*

Die Tür zur Terrasse wird von zwei *unserer* Männer bewacht. So können wir ungehindert über unseren Plan sprechen. Niemand wird uns stören. Selbst Blanka und Aitana bekommen keinen Zutritt.

»Wir könnten Mutter hier im Schloss zur Strecke bringen«, schlägt Enzo vor und beißt anschließend genüsslich in eine Erdbeere.

»Zu riskant. Im Hauptschloss gibt es viel mehr Menschen, die ihr an den Kragen wollen. Das ist unauffälliger. Niemand wird uns dort verdächtigen«, antworte ich und nehme mir einen Apfel. Ich drehe ihn mehrmals in der Hand umher, begutachte seine rote Farbe und die Makellosigkeit, ehe ich einen Bissen nehme.

»Im Hauptschloss wird sie viel besser bewacht. Hier haben wir es leichter!«

Ich schüttele den Kopf und fange mir dadurch einen genervten Blick von meinem Bruder ein. Entweder ist er zu *dumm*, um meine Bedenken zu verstehen, oder er *will* sie nicht verstehen.

»Unsere Mutter hat uns ihre vertrauenswürdigsten Mitarbeiter zur Verfügung gestellt. Das würde sie nicht tun, wenn sie eine Gefahr für uns sein könnten. Immerhin sitzen wir hier fest. Das bedeutet, wenn *uns* keiner angreift, wird auch *niemand* Mutter angreifen. Deine Idee ist also scheiße!«, erkläre ich knapp. Enzos Augen verziehen sich zu schmalen Schlitzen – mir fällt auf, dass er keine Kontaktlinse trägt –, dann nickt er. »Du bist zu impulsiv, Bruder«, füge ich an.

»Weil?«, fragt er genervt und isst eine zweite Erdbeere.

»Du würdest Mutter sofort das Leben nehmen und dich selbst in Gefahr bringen. Das funktioniert so aber nicht, also halte deine Wut ihr gegenüber unter Kontrolle.« Ich klinge fast schon befehlend, was Enzo laut seufzen lässt. Ich will nicht so zu ihm sein, jedoch habe ich keine andere Wahl. Dieses Mal muss er sich in Geduld üben. Er hätte vor ein paar Monaten beinahe unseren Plan ruiniert, indem er Vater umgebracht hat. Nur mit vielen Tricks konnte ich Enzos Arsch retten.

Ich musste den Mord vertuschen. Und es hat geklappt. Bis heute weiß niemand, dass mein Bruder den König von Spanien umgelegt hat. Jeder glaubt, es war ein Angestellter des Schlosses.

Das arme Schwein ... Er sitzt für den Rest seines Lebens im Gefängnis, nur weil Enzo sich nicht kontrollieren konnte. *Ob er noch Schuldgefühle deswegen hat?*

»Hast du eine Idee, *wie* wir Mutter umbringen?«, hake ich interessiert nach. Lorenzo stützt seine Stirn auf die Handfläche und denkt nach.

»Gift«, antwortet er nach einer gefühlten Ewigkeit.

»Gift?! Wie stellst du dir das vor?«

Er zuckt ahnungslos mit den Schultern, was mich schmunzeln lässt. Während mein Brüderchen weiter nachdenkt, genieße ich den Rest von meinem Apfel. Er schmeckt sehr süß. Welche Sorte das wohl ist?

»Mit dem Kissen ersticken?«

»Nein, Enzo. Dumme Idee.« Zwar suchen wir nach einer Lösung, die kein Blut an unseren Händen verursacht wie abstechen oder erschießen, trotzdem gefällt mir die Idee nicht zu hundert Prozent.

»Warum denn?«, zischt er nun aufgebracht. Ich werfe den Rest vom Apfel auf meinen Teller und wedele beschwichtigend mit den Händen in der Luft.

»Ich weiß nicht«, sage ich nur. Mutter mit einem Kissen zu ersticken, erscheint mir eben nicht die beste Lösung zu sein. Es muss etwas ... anderes ... geben.

»Überlass mir die Sache einfach, Varo.« Enzos Augenbrauen ziehen sich ernst zusammen. Ich will ihm diese Aufgabe nicht überlassen. Er denkt, er könnte damit fertig werden, wenn erneut Blut an seinen Händen klebt, aber das kann er nicht.

Oder schätze ich meinen Bruder falsch ein? Auch wenn er nur ein paar Minuten jünger ist, fühle ich mich ihm gegenüber verpflichtet. Als müsste ich ihn vor irgendwelchen Dämonen beschützen, und dadurch mache ich mich lächerlich. Er braucht mich nicht auf diese Art. Ich muss ihm nicht den Rücken stärken, wenn es um Mord oder kriminelle Geschäfte geht. Das bekommt er alleine hin. Das hat er oft bewiesen.

Er hat Vater getötet. Zurecht. Zwar quälten ihn eine Zeit lang die Schuldgefühle, aber er wusste, dass es nötig war. Vater hätte ihn aus dem Schloss verbannt. Ihn aus der Reichweite der Krone gebracht. Vater sagte mir immer, Enzo würde mich töten, wenn es um die Herrschaft Spaniens gehen würde. Aber das würde mein Bruder niemals tun, und was Vater nicht wusste, war, dass wir die Krone nie vorhatten anzunehmen.

Der Plan steht. *Schon lange.*

»Gut. Mutters Tod ist deine Angelegenheit, aber ich übernehme die Durchführung. Jetzt stellt sich nur noch die Frage … wann?« Enzo nickt zufrieden, isst eine weitere Erdbeere und geht in Gedanken die möglichen Tage durch, an denen wir Mutter zur Strecke bringen können. Es wird nicht leicht werden. Die Frau ist zäh. Was bei einem Ehemann wie meinem Vater kein Wunder ist. Er hat stets versucht, sie klein zu halten. Manchmal rutschte ihm sogar die Hand aus. Er hat sie beleidigt und sie schlechtgeredet.

Er war kein guter Ehemann – und ein noch schlechterer König.

»Vielleicht sollten wir lieber über die Rangfolge der neuen Gesellschaft sprechen. Über Mutter können wir auch später noch plaudern. Da werden wir uns sowieso vorerst nicht einig«, sagt Enzo schließlich, und ich stimme ihm zu. Er fischt ein Zigarettenpäckchen aus seiner Hosentasche und bietet mir eine an, die ich dankbar entgegen nehme und anzünde.

Durch seine bunten Augen sieht er mich an. Während sein Blaues im Sonnenlicht funkelt, ist das Braune von Schatten belegt. Und ich muss zugeben, dass ich neidisch bin. Wer hat schon zwei verschiedene Augenfarben?

KAPITEL 10

AITANA

Das Schloss ist gigantisch. Irgendwie habe ich es geschafft, mich zu verlaufen. Aber ich genieße es in vollen Zügen, da mich niemand stört. In meiner Nähe ist schon seit einer guten halben Stunde niemand mehr.

Diese Ruhe, dieses atemberaubende Schloss und ich. Mehr gibt es nicht.

Ich wollte mich eigentlich umsehen und nach einem Boot suchen. Denn ich kann fast nicht glauben, dass die Königin ihre Söhne auf einer Insel lässt, ohne dass es eine Fluchtmöglichkeit gibt.

Was, wenn ich eine Mörderin bin? Ich könnte Lorenzo und Alvaro töten, während sie seelenruhig schlafen. Ihre Mutter hat ein großes Vertrauen in mich. Sie kennt mich doch eigentlich gar nicht.

Jedoch geht der Punkt diese Runde an sie. Ich bin nämlich keine Mörderin und würde es niemals schaffen, einen der beiden Prinzen umzulegen. Trotzdem muss es ein Boot geben. Zwar befinden sich Ärzte im Schloss, aber bei einem schweren Notfall müssen ihnen sicherlich die Hände gebunden sein. Oder gibt es einen Operationssaal?

Der schmale Gang, durch den ich mich bewege, ist schwarz tapeziert. Es bilden sich goldene Verzierungen ab, die im Licht glänzen wie

Speckschwaden. Der Boden wurde mit dunklen Fliesen ausgelegt und frisst das Licht beinah in sich auf. Manchmal bin ich mir unsicher, wo ich hintrete. Ob im nächsten Moment nicht eine Stolperfalle vor mir liegt.

Ich frage mich, wo dieser Gang hinführt. Es gibt weder Abzweigungen noch Türen, die in Räume hineinführen. Vielleicht entpuppt dieser Flur sich auch als eine Sackgasse, denn ein Ende ist nicht in Sicht.

»Hallo?«, rufe ich irgendwann aus Spaß. Eine Antwort kommt jedoch nicht zurück. Ich bin allein.

Es gibt keine Fenster, durch die ich mich orientieren könnte, weshalb ich keinen blassen Schimmer habe, in welchem Teil des Schlosses ich bin.

Nach ein paar Sekunden bleibe ich schließlich stehen. Meine Beine haben langsam keine Lust mehr, auf das viele Laufen. Um eine kurze Pause zu machen, lehne ich mich gegen die Wand. Und plötzlich gibt diese nach. Ich falle rückwärts um und lande auf meinem Hintern.

»Verdammt!«, pruste ich erschrocken und hebe meinen Blick. *Ein Geheimgang!*

Der Boden ist kalt und aus schlichtem Stein, so wie die Wände. Es riecht feucht und muffig, außerdem ist es eiskalt.

Im Mittelalter besaßen Schlösser Geheimgänge, damit die Königsfamilie vor Angreifern fliehen konnte. Wo der Gang wohl hinführt?

Ich entscheide mich dazu, ihm zu folgen. Die Klappwand fällt zurück und schließt mich in diesem

Gang ein, als ich aufstehe und über meinen Hintern reibe, der völlig schmerzt. Durch den Sturz kann ich deutlich spüren, was Lorenzo mir gestern angetan hat.

Nach weiteren unendlichen Schritten ertönt schlagartig ein lautes Stöhnen. Ich stoppe in meiner Bewegung und lausche um die nächste Ecke.

»Härter«, höre ich eine weibliche, dumpfe Stimme schreien. Ein Klatschen halt durch den Gang. Es klingt wie Haut, die auf Haut trifft. »Komm schon … Nimm mich härter!«

Hat hier gerade wirklich jemand Sex? Es gibt tausend bessere Orte als diesen Gang!

Lautes, klares Stöhnen dringt in mein Ohr, und ich wage es, um die Ecke zu schauen. Eine blondhaarige junge Frau wird mit dem Rücken gegen die Wand gepresst. Ihre langen Beine schlingen sich um die Hüfte eines Mannes. *Nein*, nicht irgendein Mann. *Ist das … Ist das Flavio?*

Ich erkenne seine schwarzen Locken, die ihm auf die Schulter fallen. Einzelne Strähnen kleben auf seiner verschwitzten Stirn, und er trägt das Septum, dass ich gestern an seiner Nase entdeckt habe.

Er hat seine Hände an den Arsch der Frau geklammert und hält sie so an Ort und Stelle, während er sich immer und immer wieder in ihr versenkt.

Ein leichtes Prickeln zieht durch meine Wangen. Diese Szene ist nicht für meine Augen bestimmt. Ich sollte gar nicht hier sein. *Und ich sollte sie erst recht nicht beobachten!*

Aber ich kann nicht wegsehen.

Diese schmutzige, harte Nummer, die die beiden ausführen, ist einfach zu heiß.

Die Blondine legt den Kopf in den Nacken. Ihre Lippen sind sinnlich geöffnet, die Augen geschlossen. Flavio atmet schwer und laut. Sein gesamter Körper ist angespannt und arbeitet auf Hochtouren. Ich bilde mir sogar ein, seinen donnernden Herzschlag zu hören.

Ihr Stöhnen vermischt sich miteinander und gibt eine raue, hohe Melodie vor, die durch den gesamten Gang hallt. Das Gesicht der Frau verzieht sich frivol. Sie scheint kurz vor ihrem Orgasmus zu sein.

Meine Mitte brennt, und ich kann die Augen nicht abwenden, so unverschämt es auch ist, die beiden bei dieser intimen Sache anzustarren. Ich fühle mich beinah schlecht deswegen, aber meine Neugier siegt leider.

Meine Hände gleiten an meinen Unterleib, der aufgeregt kribbelt.

Die Frau dreht den Kopf in meine Richtung, und ihre Augen öffnen sich. Zuerst erkennt sie mich nicht, doch bevor ich um die Ecke zurückweichen kann, fällt ihr Blick auf mich und sie schreit auf.

»Flavio! Da steht jemand!«

Scheiße! Ich beiße mir verstohlen auf die Unterlippe und lasse meinen Kopf um die Ecke blitzen. Flavio fasst mich amüsiert ins Auge. Die Blondine auf seinem Schoß beginnt, wild zu zappeln.

»Lass mich sofort runter. Das ist die zukünftige Prinzessin.«

»Die wird dich nicht feuern können«, beschwichtigt Flavio sie, aber macht, was sie verlangt und setzt ihre Füße auf dem Boden ab. Völlig verängstigt richtet die Frau ihre orangene Uniform. Sie ist eine Angestellte des Schlosses. Vielleicht aus der Küche? Wie absurd ist es, dass sie Angst vor mir hat?! Sie kann gewiss ficken, mit wem und wo sie will.

»Bitte. Ich sage nichts!«, schwöre ich der Blondine, aber sie hat längst die Beine in die Hand genommen und rennt den Gang entlang, panisch an mir vorbei. Ich nehme ihr Parfum im Wind wahr. Sie riecht blumig.

»Du hast mir gerade den Orgasmus geraubt«, beschwert sich Flavio grinsend und kommt auf mich zu, nachdem er seine Jeans geschlossen hat. Schweißtropfen perlen von seiner Stirn, obwohl es hier drinnen eiskalt ist.

»Warum ist sie gegangen?« Die Schritte der Blondine lösen sich in dem endlosen Gang auf.

»Es ist den Mitarbeitern strengstens verboten, mit Gästen oder Leuten der Krone zu ficken«, erklärt er knapp und mustert mich einmal von oben bis unten. Dann landet sein Blick wieder in meinem Gesicht. »Was machst du hier?«

Meine Wangen brennen vor Scham. Ich wollte die Blondine nicht vertreiben, und ich wollte die beiden nicht beobachten. *Das ist so peinlich.*

»Ich erkunde das Schloss. Ich bin aus Versehen in diesem Gang gelandet und will herausfinden, wo er hinführt.«

Flavio reibt sich über das spitze Kinn. »Ich komme mit.«

»Schon gut, musst du nicht.« Ich befürchte, dass meine Einsamkeit vorbei ist. Dabei habe ich die Ruhe so unfassbar genossen.

»Nein, nein, es wäre mir eine Ehre, dich zu begleiten. Ich weiß, wo wir rauskommen und wollte nach der Nummer sowieso dahin.«

»Und wo?«, hake ich nach, doch Flavio tadelt mich mit einem wackelnden Zeigefinger.

»Wirst du sehen. Komm jetzt.« Er marschiert voraus, und ich folge ihm auf leisen Fersen.

»Woher kennst du Alvaro und Lorenzo?«, nutze ich die Gelegenheit.

»Wir kennen uns seit zehn Jahren. Sind auf dieselbe Eliteschule gegangen. Aber ich habe mehr Kontakt zu Lorenzo. Alvaro verbündete sich mit Jeronimo. Zwar sind wir zu viert unzertrennlich, aber wir unternehmen gerne Dinge alleine. Es ist, als bräuchten die Prinzen eigene Freunde, um Abstand von sich gewinnen zu können.«

»Wie meinst du das? Ich dachte, Zwillinge wollen *immer* zusammen sein?«

»Zwillinge schon. Prinzen nicht. Ihnen steht die Krone im Weg. Während Varo irgendwann König wird, hängt Enzo hinterher. Ihr Schicksal ist nicht dafür ausgelegt, dass sie für immer zusammen bleiben.«

Ob Flavio mir das erzählen darf?

»Und wie kommen die beiden miteinander klar?«

»Ich würde behaupten, sie sind unterschiedlich wie Tag und Nacht und doch so unfassbar gleich. Sie lieben sich, aber geraten auch gerne aneinander. Wie Geschwister es eben tun.«

Ich nicke, was Flavio nicht sehen kann, da er vor mir läuft. Der Gang endet und eine Steinwand bildet vor uns eine Sackgasse. »Was jetzt?«

Flavio drückt gegen die Wand. Es braucht viel Kraft, bis sie sich ansatzweise in Bewegung setzt und nach außen hin öffnet.

Sommerliche Wärme strömt mir entgegen und jagt eine angenehme Gänsehaut über meinen Körper. Vögel zwitschern, das Meer rauscht und ich vernehme zwei männliche Stimmen. Sind das die Prinzen?

»Komm«, befiehlt Flavio, hält mir die Steinwand, die sich als eine Art Tür entpuppt hat auf, und ich gehe hindurch. Hinter ihm fällt sie mit einem lauten Donnern wieder zu. Die Stimmen verstummen.

Flavio und ich kämpfen uns durch grobes Gestrüpp, bis wir endlich eine Terrasse erreichen. Verwirrte Blicke fangen uns ein. Es sind tatsächlich die Prinzen, die wohl nur erahnen können, woher wir gerade kommen.

Lorenzo klappt seinen Laptop zu, und Alvaro legt sein Handy beiseite. Wir scheinen sie bei einem wichtigen Gespräch gestört zu haben – das versprechen jedenfalls ihre genervten Blicke.

»Was zum Fick …«, murmelt der blondhaarige Prinz. »Wart ihr in einem der Geheimgänge?« *Es gibt noch mehr davon?*

»Das kleine Püppchen hat sich verlaufen«, säuselt Flavio und deutet mit dem Finger auf mich. Kurz schaut er in meine Richtung. Sein Blick ist warnend und gibt mir zu verstehen, dass ich die Mitarbeiterin bloß nicht verpetzen soll – was ich sowieso nicht tun würde.

»Und was hast du da gemacht?«, fragt Lorenzo an Flavio gerichtet.

»Er hat zufällig gesehen, wie ich in den Gang gestürzt bin«, erkläre ich schnell. Flavio nickt zustimmend und geht auf den Tisch zu, an dem die beiden Prinzen sitzen. Er nimmt Platz, klaut das Zigarettenpäckchen, welches vor Lorenzo auf dem Tisch liegt, und nimmt sich frech eine heraus. Dann zündet er sie an. Lorenzo und Alvaro beobachten ihn ungläubig dabei.

»Siehst du das?«, fragt Alvaro schließlich und zeigt auf die Terrassentür. Dahinter stehen zwei große Männer in schwarzen Anzügen, die eine schreiende Blanka davon abhalten, hinauszukommen. Zum Glück höre ich durch das dicke Glas keinen Ton von ihr – lediglich ihr Gesicht verriet mir, dass sie schreit.

»Ja. Und?« Flavio pustet den Qualm aus seinen Lungen.

»Die stehen nicht umsonst da. Uns soll niemand stören.«

Flavio zuckt mit den Schultern und zieht an der Kippe. Alvaro steht plötzlich auf, packt ihn am Oberarm und schiebt ihn Richtung Tür. »Verschwinde!«, zischt er und schubst Flavio hindurch.

»Warum darf die draußen sein?!«, schreit Blanka und deutet auf mich. Die Tür schließt sich wieder und erstickt ihre Stimme im Keim.

Ich setze mich in Bewegung und will ebenfalls gehen, doch Alvaro stellt sich mir in den Weg, fasst zwischen meine Schulterblätter und zwingt mich, mich auf einen freien Stuhl zu setzen. »Ich wollte nicht stören. Bitte lasst mich reingehen«, sage ich leise, was die Prinzen amüsiert grinsen lässt.

»Wieso denn? Hast du Angst vor uns?«, fragt Lorenzo dümmlich. Ich strecke ihm meinen Mittelfinger entgegen und will aufstehen. Leider drückt Alvaro mich an meinen Schultern sofort wieder auf den Stuhl. Dann setzt er sich an die Spitze des Tisches.

Die Brüder werfen sich bedeutungsvolle Blicke zu, ehe sie auf mir landen.

»Was hat Flavio in dem Gang wirklich gemacht?«, fragt Lorenzo, stützt die Ellenbogen auf die Tischplatte und verschränkt die Hände ineinander. Mit fällt sofort auf, dass er keine Kontaktlinse trägt. Er sieht mich aus zwei bunten Augen heraus an. Das Blaue funkelt im sommerlichen Licht, und ich drohe mich darin zu verlieren.

»Antworte, Herzblatt!«, befiehlt Alvaro in einem Singsang. Schwerfällig schaue ich zu ihm. Gerne hätte ich Lorenzos Augen länger betrachtet, aber ich werde das Gefühl nicht los, dass ihm seine unterschiedlichen Farben nicht gefallen und ihn anzustarren daher verdammt unhöflich ist.

»Er hat mir aus dem Gang geholfen«, lüge ich selbstsicher. Ich versuche, Alvaro nicht zu lange anzusehen, aber lange genug, dass ich nicht nervös wirke. Mein Atem geht ruhig, während mein Herz einem Techno-Beat gleicht. Ich kenne die Grundsätze, wie man einen Lügner erkennt, und will diese vermeiden.

Ob es mir gelingen wird?

»Er war zufällig in demselben Teil des Schlosses wie du? Und hat gesehen, wie du in den Geheimgang geraten bist?«, fragt der dunkle Prinz und ich nicke.

Wird das jetzt etwa ein Verhör? Wieso glauben sie, dass Flavio und ich lügen. Und was ist daran so wichtig?

»Ich glaube dir nicht. Was hat Flavio in dem Gang gemacht?«, wiederholt Alvaro die Frage seines Bruders.

»Was interessiert es euch überhaupt?« Ich runzle verständnislos die Stirn, und meine Hände werden schwitzig.

Plötzlich springt Lorenzo auf und umrundet den Tisch mit stürmischen Schritten. Er greift an meinen Hals und zieht mich auf die Beine. Mit dem Rücken knalle ich brutal gegen die Bruchsteinwand des Schlosses.

»Sag uns die Wahrheit, Sweetheart!«, zischt er rau. Alvaro taucht neben ihm auf. Bäumt sich auf und sieht grinsend auf mich hinab.

Ich habe keine Ahnung, vor wem der beiden ich mehr Angst haben sollte.

»Es wäre besser, du würdest reden, Herzblatt. Hab keine Scheu, Flavio zu verpetzen!«

Lorenzos Griff wird fester. Er schnürt mir regelrecht die Luft ab. Ich brauche Sauerstoff in meinen Lungen, doch egal, wie weit ich meinen Mund öffne, es kommt keine Luft in mich hinein. Ich werde panisch und schlage mit den Händen um mich. Alvaro fängt sie im Flug ab und fixiert sie über meinem Kopf an der Wand.

In Lorenzos sonst so wunderschönen Augen steht der pure Todesreiz geschrieben. *Er wird mich umbringen! Er hat es vorhergesagt!*

»Rede!«, zischt er und lockert die Hand um meinen Hals so abrupt, dass ich hektisch nach Luft schnappe.

»Flavio hat mir geholfen. Es war ein Zufall!«

Wieder werfen die Brüder sich bedeutungsvolle Blicke zu. *Was zur Hölle läuft hier?*

»Du willst also weitermachen?«, erwidert Lorenzo und drückt meine Kehle abermals zu. Ich schüttele den Kopf, hebe mein Knie an und hoffe, ihn damit treffen zu können. Fehlanzeige. Er steht nicht direkt vor mir, weshalb ich ihn verfehle.

»Willst du mich verarschen? Wolltest du mir in die Eier treten?«, knurrt er aufgebracht, und obwohl es keine gute Idee ist, ihn zu provozieren, nicke ich.

»Langsam solltest du reden, Herzblatt. Sonst geht dir die Luft noch aus«, scherzt Alvaro feixend. Ich sollte reden, ja. Aber ich werde es nicht tun. Niemand wird wegen meines Plappermauls seinen Job verlieren. Die arme Angestellte wollte nur ein bisschen Spaß haben!

Außerdem schulde ich Lorenzo und Alvaro *gar nichts! Keine Antworten, nichts!*

»Fickt … euch!«, bringe ich schwach und kaum hörbar über die Lippen. Wie auf Knopfdruck lassen die Prinzen mich los, und ich verliere den Halt. Falle auf meine Knie und umklammere meinen schmerzenden Hals. Japsend hole ich Luft. »Setz dich«, befiehlt Lorenzo, der längst wieder mit seinem Bruder am Tisch Platz genommen hat. Ich schaue wütend zu ihm auf und zeige ihm den Mittelfinger. Dieser Bastard will mich doch verarschen! Als ob ich mich jetzt noch zu ihnen setzen möchte!

Vorsichtig und mit weichen Knien stehe ich auf und wende mich der Terrassentür zu. Lieber erkunde ich weiterhin das Schloss, anstatt meine Zeit mit den gewalttätigen Prinzen zu verbringen.

»Setz dich!«, wiederholt er lauter, doch ich nehme die Türklinke in die Hand und will sie öffnen. *Scheißdreck!* Die Terrassentür ist verschlossen.

»Du kannst mich nicht zwingen, hierzubleiben!«, entgegne ich ihm aufgebracht und klopfe an die Tür in der Hoffnung, einer der Sicherheitsmänner würde sie aufmachen. Doch sie stehen seelenruhig mit dem Rücken zu mir und beachten mich nicht. *Schon klar. Ich habe in diesem Schloss nichts zu sagen!*

»Ich weiß, dass Flavio mit einer Angestellten geschlafen hat. In den Gängen«, verkündet Lorenzo nun, und ich drehe mich langsam in seine Richtung um.

»Warum hast du mir dann die Luft abgeschnürt?!«, schreie ich verständnislos. Die beiden Prinzen grinsen mir dämlich entgegen.

Wie gerne würde ich sie dafür ohrfeigen ...

»Wir mussten wissen, ob du uns anlügst, Herzblatt«, mischt Alvaro sich ein und zuckt so belanglos mit den Schultern, als wäre ich nicht beinah durch die Hände seines Zwillings gestorben.

»Ihr spinnt doch!«

»Du gehst ziemlich weit, um deine Lügen zu erhalten«, erwidert Lorenzo. Seine bunten Augen sind klar und generell macht nichts mehr den Anschein, dass die beiden mich eben noch umbringen wollten.

»Was hat das für einen Sinn? Woher wusstet ihr von Flavio?« Meine Hände tasten über meinen wunden Hals.

»Das Sommerschloss gehört *uns*. Wir haben *überall* Kameras, die uns per Handy zeigen, was sich wo abspielt. Flavio scheint das vergessen zu haben«, erklärt der blonde Prinz knapp.

»Und da dachtet ihr, ihr nutzt die Chance, meine Lügen zu entlarven und mir wehzutun?« Ein ironisches Lachen verlässt meine Lippen.

»Wir mussten wissen, ob wir dir vertrauen können, Sweetheart.«

»In welcher Hinsicht? Ich habe euch angelogen, ihr könnt mir nicht vertrauen!«, gestehe ich und werfe den beiden einen verwirrten Blick zu.

»Setzt du dich jetzt?« Alvaro hebt eine Augenbraue an und deutet mit der Hand auf einen freien Stuhl. Widerwillig nehme ich Platz.

»Du solltest wissen, dass du uns egal in welcher Situation niemals anlügen sollst, verstanden?«, raunt Lorenzo ernst, und ich nicke, um schneller von hier wegkommen zu können. »Du hast unseren kleinen Test nicht bestanden, aber das macht nichts. Ich glaube, dass es das nächste Mal besser laufen wird. Für dich.«

»Aber warum?«

»Das wirst du noch früh genug herausfinden, Herzblatt.«

Ich bin mir unsicher, ob mir gefällt, was ich höre. Die beiden Prinzen führen irgendwas im Schilde, und ich habe keine Lust, dort mithineingezogen zu werden.

»Ich behalte Geheimnisse nur für mich, wenn ich es für nötig halte. Ich wollte nur nicht, dass die Angestellte Ärger bekommt!«, weise ich sie darauf hin und verschränke die Arme vor der Brust.

»Sie bekommt keinen Ärger. Uns ist es egal, was das Personal treibt, solange es ihre Arbeit erledigt«, versichert Lorenzo mir.

»Darf ich dann jetzt gehen?«

KAPITEL 11

AITANA

An meinem Hals spüre ich noch immer Lorenzos beringte Finger, die mir die Luft abschnüren wollten. Ich kann nicht verstehen, welchen Sinn das haben sollte, denn einerseits soll ich die Prinzen nicht anlügen, andererseits wollten sie genau das von mir. Ich sollte lügen, um die Angestellte zu schützen. Was war das für ein Test? Was planen die beiden wohl? Egal, was es ist, ich will nicht mit hineingezogen werden. Doch leider befürchte ich, dass sie mich involvieren werden. Und das kann nicht gut ausgehen. *Für mich.*

Plötzlich stoße ich mit einer anderen Person zusammen, als ich um die nächste Ecke des Flures biege.

Ich schaffe es, mich auf den Beinen zu halten, doch mein Gegenüber verliert das Gleichgewicht und landet mit dem Hintern auf dem Boden. Es ist Blanka, die einen erschrockenen Schrei ausstößt.

»Bist du blind unterwegs?«, zischt sie und steht vorsichtig auf. Sie richtet ihr langes blaues Kleid, das wild am Dekolletee glitzert, und sieht mich aus wütenden Augen heraus an.

»Du hast mich auch nicht gesehen.« Ich zucke mit den Schultern, ehe ich die Arme abwertend vor der

133

Brust verschränke. Zwei weitere Mädchen tauchen hinter ihr auf und mustern sie mit einem fürsorglichen Blick.

»Was ist passiert?«, fragt die eine.

»Geht es dir gut?«, fragt die andere.

Ich muss die Augen verdrehen, weil mir die Situation zu lächerlich ist. So fest sind Blanka und ich nun auch nicht aneinandergeraten. Es gibt keinen Grund zum Überdramatisieren.

»Mir geht es gut. Dieses dicke Kalb hat mich nur umgestoßen«, erwidert Blanka und zeigt mit dem nackten Finger auf mich. Mich überkommt kurzzeitig das Bedürfnis, ihn ihr abzuhacken, jedoch ignoriere ich dieses Gefühl.

»Wie hast du mich genannt?«, frage ich stattdessen und hebe fordernd die Augenbrauen an. Blanka und ihr Gefolge grinsen spöttisch.

»*Dickes Kalb*«, betont sie laut und deutet an meinem Körper hinab. Dass ich nicht perfekt schlank bin, interessiert mich keineswegs, aber sie über mich urteilen zu lassen, ist etwas anderes. Das sollte ich beim besten Willen nicht unkommentiert lassen.

»Immerhin zerbreche ich nicht, wenn Alvaro mich fickt«, rutscht mir heraus. So gemein wollte ich nicht sein, jedoch genieße ich Blankas empörte Miene. Ihr Mund steht offen, die Augen bilden zwei schmale Schlitze, und ihre Hände hat sie zu zwei kleinen Fäusten geballt.

Die Mädchen hinter ihr sehen genauso schockiert aus. Sie beginnen leise zu tuscheln, was Blanka zu stören scheint, denn sie wirft den beiden einen fiesen Seitenblick zu.

»Was meinst du damit?«, fragt Blanka nun und verschränkt ebenfalls die Arme vor der Brust.

»Denk selbst darüber nach.« Ich schenke ihr ein keckes Lächeln und will an ihr vorbeigehen. Die beiden Mädchen stellen sich mir schnell in den Weg und blockieren mich.

»Lasst mich vorbei!«, fauche ich streng, doch sie rühren sich nicht. Wer sind die überhaupt? Gehören sie zu der Freundesgruppe der Prinzen?

»Du wirst mir jetzt erklären, was du damit meinst! Wieso solltest du mit Alvaro vögeln?«, fragt Blanka und scheint unsicher zu werden.

»Das war nur eine Redewendung«, antworte ich ausweichend. Sie glaubt mir nicht. Ich kann es in ihren giftgrünen Augen erkennen, die mein Gesicht scannen und meine Körperhaltung auf Lügen prüfen.

Vielleicht habe ich mich mit meiner Aussage in die Scheiße geritten. Zwar hält Blanka bereits jetzt schon nichts von mir, aber als richtige Feindin brauche ich sie nun wirklich nicht.

Wieso habe ich auch Alvaro genannt? Ich hätte Lorenzo erwähnen sollen, dann hätte ich das Problem jetzt nicht. Diese Tussi ist nämlich nicht dumm und kann sich ihren Teil vermutlich denken.

»Du hast … mit Alvaro gevögelt?!«, kreischt sie plötzlich so laut, dass ich zusammenzucke und meine Ohren zuhalten muss.

Ich schüttele den Kopf, will sie besänftigen, ihr eine weitere Lüge entgegenspucken, aber sie holt aus und verpasst mir eine Ohrfeige, die gesessen hat. Meine Wange prickelt sofort und beginnt, heiß zu glühen. Ich muss mir schmerzlichst über die Stelle reiben.

»Du Schnepfe!«, zische ich und setze einen drohenden Schritt in ihre Richtung. Direkt stellen sich ihre Wachhunde vor sie und versperren mir den Weg.

»Du bist eine Schlampe! Reicht dir dein eigener Prinz nicht?«, schreit sie wütend. Ihre Augen werden glasig.

»Weißt du, es hat sogar ziemlich viel Spaß gemacht. Er ist sehr gut im Bett«, säusele ich gedehnt, um sie noch mehr zu provozieren. Für diese Ohrfeige werde ich mich rächen! Sie wird denselben Schmerz spüren wie ich, nur an einer anderen Stelle. In ihrem verdammten Herzen!

»Du Schlampe!« Schlagartig prescht sie vor und stürzt sich mir entgegen. Ich kippe nach hinten um, sie setzt sich auf mich und legt ihre schmalen, kalten Finger an meinen Hals.

Nicht schon wieder!

Mir wird die Luft abgeschnürt. Ich umfasse ihre Handgelenke und will sie von meinem Hals lösen. Leider liegt ihr gesamtes Körpergewicht auf ihren Armen, und dadurch hat sie einen Kraftvorteil.

»Du kannst mich nicht töten!«, hauche ich tonlos. Die anderen Mädchen stehen nur neben uns und beobachten, was Blanka mit mir macht. Entweder trauen sie sich nicht, sich einzumischen, oder sie wollen es nicht, weil ich ihnen egal bin.

Langsam bekomme ich Angst. Panische Angst. Ihr Gesicht ist absolut entstellt, und ich gehe davon aus, dass sie mich umbringen wird. Sie scheut sich nicht, ihr *Eigentum* – Alvaro – zu verteidigen. Wahrscheinlich bedeutet ihr dieses Schicksal – die Krone – alles.

»Blanka«, presse ich schwach hervor, will ihr verdeutlichen, dass mir die Luft allmählich ausgeht, doch sie lässt nicht von mir ab, drückt weiter meinen Hals zu. Ihre Hände werden schwitzig, sie reagiert auf kein einziges Wort. Da ist nicht einmal ein Zucken. Sie ist vollkommen entschlossen.

Ich schließe die Augen und ergebe mich. Ich habe nicht genug Kraft, da Blanka auf mir sitzt. Es bringt auch nichts, mit den Beinen zu zappeln, denn es ist vorbei.

Plötzlich wird sie von mir heruntergerissen. Ruckartig öffne ich die Lider wieder und atme tief ein. *Luft, Luft, Luft!*

Ich muss husten, greife mir an den Hals und atme schwer, ehe ich erkenne, dass Alvaro diese Irre an den Oberarmen gepackt hat, wütend auf sie einredet, und sie schüttelt. Immer wieder schauen die beiden zu mir. Ich verstehe kein Wort, fühle mich wie gelähmt und konzentriere mich auf meine erschöpften Lungen.

Die Mädchen, die mir beim Sterben zusehen wollten, verfolgen nun Blankas und Alvaros Auseinandersetzung mit einem leichten Grinsen auf den Lippen. *Diese Biester.*

»Das wirst du bereuen«, dringt Alvaros Stimme dumpf in mein Gehör.

»Du hast mit ihr gevögelt!«, rechtfertigt sich Blanka quietschend.

»Ich kann vögeln, wen ich will! Es liegt nicht in deiner Hand! Wir sind kein fucking Paar!«, brüllt Alvaro ihr entgegen. Es ist beinah komisch, ihn so zu erleben, da er eigentlich der ruhigere Bruder ist. Normalerweise bellt Lorenzo die Leute an, während Alvaro amüsiert danebensteht. Dass er so böse werden kann, hätte ich daher nicht geglaubt.

»Ist alles gut?« Lorenzo kniet sich vor mich und sieht mir ... besorgt ... entgegen. Kann dieser Mensch überhaupt etwas wie *Sorge* empfinden? Seine bunten Augen gleiten prüfend über mich. Ich könnte sie ewig anschauen, weil sie unfassbar besonders sind.

»Mir geht es gut. Denke ich.« Ich lasse mir von Lorenzo auf die Beine helfen. Er stützt mich, da ich am ganzen Leib zittere. Es muss der Sauerstoffmangel sein oder das Adrenalin. Immerhin wollten die Radieschen mich schon von oben begrüßen.

»Lorenzo, Lorenzo ...«, ruft Blanka nervös.

»Aitana hat mit Alvaro geschlafen!« *Versucht diese Schnepfe gerade zu petzen, um ihren Arsch zu retten?*

Alvaro verdreht die Augen. Lorenzo wendet sich ihr einen Moment lang zu. »Ich weiß, ich war dabei.« Er grinst. Sie nicht. Sie schaut eher empört aus, dass beide Prinzen mit mir den Abend verbracht haben und mich ...

»Was?!« Ihre Wangen laufen rot vor Wut und Entsetzen an. Sie gibt ein so unbeschreibliches Bild ab, dass selbst ich grinsen muss.

»Du wirst mich heute Abend im Keller antreffen«, zischt Alvaro befehlend und Blanka nickt unwillig. »Verzieh dich jetzt!«

Wie auf Kommando stürmt sie an dem blonden Prinzen vorbei. Die beiden Mädchen möchten ihr folgen, doch Alvaro hält sie auf. »Ihr werdet ebenfalls in den Keller kommen. Wenn ihr nochmal untätig danebensteht und Blanka unterstützt, wird euch dasselbe widerfahren wie ihr. Ich will, dass ihr euch dessen bewusst werdet.«

»Komm«, raunt Lorenzo, platziert seine Hände zwischen meinen Schulterblättern und führt mich in den Speisesaal. Ich hätte liebend gern die Reaktion der Mädchen gesehen, aber ich lasse sie besser hinter mir.

»Wer sind die beiden?«, frage ich mit kratziger Stimme und nehme auf einem Stuhl Platz. Lorenzo wedelt mit den Händen und einer der Angestellten setzt sich in Bewegung.

»Constanza und Perla. Sie gingen auf dieselbe Schule wie wir. Sie sind Freundinnen. Ich glaube, Perla steht auf Flavio«, erklärt Lorenzo knapp, nimmt dem Bediensteten, der aus dem Nichts neben uns auftaucht, ein Glas Wasser aus der Hand und überreicht es mir. Ich nehme es dankbar und trinke gierig die erste Hälfte aus.

»Und wie lange kennen sie Blanka schon?«

Lorenzo nimmt auf dem Stuhl neben mir Platz und dreht sich in meine Richtung. Sein Blick fängt meinen ein. In dem fahlen Sonnenlicht, dass durch die kleinen Fenster scheint, glitzert sein blaues Auge wie ein Edelstein.

»Ein paar Tage. Mich wundert es, dass sie nur dastanden und zugesehen haben. Und ... dass sie Blanka ... unterstützt haben.« Er runzelt die Stirn und gibt mir mit einer Handbewegung zu verstehen, dass ich den Rest aus dem Glas trinken soll. Was ich tue, denn meine Kehle fühlt sich immer noch ein wenig trocken und gereizt an.

»Was hat Alvaro mit ihr vor?«, frage ich verkrampft und stelle das leere Glas auf den Tisch zurück. Lorenzos Blick schweift an mir vorbei. Zögert er bei der Antwort?

»Das muss dich nicht interessieren. Du wirst heute Abend in meinem Schlafzimmer bleiben.« Es klingt wie ein Befehl.

Ich hasse Befehle. Vor allem, wenn *er* sie ausspricht. Was denkt er, wer er ist? Er kann nicht entscheiden, was ich mit meinem Leben anfange! Wohin ich gehe oder was ich tue. Aber das wird er noch lernen.

»Mich interessiert es sehr wohl!«

Sein Blick schweift wieder zu mir, und sein Körper spannt sich deutlich an. Mein Ungehorsam scheint ihn zu provozieren.

»Blanka wird ihre angemessene Strafe erhalten.«

»Welche Strafe?«

»Das. Geht. Dich. Nichts. An. Sweetheart«, zischt er nun eindringlicher. Ich zucke zurück, weil ich befürchte, gleich erneut Hände an meinem Hals zu haben. Und darauf kann ich definitiv die nächsten Jahre verzichten.

Gerade als ich jedoch etwas erwidern möchte, betritt Alvaro den Speisesaal. Er kommt auf uns zu und macht erst direkt vor mir Halt. Prüfend gleiten seine Augen über mich. »Geht es dir gut?« Er klingt … entschuldigend.

Ich nicke nur und beobachte, wie er sich uns gegenüber an den Tisch setzt.

»Das hätte nicht passieren dürfen«, knurrt Lorenzo finster und wirft seinem Bruder einen vorwurfsvollen Blick zu.

»Es tut mir ausgesprochen leid.« Alvaro richtet seine Worte an mich.

»Kein -«

Lorenzo unterbricht mich. »Eine Entschuldigung reicht nicht.«

Alvaros Kiefer malmt, während er seinen Bruder eisern fixiert. Seine hellen Augen funkeln erbost.

»Ich habe Blanka im Griff. Das war ein Ausrutscher. Niemals hätte ich gedacht, dass sie Aitana töten würde. Aber Herzblatt hätte ihren Mund halten sollen!«

Bei seinem letzten Satz überfährt ein Schauer meinen Rücken. *Peinlich!*

»Was meinst du, Varo?«, hakt Lorenzo neugierig nach. Alvaro schenkt mir ein knappes, feixendes Lächeln.

»Herzblatt hat mit mir … geprahlt.« Seine blonden Augenbrauen wippen spielerisch.

»Du wolltest sie *eifersüchtig* machen? Wieso?«

Plötzlich spüre ich beide Blicke auf mir und würde am liebsten im Boden versinken. Mir ist selbst bewusst, dass meine Handlung nicht richtig war, aber Blanka hätte mich nicht direkt angreifen müssen! Es geht hier um sie und nicht um mich!

»Sie hat angefangen«, sage ich knapp und zucke ausweichend mit den Schultern. Ich wusste ja nicht, dass Blanka so besitzergreifend ist, was Alvaro anbelangt.

»Brüderchen, mir kam da gerade eine nette Idee«, säuselt Lorenzo und grinst unheimlich. Mein Herz beschleunigt sein pumpendes Tempo, und mir wird flau im Magen. Egal, welche Idee in seinem Kopf schwirrt, sie kann nicht gut sein.

Sie wird mich verletzen, aber das wird wohl der Sinn dahinter sein. Es gibt eine neue Bestrafung für mich, weil ich mich auf Blankas Mätzchen eingelassen habe.

»Versteh uns nicht falsch, Herzblatt, wir wollen einfach, dass niemand Schaden anrichtet. So etwas braucht eben Erziehung«, erwidert Alvaro, obwohl sein Bruder die Idee noch nicht offengelegt hat. Kann er Gedanken lesen? Ist das irgendein Zwillingsding?

»Was h-habt i-ihr vor?«, stottere ich und werde nervös. Meine Hände werden ekelhaft schwitzig, während mein Herz immer lauter gegen meinen Brustkorb donnert.

»Das wirst du noch früh genug merken. Erst einmal ist Blankas Bestrafung an der Reihe«, antwortet der dunkle Prinz süffisant.

»Für was werde ich überhaupt bestraft und wieso? Streitigkeiten sind doch normal!«

Vielleicht kann ich meinen Kopf noch aus der Schlinge ziehen. Wenn nicht, sollte ich meine Beine in die Hand nehmen und mich irgendwo im Schloss verstecken, wo mich niemand finden kann. *Scheiße*, geht ja gar nicht. Hier hängen überall Kameras.

»Du wirst dafür bestraft, dass du Blanka eifersüchtig machen wolltest. In unserem Reich darf es keine Eifersucht geben! Und du hast recht, Streitigkeiten sind normal, aber nicht auf diese Weise. Ihr dürft euch nicht an die Kehle springen, verdammt!«, erklärt Lorenzo mir, doch ich verstehe nur Bahnhof.

»Ist das eine Regel? Gibt es *hier* tatsächlich Regeln?!« Ich klinge ironisch und muss mir sogar ein dummes Grinsen verkneifen.

»Ja, es gibt Regeln. Du wirst bald erfahren, weshalb, Sweetheart.« Die Brüder werfen sich vielsagende Blicke zu, die ich nicht deuten kann. Ich komme mir vor wie im falschen Film.

Wo bin ich hier nur reingeraten? Was haben sich meine verräterischen Eltern gedacht, als sie mich der spanischen Krone verkauft haben?

»Und warum sollte Blanka nicht eifersüchtig sein dürfen? Sie wurde Alvaro versprochen. Es ist normal, dass sie sich verliebt.« Auch wenn *mir* das nicht passieren könnte. Es ist unmöglich, dass ich jemals Gefühle für Lorenzo entwickeln werde.

»Sie ist nur auf die Krone aus. Deswegen hegt sie einen Besitzanspruch auf ihn«, brummt Lorenzo, was Alvaro genervt die Augen verdrehen lässt.

»Das erklärt meine Frage nicht.«

Wieder werfen die Prinzen sich bedeutungsvolle Blicke zu. Als wären sie sich nicht sicher, welche Geschichte sie mir auftischen sollen. Irgendetwas läuft hier! Ich bin nur noch nicht dahintergekommen.

»Alvaro und ich haben kein Interesse an einer Beziehung. Blanka wird sich Alvaro nicht nehmen können, und wir werden jeglichen Versuch unterbinden.«

Ich runzle die Stirn. »Aber wieso?«

»Weil es Wichtigeres gibt. Größeres! Du wirst es bald verstehen, Herzblatt«, erwidert Alvaro und zwinkert mir zuversichtlich zu. Dass die beiden meiner Frage ausweichen, entgeht mir nicht, aber ich werde sie nicht zwingen können, ehrlich zu mir zu sein. Sie verheimlichen etwas, dass noch nicht ausgesprochen werden darf, und scheinbar planen sie mich mit ein. *Scheiße!*

Ich muss so schnell wie möglich von hier verschwinden. Sobald die erste Fähre vom Schloss ablegt, werde ich rennen. Ich werde nicht zurücksehen und alles hinter mir lassen. Selbst meine Eltern, die mich erst in diese Situation gebracht haben. Vielleicht verlasse ich das Land – nein, ich *muss* Europa verlassen. Sie werden mich sonst finden. Es gibt sicherlich ein Auslieferungsabkommen, und jeder wird nach mir fahnden. Überall werden Bilder von meinem Gesicht aushängen, und es gibt ein hohes Kopfgeld.

Ich bin ihnen ausgeliefert, wenn ich nicht das Weite suche. Amerika wäre eine gute Option. Oder ich tauche in einem unscheinbareren Land unter. In Asien. *Bangkok!*

Ja, Bangkok wäre gut. Dort findet mich niemand, und diese Stadt ist günstig. Ich werde mir ein neues Leben aufbauen, abseits des ganzen Trubels.

»Du solltest langsam auf dein Zimmer, Herzblatt. Es wird Zeit«, sagt Alvaro süffisant und steht auf.

144

Lorenzo tut es ihm gleich, schnappt sich meine Hand und zieht mich auf die Beine.

»Ich will nicht aufs Zimmer!«, protestiere ich, aber der dunkle Prinz zieht mich hinter sich her.

»Doch. Du wirst dort auf mich warten!«

KAPITEL 12

LORENZO

»Die Fotze hat mir in den Arm gebissen«, berichte ich Alvaro und schließe die Schlafzimmertür hinter mir. Aitana trommelt wütend dagegen. Ich drehe den Schlüssel im Loch herum und lasse sie zurück. »Lasst mich raus!«, protestiert sie energisch, und ich muss schmunzeln. Warum zur Hölle kann sie nicht einfach ruhig in meinem Zimmer auf mich warten? Was will sie im Schloss? Will sie unbedingt bei Blankas Bestrafung zusehen? *Sie sollte sich auf ihre Eigene konzentrieren.*

»Sie hat dich gebissen?«, wiederholt Alvaro amüsiert und betrachtet den Arm, den ich ihm entgegenstrecke. Sie hat mir in den Unterarm gebissen. Ihre geraden Zähne haben sich auf meiner Haut abgebildet.

»Es gibt Menschen, die haben sich so einen Abdruck tätowieren lassen«, scherzt er. »Du wolltest doch endlich Tattoos.«

Ich werfe ihm ein gespieltes Grinsen entgegen und verdrehe die Augen. *Wie unlustig, Bruder.*

Den Zimmerschlüssel verstaue ich in meiner Hosentasche, dann folge ich Alvaro durch das Schloss.

»Ich freue mich auf Tattoos. Bald habe ich endlich die Möglichkeit dazu«, meine ich und klinge erschreckend glücklich, wenn ich darüber rede. Ich vergesse zu oft, wie viel Freiheit die Krone mir raubt. Keine Tattoos, keine Piercings, kein gar nichts! Und ich hasse das. Ich hasse es so sehr, dass ich mich mit vierzehn Jahren umbringen wollte. Diese vielen unnötigen Regeln, nur um irgendwelchen fremden Menschen zu gefallen, sind einfach nicht meins. Umso mehr freue ich mich über das neue Spanien! Wir werden die Monarchie endlich zerstören.

»Vielleicht lasse ich mir ein Piercing stechen«, erwidert mein Bruder und schaut mich nachdenklich an.

»Ein Prinz-Albert? Oder sollte ich *Prinz-Alvaro* sagen?«, scherze ich und muss über meinen eigenen dummen Witz lachen.

»Nein, Enzo«, knurrt Alvaro, ohne mit den Mundwinkeln zu zucken. »Eins an der Lippe. Oder ein Septum. Denkst du, das würde mir stehen?«

Ich zucke mit den Schultern, betrachte sein Gesicht und versuche, mir ein Piercing an ihm vorzustellen. Silberner Stahl, der kreisförmig unter seiner Nase herausschaut oder sich durch seine Lippe zieht.

»Ich hab ja noch Zeit zum Überlegen«, sagt er schließlich und schaut auf den Weg vor uns. In der großen Eingangshalle angekommen, gehen wir durch eine unscheinbare Tür. Wie eine, durch die Aitana gefallen ist. Und folgen einer schmalen Wendeltreppe nach unten. Es wird kühler um uns herum. Feuchter.

Den Keller betreten wir eigentlich nie. Er ist schmutzig und riecht komisch, und darin ist jemand gestorben.

Meine Mutter ließ einen Koch erhängen.

Ein Schauer läuft mir den Rücken hinab. Bestimmt spukt der Geist noch immer hier unten herum. Möglich, dass er auf meine Mutter wartet. Um ihr die Seele zu rauben, wie sie die Seele des Koches geraubt hat.

Wir betreten den tiefsten Punkt des Schlosses. Vor uns baut sich eine schwere Holztür auf, hinter der man Blankas Stimme dumpf entnehmen kann. »Was wird das, he?!«

Alvaro wirft mir einen letzten Blick zu. Ich erkenne, wie sich sein Gesicht in Schatten legt, und sein schiefes Grinsen wirkt beinah boshaft. Dann reißt er die schwere Tür auf und betritt den kahlen Raum. Ich folge ihm.

Blanka wird von zwei Männern festgehalten, und Constanza und Perla, die vorhin bei ihrer Tat zugesehen haben, stehen ängstlich in der Ecke.

Bis auf die kalten Steinwände und dem rauen Boden befinden sich nur ein alter Holztisch und ein paar Ketten, die an der Wand befestigt sind, im Inneren des Kellers. Über dem Tisch liegt ein weißes Seidentuch, was völlig verstaubt und vermutlich feucht ist.

»Was hast du mit mir vor?«, fragt Blanka nervös, als Alvaro sich ihr nähert. In ihren Augen erkenne ich die Furcht vor dem Tod. Ich genieße es sehr, diese Nervensäge so zu sehen. Aber wenn es nach mir geht, könnte sie noch ein bisschen unterwürfiger sein.

»Du wirst nie wieder Hand an jemandem aus unserem Reich anlegen! Und damit du nachvollziehen kannst, wie es sich anfühlt, wenn man sich an Schwächeren auslässt, wirst du es selbst zu spüren bekommen«, spricht Alvaro klar und deutlich in den hallenden Keller hinein.

Blanka reißt die Augen auf. Die Mädchen in der Ecke beginnen zu tuscheln, was ich sofort unterbinde. »Schweigt!« Sie gehorchen.

»Aber ... Und ... Was!«, japst Blanka. Ihre Augen werden glasig, als die beiden Männer sie zum Tisch führen und daraufsetzten. Sie wird mit dem Rücken auf die Platte gedrückt. Noch wehrt sie sich nicht.

»Du wirst das aushalten, sonst drücke ich dir höchstpersönlich die Luft ab. Aber das wirst du nicht überleben, das verspreche ich dir«, warnt mein Bruder.

Ich muss lächeln, weil er diese dunkle Seite von sich zeigt, die fast niemand kennt. Außer ich und vielleicht Blanka. Ich kann mir nämlich nicht vorstellen, dass er sie zärtlich im Schlafzimmer behandelt.

Jedoch kenne selbst ich diese Seite von ihm *kaum*. Er ist der liebe, nette, humorvolle Prinz und ich bin das kaltherzige und böse Arschloch.

Wären wir in einem Märchen und ich weiblich, wäre ich die böse Stiefmutter, die niemand leiden kann.

Manchmal, nur manchmal entgleitet ihm sein engelsgleicher Charakter. Er sperrt sein Monster in einen Käfig, der tief in seinem Innersten vergraben ist. Und manchmal kämpft es sich eben frei, während mein Monster immer an der Oberfläche spielt.

»Was hast du denn vor?«, fragt Blanka Alvaro. Dieser gibt mit einem Handzeichen ein Kommando, und die beiden Männer stürzen sich auf sie. Der eine umfasst ihre Hände und hält sie über ihren Kopf fixiert. Der andere gleitet mit den Händen über ihren Hals, dann über ihre Brüste und schließlich hinunter zu ihrem Schritt.

Alvaro schaut über seine Schulter zu mir. Sein Blick ist belegt, die Miene undurchschaubar. Seine hellen Augen haben jeglichen Glanz verloren, aber er genießt es, diese Macht über das Leben eines Menschen zu haben. Ich weiß es. Ich kenne ihn.

Er müsste nur mit den Fingern schnipsen und die Männer würden Blanka töten. Oder sie noch schlimmer quälen als jetzt. Alvaro könnte Blanka vergewaltigen lassen. Er befiehlt es bloß noch nicht, weil er sie selbst eventuell noch ficken möchte.

»Wenn ihr sie noch einmal unterstützt und untätig zuseht, lasse ich dasselbe mit euch machen!«, brüllt Alvaro plötzlich – dass sogar ich beinah vor Schreck zusammenzucke – in die Richtung von Perla und Constanza. Sie zittern leicht, was an der Kälte liegen kann. Oder an Alvaros Ansage.

»Ja, eure königliche Hoheit«, antworten die beiden synchron und senken demütig ihre Köpfe.

»Ich höre dich gar nicht schreien«, richtet mein Bruder sich wieder an Blanka. Diese sieht ängstlich zu ihm auf, weint und presst die Lippen aufeinander.

Sie mimt die Starke, aber irgendwann brechen sie alle zusammen.

Der Mann, der an ihrer unteren Körperhälfte steht, hat ihr mittlerweile das Kleid hochgezogen. Ihre Pussy liegt entblößt vor ihm. Er reibt grob über ihre äußeren Schamlippen, streicht über ihre Brüste. Sie wimmert leise, kaum hörbar.

»Geht das lauter? Zeig mir, dass du leidest, sonst werde *ich* dich leiden lassen!«, schreit Alvaro sie an.

Ein Finger wird in ihre Pussy geschoben, sie flennt bitterlich los. »Bitte hört auf.«

Keine Frau möchte ohne ihren Willen berührt werden, das verstehe ich. Aber Blanka war nicht besser. Wären mein Bruder und ich nicht gekommen, wäre Aitana nun vermutlich tot. Die Konsequenzen muss sie also tragen.

»Warum tut ihr mir das an?«, jammert sie. Unkontrolliert laufen Tränen ihre Schläfen hinab und sammeln sich an ihrem Haaransatz.

»Sei froh, dass ich dir nicht dasselbe antue, wie du es Aitana angetan hast.«

Ich wüsste nicht, was schlimmer ist. Fremde Finger in meine Pussy geschoben zu bekommen oder fast tot gewürgt zu werden. Ewig mit einem Trauma leben oder tot sein? Immerhin war es ein Zufall, dass mein Bruder und ich Blanka bei ihrer Tat unterbrochen haben.

»Bitte … Ich werde nie wieder so was tun!«

Ich denke über ihre Worte nach. *Wird sie nicht?* Wie können wir uns da sicher sein? Wenn sie nach der Krone giert, wird sie alles dafür tun, sie zu bekommen. Sie wird Aitana niemals in Ruhe lassen.

Der Mann an ihrer Pussy beginnt sie ausgiebig zu fingern, während der andere ihre Hände an Ort und Stelle hält.

Ja, es gleicht einer Vergewaltigung, aber das ist noch gar nichts im Vergleich zu dem, was Alvaro mit ihr tun *könnte*, wenn er die Kontrolle verliert. Und eigentlich hätte Blanka den Tod verdient. Mörder kann niemand leiden, und nach ihrer Tat haben sie – meiner Meinung nach – kein Anrecht mehr darauf, auf unserer Erde herumzuspazieren.

Und das sagt ein Mörder.

Ich senke den Blick zu Boden, denn ich bin kein bisschen besser als Blanka. Und trotzdem bestrafe ich sie für etwas, das ich ebenfalls getan habe.

Aber das ist was anderes.

Zumindest rede ich mir das ein.

Ich schlucke die in mir aufkommenden Schuldgefühle hinunter und beobachte das Schauspiel weiter. Es bringt nichts, in meiner Vergangenheit zu kramen. Ich habe Vater getötet, weil ich musste. Ich bin nicht wie Blanka. Blanka hatte keinen Grund, Aitana umbringen zu wollen.

»Bitte ... Alvaro. Ich entschuldige mich bei Aitana, bitte! Bitte!«, schreit Blanka. Ich kann ihren seelischen Schmerz hören.

»Ey! Du!«, ruft Alvaro dem Mann zu, der an ihrer oberen Körperhälfte steht, und ignoriert Blankas Bettelei.

»Ja, Hoheit?«

»Wichs ihr ins Gesicht!«

Der Mann nickt grinsend und holt seinen kleinen Schwanz hervor. Er beginnt, sich einen runterzuholen, damit er Alvaros Befehl nachkommen kann. Ich muss grinsen, weil die Idee von mir hätte kommen können. »Was? Nein!«, schreit Blanka panisch und windet sich unter den Männern.

»Perla, binde ihre Hände an die Vernesketten!«, sage ich, und sie tut, was sie soll. Mit einem entschuldigenden Blick fesselt sie Blankas Arme und Beine so stramm, dass sie wie ein Seestern auf dem Tisch liegt. Völlig bewegungsunfähig. Dann geht Perla zurück in die Ecke und fängt zu weinen an.

Es muss nicht leicht für sie sein, Mittäter dieser Folter zu sein, aber man lernt am besten etwas zu unterlassen, wenn man an der Strafe irgendwie teilnimmt. Und sei es nur, dass Opfer ruhig zu stellen.

»Komm schon. Geht das nicht ein bisschen schneller?«, ruft mein Bruder dem wichsenden Mann zu. Wenn er ihm weiter Druck macht, wird er gar nicht abspritzen können. Denn wer will dabei schon angeschrien werden?

Varo und ich grinsen uns an, weil die Folter zu perfekt läuft. Blanka hat den Kampf mittlerweile aufgegeben und lässt die Strafe über sich ergehen. Ihre Tränen laufen ihr bis zu den Ohren hinunter.

Der Typ an ihrer unteren Hälfte hat ganze vier Finger in ihre Fotze geschoben und tobt sich völlig aus, während der andere Mann endlich zum Abschuss kommt und ihr mitten ins Gesicht spritzt.

Ich muss kurz auflachen, weil Blanka in dem Moment den Mund aufmacht und eine kleine Ladung abbekommt. Sie würgt leicht und spuckt seinen

Samen aus, ehe sich der Rest davon überall verteilt. Sie kneift die Augen zusammen, presst die Lippen zu und weint im Stillen.

»Was zur Hölle tut ihr da?«, entnehme ich plötzlich eine nur zu bekannte Stimme hinter mir. Ich drehe mich um und werde von zwei haselnussbraunen Augen gefangen genommen. *Aitana.*

»Wie bist du aus dem Schlafzimmer gekommen?«, frage ich dunkel und ziehe die Brauen zusammen.

»Lasst Blanka sofort los! Wie könnt ihr sie so quälen?« In ihrem Gesicht steht pures Entsetzen geschrieben. Sie stürmt auf den Tisch zu, nur Alvaro hält sie davon ab, Blanka zu erreichen.

Mein Bruder wirft mir einen warnenden Blick zu. Ich muss Aitana zurückpfeifen, will er mir deutlich machen.

»Wenn du nicht als Nächste auf dem Tisch liegen willst, verziehst du dich zurück in mein Schlafzimmer«, knurre ich zu Aitana, die mich vollkommen ignoriert. Sofort bricht blanke Wut in mir Bahn. *Dieses dumme, dumme Mädchen ...*

Ich gehe mit großen Schritten auf sie zu, greife nach ihrem Oberarm und ziehe sie an mich heran. Unsere Blicke treffen sich angespannt.

»Lass mich los!«, faucht sie erbittert. Im Hintergrund wimmert Blanka, und langsam nervt mich ihre schmerzerfüllte Stimme.

»Verschwinde«, knurre ich rau. Sie verzieht trotzig die Lippen und irgendetwas an ihr schickt meinem Schwanz Impulse. Vielleicht ist es genau diese wehrende Art von ihr, die mich anmacht. Dieses: *nicht auf mich hören*. Dieses: *mir widersetzen*.

»Ich gehe erst, wenn ihr Blanka freilasst. Ihr könnt … das … nicht tun!«

»Mach uns ein anderes Angebot. Wenn du nicht willst, dass wir sie bestrafen … nimm die Strafe auf dich«, schlägt Alvaro ihr nun vor. Mein scharfer Blick schnellt zu ihm. Das kann er nicht ernst meinen.

»Bitte?!«, zischt Aitana und schaut über ihre Schulter hinweg zu meinem Bruder, der schelmisch grinst.

Blankas wimmern wird lauter, was Aitanas Miene traurig entgleiten lässt. Widerwillig nickt sie.

»Lasst sie los!«, befiehlt Alvaro daraufhin, und die Männer entfernen sich sofort vom Tisch. Aitana reißt sich aus meinem Griff und stürmt auf Blanka zu. Sie streicht ihr das Kleid herunter, wischt ihr über die feuchten Wangen, als hätte diese Schnepfe nicht vor ein paar Stunden versucht, ihr das Leben zu nehmen.

Wie rein kann ein Herz nur sein?

Ich stoße zu meinem Bruder, der mich abfällig ansieht. »Uns bleibt nichts anderes übrig, Enzo.«

Ich weiß direkt, was er damit meint. Wenn wir Blanka auf Aitanas Wunsch hin losgelassen hätten, würden die beiden Mädchen denken, sie könnten unsere Autorität untergraben. Und das dürfen wir nicht zulassen.

Aitana wird für Blanka einstehen müssen. Es war ihre Entscheidung. Eine dumme Entscheidung, aber wenn ich so darüber nachdenke ... *wird es Spaß machen.*

KAPITEL 13

AITANA

Was habe ich getan?

Blanka zieht ihre laufende Nase hoch und verlässt mit – ich glaube, sie heißen – Perla und Constanza, die sie stützen, den Keller. Auch die beiden Männer, die sie gequält haben, lassen mich mit den Prinzen alleine. Ich bin am Arsch. Was habe ich mir auch nur dabei gedacht, für Blanka einzustehen? Immerhin wollte sie mich töten! Sie hat mir die Luft abgeschnürt und hätte es zu Ende gebracht, wären die Brüder nicht gekommen, um sie von mir loszureißen. Aber ich konnte doch nicht zusehen, wie Blanka von diesen widerlichen Typen vergewaltigt wird! Das hat sie nicht verdient. Oder vielleicht hat sie es verdient ... aber nein. Ich konnte das nicht mit meinem Gewissen vereinbaren.

Und jetzt ... bin ich am Arsch.

Die Prinzen, die wie Tag und Nacht sind, betrachten mich abschätzig. Ich glaube zu erkennen, wie sich die Zahnräder in ihren Köpfen drehen. Sie denken nach, was sie mir Schreckliches antun können. *Diese Schweine!*

Nach einer gefühlten Ewigkeit schauen sie sich vielsagend an. Sie sprechen in ihrer Zwillingsgeheimsprache. *Gedankenübertragung.*

Und schließlich kommt Lorenzo auf mich zu. Er greift grob in meinen Nacken, was höllisch schmerzt und schleift mich aus dem Keller. Alvaro folgt uns grinsend die schmale Wendeltreppe nach oben. Unterwegs begegnen uns Flavio und Jeronimo, die uns fragend nachsehen, aber nichts sagen, was mir den Hintern retten könnte.

Meine Hände werden schwitzig vor Nervosität, und mein Herz springt mir beinah aus der Brust, solche Angst habe ich vor dem, was sie mit mir machen werden.

Gut möglich, dass Lorenzo seine Warnung, mich umzubringen, wahr werden lässt. Dann wäre ich nicht mehr sein Problem.

»Warum habt ihr Blanka vergewaltigen lassen?«, traue ich mich zu fragen und werde von Lorenzo in sein Schlafzimmer geführt. Die erdrückende Schwärze des Raumes lässt die Luft um mich herum um einiges dünner werden.

Mit einem Ruck wirft Lorenzo mich auf die Knie. Ich stöhne erschrocken auf und sehe zu den Prinzen hoch. Einer ist schöner als der andere, aber auch umso gefährlicher. Man kann beiden nicht trauen. Sie sind wie Rosen. Hübsch anzusehen, aber haben spitze Dornen.

»Zieh dich aus«, befiehlt der dunkle Prinz ohne jegliche Regung in seiner Miene. Er lässt nicht durchblicken, wie es in seiner Gedankenwelt aussieht.

»Spinnst du? Nein, ich werde mich nicht ausziehen!«, fauche ich anmaßend und halte seinem warnenden Blick stand.

»Hör lieber auf meinen Bruder«, empfiehlt mir Alvaro in seinem gewohnten Singsang. Dass er gerade noch Blanka vergewaltigen lassen hat, scheint wie verflogen. Er ist wieder der Alvaro, den ich kennengelernt habe. Ruhig, ausgeglichen, macht einen auf witzig, obwohl er es nicht ist mit seinem dämlichen Geträller.

»Fickt euch!« Wieso sind überhaupt beide Brüder involviert? Sollte sich nicht eigentlich nur Lorenzo für mich interessieren, oder ist das einfach ihr *Ding*? Lorenzo hat ja auch bei Blankas Strafe zugesehen.

»Ich könnte *dich* ficken, aber nachher genießt du es noch«, antwortet Lorenzo grinsend. Ich muss die Augen verdrehen, weil dieses Arschloch so unfassbar abgehoben ist. Wer sagt, dass der Sex mit ihm gut ist?

»Schlaf mit mir und ich zerstöre dein Selbstwertgefühl«, drohe ich ihm und grinse ebenfalls, nur auf zuckersüße Art und Weise.

Ich scheine ihn provoziert zu haben, denn er beugt sich zu mir hinunter und umfasst mein Kinn, damit ich ihm direkt in die Augen sehe. »Werde. Deine. Klamotten. Los.«

»Fick dich!«, wiederhole ich klar und deutlich.

Plötzlich zieht er mich auf die Beine, greift an den Kragen meines Shirts und zerreißt es, sodass es an mir herunterfällt. Vor meinem BH macht er ebenfalls keinen Halt.

Meine Brüste liegen frei, und meine Nippel ziehen sich verräterisch zusammen. Mein Körper macht mir klar, was in meinem Kopf nicht ankommen will. Die Nähe dieser Prinzen ist Gift für mich. Sie sind so unbeschreiblich heiß, dass ich ihnen nicht widerstehen könnte, würden sie mich jetzt und hier ficken. Obwohl sie Blanka haben vergewaltigen lassen. *Ich bin bescheuert!*

»Du Wichser!«, fluche ich und stoße ihn von mir. Er weicht zurück, lässt seinen Blick über mich gleiten und grinst breit.

»Ausziehen! Jetzt!«

Alvaro hebt gespannt seine blonden Brauen an und verfolgt amüsiert das Geschehen. Er lehnt sich an die Wand und verschränkt die Arme vor der Brust.

Da ich nicht weiß, was Lorenzo mit mir macht, wenn ich nicht gehorche, tue ich, was er befiehlt, und lasse den Rest meiner Kleidung zu Boden sinken. Nackt und völlig schutzlos stehe ich vor ihnen.

»Was nun, he? Wollt ihr mich auch vergewaltigen lassen, ihr widerlichen Schweine?«

»Hör auf, dieses miserable Wort auszusprechen. Blanka hat diese Strafe verdient. Du solltest mit ihr sprechen. Sie wird dir sagen, dass es nicht schlimm war, sich dieser entgegenzustellen«, antwortet Alvaro nonchalant und verdreht genervt die hübschen Augen. Ich kann nicht fassen, was er da von sich gibt. Will er mir weismachen, dass Blanka sich gerne hat vergewaltigen lassen? *Die Prinzen spinnen haushoch!*

»Werde ich«, erwidere ich nur und recke den Kopf in die Höhe. *Und wie ich mit Blanka reden werde!*

Vielleicht zeigt sich Blanka dankbar. Vielleicht könnte ich sie zu einer Verbündeten machen, die mit mir flieht. Alles wäre besser, als das sie meine Feindin ist.

»Auf die Knie«, weist Lorenzo an und vertreibt das letzte bisschen Luft zwischen uns, indem er an mich herantritt. Ich spüre seinen Atem auf meiner Stirn. Seinen Blick auf meinen Lippen. Ich müsste nur den Kopf heben und könnte ihn küssen.

Ich zucke zusammen, als sich plötzlich die Rollläden an den Fenstern wie automatisch schließen. Sofort springt die LED-Beleuchtung an und taucht das Zimmer in ein dunkles Rot. Dadurch wirkt der Raum so anders. Beinah gefährlich, während das schwarze Mobiliar das Zimmer in pure Tiefe verwandelt.

»Muss ich das nochmal sagen?«, raunt Lorenzo streng, und ich schüttele widerwillig den Kopf. Langsam lasse ich mich auf meine Knie sinken und schaue hoch in Lorenzos bunte Augen, die jetzt nur noch düsterer glänzen.

»Ich liebe es, wenn sie gehorcht«, plappert Alvaro neben mir und grinst breit.

»Was habe ich für eine Wahl?«, zische ich ihm entgegen. Wenn ich nicht tue, was sie sagen, werden sie Schlimmeres mit mir machen. Und das sage ich, ohne das ich überhaupt weiß, was gleich geschehen wird.

Lorenzo streichelt ungewohnt zärtlich durch mein offenes Haar. Dann beugt er sich an mein Ohr und flüstert mir etwas zu. »Wenn du brav mitmachst, wird es nicht allzu übel für dich ausgehen.« Er steht auf und macht Alvaro Platz, der sich dicht vor mich stellt und den Gürtel seiner Hose löst.

»Ich werde ihn dir abbeißen«, drohe ich, als er seine Härte hervorholt und mit der Faust umschlossen hält.

»Das will ich sehen.« Alvaro zwinkert mir in seiner typischen Manier zu. Hände umschließen mein Haar, binden sie zu einem Pferdeschwanz. Eine andere Hand umschließt mein Kinn. Finger drücken gegen meinen Kiefer und zwingen mich, den Mund aufzumachen.

Lorenzo dieses Arschloch!

Unfreiwillig lasse ich Alvaros Spitze zwischen meine Lippen gleiten. Ich schmecke seine Lusttropfen. Und warum auch immer, törnt mich diese Scheiße an?!

Hände finden meine Brüste. Ich keuche leise, während ich Alvaros Eichel sanft mit meiner Zunge umspiele. Dann befeuchte ich meine Lippen und lasse sie über Alvaros Härte gleiten. Ich küsse sie, fahre über seine zarte Vorhaut, zurück zu seiner Eichel.

Meine Mitte wird heiß und beginnt, gierig zu prickeln. Die Brüder machen etwas mit mir, dass noch nicht in meinem Kopf ankommt. *Sie teilen mich.* Dabei sollte ich … nur Lorenzo … beglücken. So wollte seine Mutter das doch. Oder? Blanka gehört Alvaro, und ich gehöre … Lorenzo.

Also … weshalb tun sie das? Weshalb wollen sie mich untereinander teilen? Ist das ihr Ding?

Was auch immer ihre Gründe sind, mir kann es eigentlich egal sein, denn es gefällt mir!

Lorenzos Finger finden meine empfindlichen Perlen. Er kneift sie, streichelt sie, liebkost sie, wie es ihm passt. Ich muss leise stöhnen, was sich mit Alvaros Schwanz in meinem Mund als schwierig erweist.

Ich lasse seine Härte tiefer in mich eindringen, nehme sie schmatzend auf und sauge daran. Alvaros Blick ruht hungrig auf meinem Gesicht.

»Ich dachte, du wolltest mich beißen«, raunt er neckend. Alles, was ich ihm als Antwort bieten kann, ist, dass ich meine Augenbrauen höhnisch zusammenziehe, während ich zu ihm hochschaue.

Er grinst. »Große Klappe, nichts dahinter.«

Mit schierer Ignoranz lutsche ich seinen Schwanz weiter. Es bringt nichts, mich mit ihm zu streiten. Außerdem will ich nicht wissen, was mir blüht, sollte ich tatsächlich zubeißen. Also stur bei der Sache bleiben und über seinen dummen Worten stehen.

Er wird irgendwann schon merken, dass man mit mir nicht spielen sollte. Vielleicht werde ich mich rächen. Irgendwie. Einen genauen Plan habe ich noch nicht, aber eines ist sicher: Man darf die Prinzen nicht ungestraft mit ihren Taten davonkommen lassen.

Dass sie Blanka … *das* angetan haben, bleibt schmerzlichst in meinem Hinterkopf verankert. Und wer weiß, ob sie mir nicht auch so etwas antun würden?

Plötzlich zwirbelt Lorenzo einen meiner Nippel so fest, dass ich zusammenzucke. »Konzentrier dich, Sweetheart.«

Ohne eine Erwiderung, die böse auf meiner Zunge liegt, mache ich weiter. Umspiele Alvaros Spitze, lasse seine Länge in meinen Mund hinein und wieder hinaus gleiten. Er verschränkt die Arme hinter dem Kopf, was seinen durchtrainierten Körper unter dem Polohemd präsentiert. Seine definierten Brustmuskeln und – sein Hemd rutscht durchs Strecken leicht hoch – sein Sixpack wirken so magisch anziehend auf mich.

Lorenzos Finger wandern langsam von meinem Oberkörper bis hinunter zu meinem Venushügel. Er streichelt durch meine Spalte, spürt meine Nässe. Jede seiner Berührungen an meiner Weiblichkeit fühlen sich unfassbar gut an. Er soll nicht aufhören.

Er *darf* nicht aufhören.

Und das tut er auch nicht.

Er umfährt zärtlich meinen Kitzler, jagt dadurch einen elektrisierenden Impuls durch meinen Körper, der die feinen Härchen an meinen Armen aufstellt.

Mein Tempo beim Blasen lässt nach, weil ich mich nicht auf beides konzentrieren kann. Es ist zu viel. Es ist zu gut. Wie soll ich nur beiden Gefühlen gerecht werden?

Alvaro bemerkt, dass es mir schwerfällt, greift in mein Haar und übernimmt die Steuerung. Er fickt mich, hält meinen Kopf an Ort und Stelle, und alles, was ich tun muss, ist, den Mund offenzulassen.

Er ist sanft, überhaupt nicht grob oder extrem einnehmend. Er achtet auf mich und wie es mir damit geht. Zudem schätze ich sehr, dass er mir seinen Schwanz nicht in den Hals jagt. Er lässt mich nicht würgen.

Das ist der Unterschied zu seinem Bruder. Lorenzo würde mich benutzen, Alvaro respektiert mich.

Sein Schwanz in meinem Mund wird härter. Er stöhnt laut auf, und ehe ich mich versehe, ergießt er sich in mir. Sein Samen läuft mir die Kehle hinab, und ich schlucke genüsslich jeden Tropfen davon hinunter.

Kurz zuckt seine Härte noch, dann lässt Alvaro von mir ab und ein milchig-süßer Film legt sich auf meine Zunge.

Lorenzos Finger lösen sich von mir und hinterlassen eine erschütternde Leere an meiner Pussy.

»Braves Mädchen«, raunt der blonde Prinz glücklich und beugt sich zu mir, um mir einen leichten Kuss auf die Stirn zu geben.

»Runde zwei, Sweetheart.« Lorenzo tritt in mein Sichtfeld und öffnet den Knopf seiner Jeans.

Das darf nicht wahr sein. Das darf einfach nicht wahr sein.

»Und jetzt strengst du dich noch ein bisschen mehr an, verstanden?« Lorenzo grinst feixend.

KAPITEL 14

LORENZO

Sweetheart so nackt und devot vor mir kniend zu sehen, lässt meinen Schwanz augenblicklich noch härter werden, als er eben schon war. Sie mit meinem Bruder zu sehen und mir vorzustellen, sie würde meinen Schwanz nehmen, hat meine Geduldsgrenze absolut überreizt.

Und jetzt bin endlich ich am Zug und kann sie für meine Lust benutzen. Dabei klingt dieses Wort so derbe. So als würde es ihr nicht gefallen, aber das tut es. Ich konnte fühlen, wie nass und erregt sie ist, weil sie unsere Schwänze lutschen darf.

Obwohl wir Blanka etwas ... Schreckliches angetan haben.

Vielleicht mag sie unsere bösen Seiten ja. Unmöglich wäre es nicht.

Auch in diesem Moment kniet sie so willig vor mir mit diesem leichten Glanz von Widerspruch in ihren hübschen haselnussbraunen Augen.

Ihre Lippen sind geschwollen. Sie sind feucht und warten nur darauf, dass ich ihnen endlich meinen Schwanz hinhalte.

Ich werde sie nicht länger warten lassen.

Während Alvaro meine alte Position hinter ihr einnimmt und beginnt, ihr die Brüste zu massieren, hole ich meinen pulsierenden Schwanz hervor. Sie stöhnt ganz leise und sieht spöttisch zu mir hoch.

Sie mag mich nicht. Das kann ich ihr auch nicht verübeln, aber meinem Bruder wirft sie nicht solche todbringenden Blicke zu. Dabei ist er kein bisschen besser als ich. Nur zeigt er es nicht. Vorne herum ist er der liebe, nette, humorvolle Prinz, aber er ist dieselbe Schlange, die ich auch bin.

»Gib alles, Sweetheart«, raune ich und halte ihr meine Härte vor den Mund. Ihre Pupillen weiten sich hungrig.

Ihre großen, feuchten Lippen gleiten langsam der Länge nach über meinen Schwanz bis hin zu meinen Eiern.

Das hat sie mit Alvaro nicht gemacht. Sie verwöhnt meine Eier mit einem leichten Saugen, sanften Küssen und entlockt mir damit ein seltenes Stöhnen.

Mit der Zunge fährt sie schließlich zurück über meinen Schaft bis zur Spitze. Lässt ihre Zunge darum spielen, bildet mit ihren Lippen ein O und beginnt an meiner empfindlichen Spitze zu saugen, was ein Prickeln an dieser Stelle auslöst.

Mein Schwanz wird härter und fühlt sich beinah gespannt an. Ich würde ihr zu gerne schon in den Mund spritzen, aber wo bleibt da der Spaß? Ich will das Ganze bis zur letzten Sekunde auskosten. Ihr Mund darf morgen ruhig taub sein.

»Knete meine Eier«, befehle ich und sie gehorcht brav. Nimmt ihre warme Hand an meinen Sack und beginnt meine Bälle zu massieren. Entweder bilde ich es mir ein, oder mein Bauch kribbelt wegen ihrer zarten, kleinen Finger.

Überschwänglich – was mir bei ihr neu ist – lässt sie meine gesamte Länge in ihren Mund gleiten und fängt an, richtig zu blasen.

Ich lasse ihr einen Moment lang die Kontrolle darüber. Lasse sie selbst entscheiden, wie sie sich meinen Schwanz nimmt.

Dann findet meine Hand ihr Haar. Ich greife fest danach und gebe vorsichtig das Tempo vor.

Sie fügt sich mir und meiner Anweisung, lässt alles mit sich machen. So gefällt mir das. Von Sweethearts Aufmüpfigkeit fehlt jede Spur. Dabei ist sie doch sonst so ungehorsam.

Ich erhöhe das Tempo drastisch, und sie hat Probleme mitzukommen. Aber das ist mir egal. Scheißegal, um genau zu sein. Sie wird sich mir fügen müssen. Sie wird mein schnelles Tempo verarbeiten müssen.

Tiefer und immer schneller dringe ich in ihren Mund vor. Sie japst nach Luft und trotz meiner groben Art erkenne ich die Lust in ihren Augen, als sie zu mir hochsieht. Mein Blick fängt ihren. Es ist intensiv, zu intensiv. Als könnte ich in ihre Seele schauen, die darum bettelt, erlöst zu werden.

Aber ich werde sie nicht erlösen. Sie wird heute Abend leer ausgehen.

Zwei Stöße später pulsiert mein Schwanz, ich stöhne und ich ergieße mich in ihr. Artig schluckt sie jeden Tropfen meines Spermas hinunter.

Schließlich löse ich mich von ihr und trete ein paar Schritte zurück.

»Ihr seid Arschlöcher!«, murmelt sie, als auch mein Bruder von ihr ablässt und sie auf dem Boden alleine zurücklässt.

»Ach, Sweetheart. Gib doch zu, dass es dir gefallen hat, unsere Schwänze zu nehmen«, erwidere ich unterhaltend. Aitana steht langsam auf, ihren Blick fest auf mich gerichtet.

»War das alles? Habe ich meine Strafe abgesessen?«

»Vorerst, ja.«

Ihre Lider weiten sich, und sie presst stumm die Lippen aufeinander. Ich weiß, dass sie mir etwas entgegensetzen möchte, aber sie beherrscht sich. *Wieso?* Sonst nimmt sie doch auch kein Blatt vor den Mund?

»Du solltest schlafen«, schlägt Alvaro vor und tritt neben mich. Er hat recht. Es wäre besser, wenn Sweetheart ein wenig schläft. Sonst ändere ich meine Meinung noch und benutze sie weiterhin, wie es mir gefällt.

Ich könnte sie zum Beispiel endlich ficken. Ihre kleine Pussy mit meinem Schwanz weiten, sie schreien lassen und solange vögeln, bis sie zehn Orgasmen hatte.

Oh ja, wie gerne würde ich das tun. Ihr die Jungfräulichkeit stehlen. Und das würde ihr gefallen. Aber ich bin in meiner jetzigen Stimmung nicht fähig, etwas zu tun, das sie genießt.

Das hat sie nicht verdient!

Und wer weiß, vielleicht verdient sie es sich ja niemals?

»Wohin geht ihr?«, fragt Aitana schwach vor uns stehend.

»Geht dich nichts an«, knurre ich rau und lasse keine weiteren Aussagen ihrerseits mehr zu. Ich verlasse das Schlafzimmer. Mein Bruder folgt mir schweigend und schließt die Tür hinter uns.

»Fandest du die Strafe angemessen? Vergleich sie mit Blankas«, raunt er nun, während wir den endlosen Gang Richtung Salon entlanggehen.

»Du willst mich fragen, ob wir sie nicht hätten härter bestrafen sollen, oder? Damit sie unsere Autorität nicht in Frage stellt.« Ich werfe ihm einen knappen Blick zu. Er nickt.

»Wenn wir sie mitnehmen wollen, sie in den Plan mit einweihen wollen, muss sie gehorchen und wissen, mit wem sie sich anlegt.«

Es stimmt. Das muss sie wissen. Aber mein Bruder kann Aitana nicht mit Blanka vergleichen. Die beiden Mädchen sind völlig unterschiedlich.

»Das wird sie. Was ich mit Aitana mache, ist meine Angelegenheit.«

»*Unsere*«, betont mein Bruder deutlich.

Ich bleibe stehen und wende mich ihm zu. Seine Augen verraten nicht, was in seinem Innersten los ist.

»Offiziell ist sie meine Angelegenheit. Und sie *bleibt meine*!«

Ich habe kein Problem – ja wirklich absolut keins – sie mit meinem Bruder zu teilen. Aber solange wir unterschiedliche Meinungen über die Vorgehensweise mit ihr haben, entscheide ich. So wie er über Blanka.

»Das ist falsch«, zischt er angespannt und presst die Zähne hart aufeinander. Es wundert mich, dass er einen Anteil der Entscheidungsgewalt an Sweetheart möchte. Er kennt unsere inoffiziellen Regeln. Diese kamen nämlich von ihm.

»*Was* ist falsch?«, frage ich gedehnt.

»Dass du alleine über sie entscheidest.«

»Seit wann interessiert dich das so brennend? Kümmere dich um dein eigenes Mädchen!« Ich will weitergehen, aber Alvaro hält mich an der Schulter zurück. Ich balle meine Hände unterbewusst zu Fäusten. »Verflucht, Varo!«

»Wir streben etwas Großes an. Wir müssen zu zweit über die Mädchen entscheiden. Nicht alleine!« Seine Iriden zucken wild, so schnell gleitet sein Blick über mein Gesicht. *Analysiert er mich? Meine Gedanken?*

»Wir werden uns aber nicht einig.«

»Doch, das schaffen wir schon.«

»Ich will die Mädchen nicht mitnehmen, aber du schon. Dann nimm mit, wen du mitnehmen willst, aber nicht Aitana!«, mache ich ihm genervt klar, entziehe ihm meine Schulter und gehe weiter.

»Enzo!«, ruft mein Bruder wütend. Ich reagiere nicht, was zufolge hat, dass ich ihn wütend hinter mir her trampeln höre.

Kurz vor der Tür zum Salon hat er mich eingeholt. Er stürmt an mir vorbei, reißt die Tür auf und verschwindet vor mir im Raum. Ich verdrehe die Augen und lasse mich auf einem der Barhocker nieder. Alvaro steht hinter der Theke und schenkt sich einen Whisky ein.

»Willst du auch einen?«, fragt er mich und hält mir die Flasche vor die Nase. *American Whisky aus der South Destillerie.* Noch nie probiert, aber ein Versuch ist es wert.

»Ja, schenk ein«, antworte ich entnervt. Normalerweise trinke ich nur Whisky aus Schottland, aber meine Mutter hat ein Faible für amerikanische Sachen. Wie dieser Whisky es jedoch in *Alvaro und mein* Sommerschloss geschafft hat, – vor allem in diesen Salon – ist mir jedoch ein Rätsel. Mutter ist einfach überall. Breitet sich aus wie eine Krankheit. Wie ein schlimmer Virus.

»Wenn Aitanas Strafe nicht hart genug war und sie deswegen macht, was sie will, werde ich dich -«

»Was ist dein Problem?«, zische ich und schüttele verständnislos den Kopf. Alvaro knallt das halbvolle Whiskyglas vor mir auf die Theke, sodass ein paar gute Tropfen von dem hellbraunen Schnaps daneben schwappen. »Toll gemacht.«

Lange halte ich das nicht mehr aus. Das sind nicht wir. Es kann doch nicht wahr sein, dass wir uns wegen eines Mädchens streiten. Ich dachte immer, wir hätten dieselbe Meinung. Wären ein Team. Aber anscheinend haben wir nun den Tag erreicht, an dem wir uns uneinig sind. Das belastet mich, weil ich keine Ahnung habe, wie ich damit umgehen soll. Ich kann nichts dagegen machen. Ich muss es akzeptieren und abwarten, worauf wir voll automatisch hinauslaufen werden.

»Enzo! Das ist kein Spaß!«

»Aitanas Strafe muss nicht härter sein, weil sie nicht mitkommt! Geht das nicht in deinen dummen

Kopf?«, schreie ich ihn fassungslos an. Seine Augenbrauen ziehen sich spöttisch zusammen, dann nimmt er seinen Blick von mir und nippt an seinem Getränk.

»Was wäre, wenn sie mitkommen will?« Sein Blick ist düster.

»Wir können nur raten, ob sie das wirklich will. Wir können sie nicht fragen, denn sonst würde sie unseren Plan kennen.«

»Varo«, setze ich an. Ich verschränke die Arme vor der Brust und sehe ernst zu ihm auf. In seinem Gesicht glaube ich, tausend Emotionen zu erkennen, und all diese führen mich zu einer Frage. »Magst du sie etwa?«

Er schürzt die Lippen und betrachtet angespannt das Glas in seiner Hand. »Es wäre schade, sie zurückzulassen.«

Ich lehne mich über die Theke und lege ihm meine Hand auf die Schulter. »Sie würde nicht mitkommen wollen. Wir würden ihr Leben zerstören.«

Zwar weiß ich das nicht mit Sicherheit, aber ich kann es mir durchaus vorstellen. Aitana wollte bereits aus dem Sommerschloss fliehen. Wieso sollte ich sie dann mitnehmen, wenn wir unseren Plan in die Tat umsetzen?

Sie würde nicht glücklich werden.

Und sie wäre erneut gefangen wie ein Vogel in einem goldenen Käfig. Sie würde sich uns niemals unterordnen, und sie würde jederzeit die Hand beißen, die sie füttert.

Das hat keinen Sinn. Also bleibt sie hier. Ob es Alvaro passt oder nicht.

KAPITEL 15

AITANA

Meine Lider öffnen sich ruckartig. *Verdammt, ich bin eingeschlafen.* Ich wollte gar nicht schlafen. Ich richte mich auf und sehe mich kurz in Lorenzos Schlafzimmer um. Sein Bett ist unfassbar bequem. Am liebsten würde ich es gar nicht erst verlassen, aber der neue Tag ruft mich. Und ich will Blanka suchen, um ihr ein paar Fragen zu stellen.

Dass Lorenzo hier nicht geschlafen hat, wundert mich nicht. Er will sich kein Bett mit mir teilen, und wenn ich ehrlich bin, will ich es auch nicht. Soll er doch im Keller bei den Ratten schlafen. Mir egal.

Trotzdem gibt es da diesen winzig kleinen Teil in mir, dem es nicht so egal ist, wie ich es gerne hätte. Der Teil, der darauf hofft, wir könnten eine Nacht gemeinsam verbringen. Vielleicht würden wir uns näher kommen. Vielleicht würde … er mich ficken.

Nein. Niemals. So weit darf es nicht kommen.

Ich stehe auf, strecke mich durch und mache mich im Badezimmer fertig. Duschen, Haare föhnen, Deo auftragen, Zähne putzen. Seine Mutter hat mir alles, was ich gebrauchen könnte, ins Zimmer bringen lassen, bevor sie verschwand, um uns zurückzulassen.

Mit einem Handtuch, das um meinen Körper gewickelt ist, verlasse ich das Bad und begebe mich ins Ankleidezimmer. Ich erschrecke mich, als Lorenzo vor mir auftaucht.

»Das ist mein Ankleidezimmer«, knurrt er und deutet auf die Tür. Ich soll raus, aber ich werde nicht gehen. Ich lebe aktuell auch hier, und das hat er zu akzeptieren!

»Fick dich«, zische ich zurück und gehe an eine Kommode, die seine Mutter für mich ausgewählt hat. Darin befinden sich unzählige Kleidungsstücke. Die langen, teuren Kleider hängen neben der Kommode an einem Bügel. Aber ich mag keine Kleider. In Hosen fühle ich mich wohler.

»Kommst du heute Abend mit zum Strand?« Obwohl ich Lorenzo keinerlei Beachtung schenken möchte, kann ich nicht ignorieren, wie er sich sein Shirt auszieht und es zu Boden wirft. Dann wühlt er in einem Schubfach. »Ich habe dich etwas gefragt.«

»Strand. Ja. Ähm …«, *nicht an seinen Schwanz denken,* »Was gibt's am Strand?«

»Lagerfeuerparty«, antwortet er und wirft mir einen knappen, musternden Blick zu. Er trägt seine Kontaktlinse, das fällt mir sofort auf.

»Ich glaube, die interessiert mich nicht.«

Lorenzo zieht ein bunt beflecktes Shirt aus der Schublade und streift es sich über seinen wohldefinierten Oberkörper. Augenblicklich merke ich, dass ich mich wieder besser konzentrieren kann.

»Hast du mit dem Shirt Wände gestrichen?«, frage ich scherzend und lächele leicht.

Er schüttelt den Kopf. »Nein. Ich trage es, wenn ich in der Werkstatt bin.«

»Werkstatt?«

»Geht dich nichts an. Hast du nicht irgendwas zu tun oder so?« Seine Augenbrauen ziehen sich genervt zusammen. Ich entscheide mich dazu, diese Unterhaltung zu beenden und mich anzukleiden. Also lasse ich mein Handtuch fallen.

Binnen Sekunden spüre ich seinen Blick auf meinem Körper ruhen. Meine Wangen prickeln nervös.

»Hättest du das nicht tun können, wenn ich weg bin?« Plötzlich ist er hinter mir. Sein warmer Atem streift meinen Hals, und seine Finger fahren sanft durch mein Haar. Eine leichte Gänsehaut jagt über meinen Körper.

Mit dieser Wendung habe ich nicht gerechnet.

»Ob du es willst oder nicht, das ist nun auch mein Ankleidezimmer«, antworte ich tonlos, fühle seine Hände um meine Hüfte. Sie streicheln mich zärtlich.

»Du musst noch einiges lernen.« Er wirbelt mich herum, sein Blick ruht auf meinen Lippen.

Schiere Lust breitet sich in mir aus. In meiner Weiblichkeit.

Wie würde es sich wohl anfühlen, würde er mich ficken? Hart. Hier, auf der Kommode – sie hat die perfekte Höhe.

»Wir dürfen uns keine Fehler erlauben«, raunt er leise, und ich muss schmunzeln. Was er auch damit meint, es ist mir egal. Alles ist mir egal. Denn ich weiß, was ich möchte.

Und gerade möchte ich ihn.

In mir. An mir. Auf mir.

Unsere Lust, unser Schweiß, unsere Leidenschaft sollen sich miteinander vermischen und eins werden.

»Küss mich«, hauche ich. »Bitte.«

Er tut es, legt seine weichen Lippen auf meine und verschmilzt mit mir. Tausende Schmetterlinge bahnen sich ihren Weg durch meinen Bauch. Es fühlt sich gut an. Zu gut. Zu verboten gut. Ich darf nicht vergessen, dass meine Flucht das Wichtigste ist. Ich darf mich nicht davon abhalten lassen und sollte meinen Fokus voll und ganz darauf richten. Nicht auf ihn. Nicht auf Alvaro. Auf niemanden!

Trotzdem kann ich mich nicht von ihm lösen. Im Gegenteil: Ich schlinge meine Arme um seinen Nacken, ziehe ihn näher an mich heran und lasse zu, dass seine Zunge in meinen Mund dringt. Forschend, dominierend, erobernd umspielt seine Zunge meine. *Verdammt. Warum ist das so gut?*

Seine Hände finden meinen Hintern, er knetet und massiert ihn, während wir den Kuss intensivieren. Es wird mehr ein wildes Herumgeknutsche, unsere Lippen lösen sich, nur, um noch heftiger wieder aufeinanderzustoßen.

Ich will, dass er weiter geht und mich endlich nimmt, aber bevor ich diesen Wunsch auch nur äußern kann, lässt er abrupt von mir ab. Fast schon verachtend tritt er zwei Schritte zurück.

Ich bin verwirrt.

Hat es ihm nicht gefallen? Hat es ihm nicht dieselbe Lust bereitet wie mir?

»Lorenzo«, setze ich an, doch er hebt die Hand, signalisiert mir, dass ich schweigen soll. Dann richtet er sein buntes Shirt und verlässt mich kommentarlos.

Ich bleibe zurück. Total verwirrt und fast schon beschämt. Ich verstehe nicht, wieso er einfach gegangen ist? Habe ich etwas falsch gemacht? Nein. Es liegt nicht an mir. Es liegt ganz klar an ihm!

Bevor ich mir den Kopf darüber zerbreche, ziehe ich mich an – eine kurze Jeans und ein Top – und verlasse das Zimmer. Ich suche nach Blanka, denn ich muss mit ihr über gestern reden. Über das, was ihr widerfahren ist. Es würde mich nämlich niemals in Ruhe lassen, würde ich schweigend darüber hinwegsehen.

Die Prinzen haben etwas Schlimmes getan. Ich kann nicht einmal beschreiben, wie schrecklich ich es finde, und doch habe ich mich auf sie eingelassen. Sogar eben erst. Ich habe zugelassen, dass Lorenzo und ich uns küssen, obwohl es falsch ist. Obwohl er ein Monster ist, der Blanka hat vergewaltigen lassen.

Ich sollte mich schämen. Oh ja, das sollte ich. Aber leider sieht ein Teil meines Gehirns das anders. Ich schäme mich nicht. Vielleicht ein bisschen, aber lange nicht genug. Mir hat zu sehr gefallen, was die Prinzen mit mir gemacht haben. Dass sie mich ihre Schwänze haben kosten lassen.

Aus irgendeinem der vielen endlosen Gänge des Schlosses dringt lautes Gelächter in mein Ohr. Weibliche Töne. Das muss Blanka sein. Sie und ihre *Freundinnen*.

Dass sie dazu in der Lage ist zu lachen, erleichtert mich. Dann hat sie wohl kein allzu großes Trauma davongetragen. Jedoch bin ich kein Psychologe.

Wäre es möglich, durch Lachen ein Trauma zu verarbeiten? Durch positives Denken und Handeln? Ich folge dem Gelächter und den Stimmen. Sie führen mich an ein offenes Fenster, durch das ich hindurchblicke und Blanka am Strand erkenne. Sie und ihre Anhängsel bereiten die Party vor. Legen große Holzstücke auf einen Haufen, bauen einen Tisch auf, und ich sehe Flavio und Jeronimo, die mithelfen und einen Pavillon aufstellen.

Ich entferne mich vom Fenster, gehe durch den großen Empfangssaal und nach draußen an den Strand. Die frische, warme Sommerluft tut so gut, dass ich einige Augenblicke stehen bleibe, um durchzuatmen. Sonnenstrahlen brechen sich auf meiner Haut, erhitzen mich angenehm, und ich merke, dass ich die letzten Tage nicht mehr draußen war. Nicht, seit ich entführt wurde. Der kurze Aufenthalt auf der Terrasse und das Nacktbaden im Meer zählen nicht mit.

Ich ziehe meine Schuhe aus und werfe sie neben den Eingang. Dann gehe ich die Pflastersteine hinab und betrete den weichen Sand. Es fühlt sich gut an. Wie Urlaub. Und ich vergesse kurz, dass ich an diesem Ort gefangen bin. Dass ich nicht hier bin, um Urlaub zu machen.

»Hilfst du uns beim Aufbau?«, ruft mir jemand zu, und ich drehe mich in die Richtung. *Flavio.* Er lächelt und joggt zu mir.

»Eher nicht«, antworte ich und schaue an ihm vorbei.

»Lorenzo ist in der Werkstatt.«

»Ich suche nicht nach Lorenzo. Ich will mit Blanka sprechen.«

»Die ist beim Pavillon.« Flavio zeigt dorthin, und ich sehe sie. Wie sie mit ihren Freundinnen am Tuscheln ist. Sie hält eine Wasserflasche in der Hand. Trinkt einen Schluck. Ihre rötlichen Haare hat sie in einen Pferdeschwanz gebunden. Einzelne Strähnen lösen sich bereits daraus.

»Danke«, murmle ich und steuere an Flavio vorbei. Nach ein paar Schritten holt er zu mir auf.

»Du kommst heute Abend, oder?«

»Nein. Darauf kann ich verzichten.«

»Warum so ernst?« Ein Finger berührt meine Wange, und ich spüre all die Anspannung in meinem Gesicht.

»Nicht anfassen!«, fauche ich ihn an und bleibe kurzzeitig stehen, um mich ihm zuzuwenden. »Ich bin entspannter, wenn ich mit Blanka gesprochen habe. Könntest du mich also *bitte* nicht aufhalten?«

»Geht es um gestern?«

Verdutzt runzle ich die Stirn. »Warst du dabei?« Er ist mir gar nicht aufgefallen.

»Nein, aber ich bekomme alles erzählt.«

»Und ... wie stehst du dazu?«, frage ich vorsichtig und drossele die Lautstärke meiner Stimme.

»Es musste sein.« Er zuckt mit den Schultern.

Ich ziehe die Augenbrauen ungläubig zusammen. Das kann er nicht ernst meinen? Er steht zu der Handlung der Prinzen?

Ist er bescheuert?

»Ich dachte, du wärst vernünftiger«, zische ich und wende mich ab. Flavio folgt mir nicht länger, wodurch ich ungehindert zu Blanka gelange.

»Können wir kurz reden?«

Ihre giftgrünen Augen fallen auf mich. Sie lächelt künstlich und neigt leicht den Kopf zur Seite.

»Warum?« Drei Mädchen stehen hinter ihr und verschränken spöttisch die Arme vor der Brust.

Toll. Ich helfe Blanka und sie und ihre Meute können mich trotzdem nicht leiden. *Ich scheine alles richtig gemacht zu haben.*

»Es ist privat«, verdeutliche ich eher den Mädchen als ihr. Blanka macht eine wedelnde Handbewegung, und ihre Freundinnen zerstreuen sich am Strand.

»Mach schnell, wir haben noch einiges vorzubereiten.«

Ich hebe eine Augenbraue an und mustere sie. Es scheint, als wäre ihr nie etwas zugestoßen. Als wäre alles in bester Ordnung, aber dieser Schein kann trügen. »Wegen gestern -«, setze ich an, doch sie unterbricht mich sofort.

»O ja, Aitana. Wir sollten unbedingt über gestern reden. Du hättest dich nicht einmischen sollen. Es war meine Strafe! Meine! Ich hätte sie ausgehalten. Ich hätte Alvaro bewiesen, dass ich die Richtige an seiner Seite bin. Damit er mich mitnimmt!«

Ich kann nichts dafür, dass mein Mund so weit offen steht, dass ein Vogel darin sein Nest bauen könnte. Sie ist kein bisschen dankbar. Sie … Sie hasst mich dafür beinah noch mehr. Und sie hält mir eine Standpauke? Mir? Ich … Ich …

»Misch dich nie wieder ein! Ich weiß selbst, was ich mit meinem Körper machen möchte und was nicht.«

»Das war eine Vergewaltigung!«, halte ich standhaft dagegen, doch Blanka schüttelt so heftig den Kopf, dass ihr Pferdeschwanz herumwirbelt. »Ich hatte kein Problem damit. Ich weiß nämlich, worauf es ankommt. Ich habe die Strafe verdient. Ich stehe für mich ein.«

»Du hast geweint!«

Sie blickt gen Himmel und denkt nach. Sucht sie nach einer passenden Lüge?

»Weil ich wollte, dass Alvaro mich nicht abserviert. Es hatte keinen anderen Grund. Ich verhalte mich gerne wie eine Schlampe und lasse mich von anderen ficken, wenn ich mir dadurch meinen Platz sichern kann. Du solltest mit Lorenzo reden, wenn du das auch möchtest.« Sie geht an mir vorbei. Nach ein paar Schritten dreht sie sich noch einmal zu mir um. »Nie wieder. Verstanden?«

Ich nicke fassungslos.

Wow. Mein Kopf droht zu explodieren. Das darf alles nicht wahr sein. Lorenzo und Alvaro hatten recht. Sie wollte ihre Strafe. Sie wollte nicht, dass ich ihr helfe. Sie … Sie … Sie ist durchgeknallt. Sie hat einen noch größeren Dachschaden, als ich bisher angenommen habe.

Ich hätte ihr nicht helfen brauchen. Ich hätte mir meine Strafe ersparen können. Aber das, was mich am meisten interessiert, ist, was zur Hölle sie da von sich gegeben hat?

Einen Platz sichern?

Sie will irgendwohin mitgenommen werden?

Was zum Teufel?!

Blanka sagte, ich solle mit Lorenzo sprechen. Aber es wäre besser, wenn ich mich aus allem raushalte. Mein Augenmerk sollte auf meiner Flucht ruhen. Ich muss mich darauf – und nur darauf – konzentrieren.

Ich hoffe, die Königin kommt sehr bald zurück. Ich ertrage es nicht mehr lange in diesem Schloss. Es ist alles so ... so verstörend. Blanka ist verstörend. Ihre Ansichtsweise. Wenn ich mich noch länger mit diesen merkwürdigen Menschen abgebe, die offenbar etwas im Schilde führen, drehe ich noch durch. Und ich sollte mich von Lorenzo und Alvaro fernhalten. Ich muss einen anderen Platz zum Schlafen finden als Lorenzos Zimmer. Das ist nicht gut. Nicht auf Dauer.

Ich könnte mich irgendwo verstecken oder einschließen. Irgendwo, wo mich niemand findet und wo ich meine Zeit im Schloss einfach absitzen kann wie beim Nachsitzen in der Schule. Und sobald die Königin auftaucht, verschwinde ich mit der ersten Fähre und verlasse das Land. Ich gehe so weit weg wie möglich. Ich lasse Spanien für immer und ewig hinter mir und werde niemals dieser Heimat hinterher trauern.

Ja. Das ist das Beste.

Ich gehe zurück ins Schloss. Es gibt nichts, was mich am Strand hält, also schlendere ich durch die verzwickten Gänge. Ich habe längst nicht alle Teile des Schlosses gesehen, obwohl ich bereits auf Erkundungstour war.

Ich weiß nicht genau, wonach ich suchen soll. Nach einem freien Zimmer? Aber irgendwann werde ich herauskommen müssen. Ohne Essen und Wasser kann ich nicht überleben.

Plötzlich unterbricht eine Melodie die Gedanken in meinem Kopf. Ist das ... ein Klavier? Ist das *Shape of you* von *Ed Sheeran*? Ich folge diesen traumhaften Klängen wie automatisch. Meine Beine tragen mich federleicht, während meine Ohren nur dieser magischen Musik lauschen.

Sie wird lauter. Deutlicher. Ja, das ist *Shape of you*. Und es klingt sagenhaft. Derjenige, der hinter dem Klavier sitzt, muss jahrelange Erfahrung haben. Und Talent. Das Lied läuft fehlerfrei und nicht ein Ton liegt daneben. Oder Note? Ich kenne mich leider nicht damit aus. Mein Vater wollte nie, dass ich Instrumente lerne. Er hatte Angst, dass meine schulischen Leistungen unter einem Hobby leiden würden.

Schwachsinn.

Ich öffne eine hölzerne Tür, von der ich glaube, dass von dahinter die Musik kommt. Und ich habe recht. Die Melodie ist laut und deutlich, und ich trete vorsichtig und leise in den Raum hinein. Er ist klein, die Fenster werden von Vorhängen geziert, an den Wänden hängen Schallplatten, in der Ecke steht eine Gitarre. Und da steht er ... der große schwarze Flügel.

Ich muss mehrmals blinzeln, um zu erkennen, dass Alvaro an ihm sitzt. Er ist vollkommen konzentriert, hat seine Augen zwischenzeitlich geschlossen – fühlt die Musik –, wodurch es aussieht, als ob seine Finger wie von Zauberhand geführt über die Tasten gleiten. Er trägt eine schwarze Chino und ein hellgraues Poloshirt. Er sieht elegant aus, aber sexy zugleich. Seine blonden Haare liegen ihm wild auf der Stirn. Er hat sie nicht gestylt, doch es lässt ihn natürlich wirken. Seine Gesichtszüge sind weich und entspannt. Für ihn gibt es in diesem Moment nur die Musik. Und ich stehe hier und himmele ihn an. Himmele an, was er tut. Was er spielt. Sauge jede einzelne Melodie in mir auf und spüre sogar ein leichtes Kribbeln in meinem Bauch, weil es so unfassbar schön klingt.

Das Lied läuft aus, der Klang versiegt, und ich komme mir dumm vor, will die Flucht antreten, aber Alvaro hat mich längst bemerkt.

»Hallo, Herzblatt. Wie schön, dass du mich besuchst«, säuselt er gelassen und blickt zu mir auf. Ein leichtes Lächeln zupft an seinen Mundwinkeln.

»Ich hätte nicht gedacht, dass du ...«

»... Klavier spielen kannst?«, beendet er meinen Satz und ich muss schmunzeln. »Zu spielen gibt mir den Teil Frieden in mir zurück, den ich oft zu verlieren drohe.«

»Muss ich das verstehen?« Ich gehe auf ihn zu, streiche mit den Fingern sanft über den Flügel. Kein Staub, keine Kratzer. Er muss dieses Ding wirklich lieben.

»Nein.« Er lächelt herzhafter.

»Das klang wirklich unglaublich. Kannst du noch etwas spielen?«, frage ich ihn hoffnungsvoll. Es wäre zu schön, würde er mir diesen Gefallen tun.

»Was möchtest du hören? *Someone you loved? Cheap Thrills*?«, schlägt er vor und rutscht ein wenig zur Seite. Ich nehme auf dem Hocker Platz und spüre Alvaros Körperwärme, auch wenn wir uns nicht berühren.

»Du spielst moderne Lieder«, stelle ich fest. »*Cheap Thrills* wäre toll.«

Er nickt, und seine Finger finden die ersten Tasten. Sofort strömt die Musik aus dem Flügel, und die Melodie befällt meine Ohren. Ich lausche aufmerksam und lasse seine flinken Hände nicht aus den Augen. Es fasziniert mich so sehr, dass ich ewig mit ihm hier sitzen könnte.

Er, ich, dieser Flügel.

Von *Cheap Thrills* geht er über zu *Radioactive*. Ich merke kaum, dass ein neues Lied beginnt, so fließend war dieser Übergang, den er mir präsentiert hat.

Und dieses Lied löst irgendetwas in mir aus. Vielleicht ist es auch Alvaros Talent, so viel Gefühl hineinzubringen, aber ich fühle mich mit einem mal so stark. So … So … Ich kann es nicht beschreiben.

Ich glaube fast, dass ihm dieses Lied viel bedeutet. Etwas an seiner Miene hat sich verändert. Er wirkt nachdenklich, traurig und wütend zugleich. Er drückt die Tasten fester, wird an manchen Stellen schneller, dann wieder langsam.

Ich genieße es in vollen Zügen.

Dann läuft das Lied aus, und die Stille kehrt zurück.

»Ich könnte dir für immer zuhören«, gestehe ich und lächle aufrichtig. *Hätten wir uns unter anderen Umständen kennengelernt.*

»Kannst du auch spielen?«, fragt er nun. Ich schüttele den Kopf. »Ich kann es dir beibringen.«

»Das ist wirklich lieb, aber ich denke, das ist nichts für mich.« Ich habe das Lernen eines Instrumentes aufgegeben. Ich durfte nie, da brauche ich jetzt nicht anfangen. Man lernt in jungen Jahren besser. So heißt es doch, oder? Man soll mit so was im Kindesalter anfangen! »Kannst du noch andere Instrumente spielen?«

»Ja, Gitarre. Aber ich mag den Flügel tausendmal mehr.« Er deutet erst auf die Gitarre in der Ecke, danach auf den Flügel. Und dann sieht er mich an. Seine blauen Augen, die wie das Meer aussehen, mit hellen und dunklen Stellen, glänzen ehrlich. Ich würde mich zu gerne in ihnen verlieren. Nur einen Moment lang. Eine Minute. Eine Sekunde. Aber das wäre fatal. Ich darf nicht nachgeben. Niemals.

Meine Flucht steht im Fokus.

KAPITEL 16

AITANA

Alvaro und ich stehen vor einer riesigen Tür. Wir wollen zu Lorenzo, da Alvaro nicht akzeptieren kann, dass ich nicht mit zur Strandparty möchte. Er versucht, mich seit einer geschlagenen halben Stunde zu überreden, und meinte schließlich, dass Lorenzo meine Meinung ändern könnte. Was nicht möglich ist, weil ich mich entschieden habe. Aber das glaubt der blonde Prinz mir nicht. Wieso er mich unbedingt dabei haben möchte, ist mir ein Rätsel. Es kann ihm schlichtweg egal sein. Er hat Blanka auf der Party. Die schenkt ihm genügend Aufmerksamkeit.

»Lorenzo, Schätzchen«, singt Alvaro munter durch einen kleinen Türspalt.

»An der Klinke hängt ein Schild, dass niemand mich stören darf«, knurrt Lorenzo genervt aus dem Inneren des Raumes. Alvaro und ich schauen zeitgleich zur Klinke. Tatsächlich hängt dort das besagte Schild. Alvaro nimmt es an sich und wirft es den Gang entlang.

»Da hängt kein Schild«, singt er weiter und reißt die Tür auf. Ich muss mir ein Lachen verkneifen.

»Ich hasse dich manchmal echt sehr, Varo.«

»Ich dich auch, Enzo. Aber ich liebe dich trotzdem.«

189

Hinter Alvaro betrete ich die Werkstatt, die Lorenzo vorhin knapp erwähnt hat. Sie ist lichtdurchflutet, bildet eine zauberhafte, entspannte Atmosphäre. An den Wänden, die nicht von bodentiefen Fenstern belegt sind, hängen große und kleine Bilder. Leinwände – um genau zu sein. Jede Einzelne davon ist bemalt. Mal mit Bleistiftzeichnungen, mal mit Ölfarbe oder Wasserfarbe, oder was man eben dafür benutzt.

Der weiße Boden ist mit Farbe befleckt worden. Lorenzo steht in der Mitte des Raumes vor einer riesigen Staffelei, die eine weitere Leinwand hält. Er hält einen Pinsel in der Hand und sieht hochkonzentriert aus. Konzentrierter, als es Alvaro am Flügel war.

Neben ihm steht ein Tisch mit den unterschiedlichsten Materialien darauf. Lorenzo wechselt den Pinsel, tunkt ihn in Farbe und fährt damit über die Leinwand. Er wirft uns nicht einen Blick zu, was Alvaro nicht stört. Er stolziert um seinen Bruder herum und kritisiert sein Gemälde.

»Ich hätte rot genommen.«

»Du hättest gar nichts genommen. Wolltest du nicht Klavier spielen?«, zischt der dunkle Prinz mürrisch.

»Bin fertig. Ich habe Herzblatt mitgebracht.«

Jetzt sieht Lorenzo auf, direkt in meine Richtung, aber er wendet sich schnell wieder ab und fokussiert seine Leinwand.

»Toll. Und wieso stört ihr mich?«

»Du musst Aitana überreden, mit auf die Party zu kommen.«

»Und das ist dir wichtig, weil?«, werfe ich fragend ein und schlendere eine Wand entlang, an der einige Gemälde hängen. Sie sind wunderschön. »Weil du zu uns gehörst. Du musst einfach dabei sein. Du verpasst was!«

»Da bin ich anderer Meinung«, antworte ich und verdrehe die Augen, was er nicht sehen kann, weil ich mit dem Rücken zu den Prinzen stehe.

Eines der Gemälde betrachte ich genauer. Es ist schwarz-weiß gehalten. Eine Person ist darauf abgebildet. Sie hält sich den Kopf und schreit. Es gibt keine klaren Linien, alles wirkt verschwommen. Unrealistisch. Trotzdem kenne ich dieses Gefühl, dass Lorenzo auf dieses Gemälde gebracht hat. Dieser Wunsch, einfach schreien zu können, weil einem alles zu viel geworden ist.

Ich kenne es. Ich habe es während meiner Schulzeit oft verspürt. Wegen meinem Vater, meiner Mitschüler, meiner Mutter.

Ob Lorenzo auch so fühlt?

Ich mag das Bild. Er hat großes Talent. Vielleicht wäre er ein richtig guter Künstler und könnte seine Werke verkaufen?

Alvaro spielt Klavier. Lorenzo malt. Welche versteckten Talente haben die Prinzen noch?

Ich trete zurück und begebe mich zu Alvaro und Lorenzo. Der blonde Prinz gestikuliert wild mit seinen Händen beim Sprechen. »Du könntest ihr es befehlen. Befiehl ihr, an den Strand zu kommen!«

»Ist das ein Befehl?« Lorenzo wirft seinem Bruder einen fragwürdigen Blick zu, dann lächelt er schmal und wendet sich wieder seiner Kunst zu. Er malt …

das Schloss. Glaube ich. So richtig habe ich es noch nie von außen betrachtet.

»Enzo.« Alvaro klingt theatralisch. »Zwing sie dazu, mit auf die Party zu gehen.«

Ich schaue ihn böse an, weil es mich nervt, dass er über mich entscheiden will. Aber er lässt sich nicht davon beirren, sondern plappert weiter auf seinen Bruder ein. Warum ausgerechnet er und nicht Alvaro selbst mich dazu zwingen soll, mitzukommen, ist mir ein Rätsel. Aber irgendwie könnte es mir auch nicht gleichgültiger sein. Noch ein paar Tage – hoffe ich – und dann bin ich weg. Für immer.

Auf Nimmerwiedersehen, Arschlöcher!

»Wenn sie nicht will, lass sie«, knurrt Lorenzo schließlich und spricht damit endlich ein Machtwort. Alvaro zieht sofort ein mürrisches Gesicht, aber sein Bruder achtet längst nicht mehr auf ihn. Er ist zu besessen von seiner Kunst. Seinem Gemälde, welches vor ihm auf der Staffelei gehalten wird. Er wechselt den Pinsel. Ein feiner, dünner Pinsel, den er in eine gräuliche Farbe taucht. Dann fährt er die Schlossmauerwerke nach. Dort, wo er einen Schatten setzen möchte.

Es ist großartig, ihn dabei zu beobachten. So gerne ich vorhin bei Alvaro war, so sehr wünsche ich mir nun, dass er verschwindet und mich mit Lorenzo alleine lässt. Er nervt nämlich tierisch. Und nicht nur mich.

»Wie ihr wollt. Die Party beginnt bald«, zischt Alvaro, als wäre mein Wunsch von irgendeinem Gott erhört worden. »Überleg dir das mit Herzblatt, Enzo.« Mit diesen Worten verlässt er die Werkstatt.

»Du willst mir nicht ernsthaft beim Malen zusehen, oder?«, fragt Lorenzo leise. Seine Stimme hat einen rauen, kratzigen, aber dennoch entspannten Unterton. Klingt er immer so, wenn er hochkonzentriert ist?

»Doch, wieso nicht? Mir gefällt, was du tust.« Ich entlocke ihm ein weiteres schmales Lächeln.

Er zeigt in eine Ecke. »Nimm dir den Hocker. Ich hasse es, wenn jemand in der Gegend herumsteht, wenn ich beschäftigt bin.«

»Kannst du dich dann weniger konzentrieren?« Ich setze mich neben Lorenzo auf den Hocker und beobachte wie gefesselt seine feinen Linien mit dem Pinsel.

»Ich erwarte automatisch, dass jemand meine Kunst kritisiert. Kommt wahrscheinlich von Alvaro. Der kann sich seine dummen Kommentare nie sparen und steht ebenfalls immer wie ein Depp hinter mir.«

»Und du hörst auf seine Meinung?«

Jetzt sieht er in meine Richtung. Der Pinsel schwebt direkt vor der Leinwand. »Nein. Er hat keine Ahnung von Kunst, so wie ich keine Ahnung von Musik habe, aber es nervt.«

Ich muss schmunzeln. Alvaro ist manchmal *sehr* nervig, da kann ich nichts entgegensetzen. Trotzdem hat er wie Lorenzo seine guten Seiten. Seine lieben, höflichen Seiten, die ich leider irgendwie schätze. Jedoch kann ich nicht vergessen, was er Blanka angetan hat. Zwar hat sie mit mir darüber gesprochen und mir förmlich geschworen, dass alles in Ordnung sei, aber ich kann es nicht … ignorieren. Die Bilder sind in meinem Kopf gespeichert, und ich weiß, mit wem ich mich zukünftig anlege. Das war mir zuvor nicht klar. Vielleicht habe ich ihn sogar unterschätzt.

»Darf ich dich etwas fragen?«

Er wechselt wieder den Pinsel. »Immer, Sweetheart.«

Seine Worte schmeicheln mir verbotenerweise. »Blanka meinte, ich solle dich etwas fragen. Oder ... mit dir darüber reden. Sie hat irgendwas von einem Plan erzählt. Dass sie irgendwo mit hingenommen werden will?«

Seine Handbewegung stoppt. Der Pinsel liegt ruhend auf der Leinwand, und wenn er ihn nicht abnimmt, wird er einen unschönen Fleck hinterlassen. Er sieht mich forschend an, seine Lippen teilen sich erst, doch schließen sich schnell wieder. Es scheint, als würde er über meine Worte grübeln. Danach spricht er beinahe warnend. »Das sind Dinge, in die du nicht eingeweiht werden *willst*. Bitte glaub mir und stell keine weiteren Fragen. Und bitte, frag *niemals* Alvaro danach. Versprich es mir!«

Ich verziehe die Augenbrauen und schürze nervös die Lippen. Ich wollte eigentlich gar nicht fragen, aber die Neugier war zu groß. Und auch jetzt wüsste ich zu gerne, was Blankas Worte zu bedeuten haben. Um welchen Plan geht es hier? Wohin will sie mitgenommen werden?

Wieso darf ich Alvaro nicht darauf ansprechen?

»Versprich es mir!«, raunt Lorenzo eindringlich. Seine braunen Augen – ja, er trägt heute wieder seine Kontaktlinse – funkeln stürmisch. Als würde ein großer Windzug Herbstlaub vom Waldboden aufwirbeln.

»Versprochen«, hauche ich nur, und Lorenzo nickt zufrieden. So neugierig ich auch bin, sollte ich lieber auf ihn hören. Es wird einen Grund haben, warum ich seinen Bruder nicht darauf ansprechen darf. »Willst du es versuchen?«, fragt er nun und hält mir seinen Pinsel hin. So entspannt und sanft kenne ich ihn nicht. Sollte mir das Angst machen? Denn er ist plötzlich wie ausgewechselt.

»Ich will dein Bild nicht ruinieren«, gestehe ich, doch diese Antwort interessiert ihn überhaupt nicht. Er nimmt meine Hand, zieht mich auf die Beine und positioniert mich vor sich. Zwischen meinem Rücken und seiner Brust ist kein Zentimeter Luft, was mich tief einatmen lässt. Wie soll ich mich auf das Gemälde konzentrieren, wenn seine Hüfte gegen meinen Hintern drückt?

»Es ist ganz leicht«, raunt er an mein Ohr. Ich spüre seinen warmen Atem. Er streicht meine Haare auf die rechte Schulter und lehnt seinen Kopf gegen meine Wange, betrachtet die Leinwand. Seine freie Hand fährt an meinen Unterleib und verweilt dort, was ein gutes, viel zu gutes Kribbeln an der Stelle auslöst.

»Aber -«

»Kein aber.«

Meine Finger legen sich um den Pinsel und seine auf meine. Er führt meine Hand an die Leinwand. Die Borsten setzen auf und ich … ich male. Fahre mit einem dunklen Grau einige Ränder und Kanten nach. »Siehst du«, sein warmer Atem berührt mein Ohrläppchen, »es ist nicht schwer.«

Wir nehmen den Pinsel zurück und legen ihn auf dem Tisch ab. Lorenzo nimmt seinen Daumen, um über die frisch bemalte Stelle zu wischen, damit sich ein schöner Verlauf bildet. Erst jetzt bemerke ich, wie bunt seine Hände sind. Und dass er die Ringe ausgezogen hat. »Gibt es keinen Schwamm dafür?«, hake ich neugierig nach. Lorenzo schüttelt den Kopf. Dann stupst er plötzlich meine Nase an und ich zucke erschrocken zusammen. »Hey!« Ich neige meinen Kopf in seine Richtung.

Er mustert amüsiert mein Gesicht und lächelt. »Eine graue Nase steht dir.«

Ich presse die Lippen aufeinander, um nicht zu lachen, und tunke heimlich meinen Finger in Farbe. Schnell schmiere ich sie ihm ins Gesicht. Rache ist ... grün.

Lorenzo wirbelt mich herum, sodass meine Brüste nun an seiner Brust kleben und ich ihm tief in die Augen schauen kann. Unsere Lippen sind sich nah, aber für meinen Geschmack noch nicht nah genug.

Was denke ich da bloß?

Ein Finger streift meine Stirn. »Ich mag gelb«, sagt er, während er auf die Stelle sieht, die er gerade berührt hat.

»Hör auf, mich anzumalen«, säusele ich, aber kann meine Aussage selbst nicht ganz ernst nehmen. Und er auch nicht, denn ehe ich mich versehe, habe ich die nächsten Farbflecken in meinem Gesicht.

Ich fühle mich, als wären wir vierzehn Jahre alt. Irgendwo im Kunstunterricht. Wir gehen auf dieselbe

Schule. Er ist in meiner Klasse, und er hat nur Flausen im Kopf.

»Das reicht jetzt.« Ich nehme eine ganze Farbtube, verteile viel davon auf meiner Handfläche und schaffe es, ihm damit über das komplette Gesicht zu streichen, bevor er überhaupt realisieren kann, was ich getan habe.

Er ist nicht wütend, was ich ihm eigentlich zugetraut hätte. Nein, er lacht. Er lacht laut und befreit. Es ist ein kehliges, ehrliches Lachen.

Und es macht mir Angst.

Ich habe ihn in den Tagen, seit ich hier bin, noch nie so herzhaft Lachen hören. Ist er kaputt? Krank? Geht es ihm nicht gut? Haben Aliens ihm eine Gehirnwäsche verpasst und er ist jetzt ... freundlich?

»Das habe ich wohl verdient«, sagt er grinsend und beginnt, sich mit einem Tuch die Farbe aus dem Gesicht zu reiben.

»Du bist heute ... irgendwie ...«, setze ich an, und Lorenzo beendet meinen Satz.

»Anders? Nett? Nicht gereizt? Entspannt?«

»Ja«, wispere ich. Warum macht mir das Angst?

»Ich hatte eine sehr hitzige Diskussion mit Varo«, antwortet er.

»Aber ... du bist nicht wütend deswegen?«

»Ich habe keinen Grund dazu. Die Unterhaltung mit ihm war erfolgreich. Ich habe, was ich will.«

Unterbewusst nähere ich mich seinen Lippen. Sie ziehen mich magisch an. Das ist schrecklich. Sehr schrecklich. Jedoch hängt mir der Kuss im Ankleidezimmer irgendwie nach. Ich will es nochmal spüren. Dieses Prickeln auf meinem Mund. Dieses innige, tiefe Gefühl von Verbundenheit.

Ich will *ihn* nochmal fühlen.

Und das sollte ich nicht wollen. Wenn ich aber anders darüber nachdenke ... *wieso nicht?* Ich kann meine Zeit wenigstens genießen, bis ich fliehe. Oder?

»Aitana.« Er nennt mich beim Namen.

»Ja?«, hauche ich verträumt. Mein Blick ruht auf seinen Lippen, warum beugt er sich nicht zu mir und gibt mir endlich, wonach ich mich sehne.

Wie ist es wohl, Alvaro zu küssen?

Fühlt es sich genauso gut an wie bei Lorenzo?

»Lass das.« Er klingt entschlossen, umfasst mein Kinn und zwingt mich, ihm in die Augen zu sehen.

»Warum tust du all die schlimmen Dinge?« Ich könnte ihm hunderte Fragen stellen, aber entscheide mich aus unerklärlichen Gründen für diese.

Warum willst du mich nicht küssen, obwohl ich dir so offensichtlich zeige, dass ich es will?

Warum tust du mir weh und bestrafst mich, kommst aber nicht dazu, mich zu ficken? Selbst dein Bruder hat mich genommen!

Warum erklärst du mir nicht, was Blanka am Strand zu mir meinte?

Warum, warum, warum?

»Das brauche ich dir nicht erklären.«

»Weil?«

»Du weißt, dass es Regeln gibt. Wer sich nicht daran hält, wird bestraft. Aber das gilt für dich bald nicht mehr, deshalb spare ich mir den Atem, dir eine ausführliche Antwort zu liefern.« Seine Miene ist undurchdringlich. Ich verstehe nichts, kann keine Emotionen, keine Gedanken von ihm ablesen. Das nervt mich. Normalerweise sind die Menschen, die ich kenne, offener. Durchschaubarer. Was es einfacher macht, sich mit ihnen abzugeben.

»Bald? Was ist bald?«

Seine Finger streichen zärtlich über meine Wange, wischen mir eine verlorene Haarsträhne hinters Ohr. Die andere Hand hält weiterhin mein Kinn.

Er ist so erschreckend sanft. Ich erinnere mich noch an den Tag meiner Ankunft. Wie er mich verabscheut hat, mich gehasst hat, mir einen Fluchtweg ermöglichen wollte. Und jetzt sieht er mich an, als würde er mich nicht mehr loslassen wollen.

Was hat sich geändert?

»Hab Geduld.«

KAPITEL 17

LORENZO

Am Strand befinden sich all unsere Freunde. Flavio tanzt mit Jeronimo und ein paar Weibern zur dröhnenden Musik, die man sicherlich bis zum Festland hören kann. Alvaro hält – erstaunlicherweise – Blanka im Arm und unterhält sich ausgelassen mit Perla und Constanza. Keine der Mädchen ist böse auf ihn. Obwohl er so streng mit ihnen war. Aber sie verstehen es. Perla und Constanza sind schon länger in unseren Plan eingeweiht und werden uns folgen. Woher Blanka jedoch die Informationen darüber hat, weil Alvaro es ihr nicht erzählt hat, ist mir rätselhaft. Trotzdem steht fest, dass sie mitkommen möchte.

Ich könnte es als Problem sehen, da ich sie keineswegs dabeihaben will, jetzt aber dazu verpflichtet, bin sie mitzuschleifen, aber das tue ich nicht. Sie ist kein Problem, denn Alvaro wollte sie ohnehin mitnehmen – was ich niemals nachvollziehen werde. Und jetzt, da sie den Plan kennt, bleibt ihr nichts anderes übrig, sonst müssen wir sie umbringen.

Sie hat sich selbst in etwas reingeritten, von dem sie keine Ahnung hat. In etwas, dass ich Aitana ersparen werde.

»Du weißt, dass wir beste Freunde sind, aber bei dieser Nummer stehe ich auf Alvaros Seite.« Flavio taucht unerwartet neben mir auf. Ich habe gar nicht bemerkt, dass er die Tanzfläche – die es nicht gibt – verlassen hat. »Hier.« Er drückt mir ein Glas Whisky in die Hand.

»Danke«, antworte ich nur und gehe nicht auf seine vorherigen Worte ein. Sie bedeuten mir nichts, auch wenn ich mich innerlich danach sehne, dass jemand *mir* zustimmt und nicht meinem Bruder. Allumfassend habe ich es von Flavio am meisten erwartet. Aber er hat seine eigene Meinung. Das ist okay.

»Weißt du, was ich bemerkenswert finde?«, fragt er und schaut in meine Richtung.

»Was?«, knurre ich, ohne meinen Blick von der Party zu nehmen.

»Dass du dieses Mädchen noch nicht gefickt hast. Du bist der Erste, der sich auf genau dieses Beuteschema stößt. Sie ist zu perfekt, um sie nicht anzurühren. Trotzdem tust du es nicht. Kannst du sie überhaupt anfassen, geschweige denn ihr in die Augen gucken, ohne direkt hart zu werden?« Flavio lacht kurz auf. »Du hältst dich bloß von ihr fern, damit du nicht in Versuchung kommst, sie mitzunehmen.«

Er spricht mir aus der Seele. Es ist erschreckend, wie gut er mich kennt. Wie genau er meine Gedankengänge analysiert hat. Es ärgert mich beinah, dass er mich ertappt hat. Bei Alvaro wäre es mir klar gewesen, aber Flavio? Bin ich so durchschaubar geworden?

»Ständen wir nicht vor diesem Problem, würde ich sie mitnehmen. Wenn sie jederzeit die Wahl hätte, auszusteigen.«

»Ich dachte immer, du wärst der Arschloch-Bruder, aber ich merke mehr und mehr, dass es Alvaro ist. Er würde sie nämlich mitnehmen. Sie aus ihrem Leben reißen. Ihr nicht die Freiheit schenken.«

»Jeder ... unterschätzt Alvaro.« Jetzt sehe ich zu Flavio, der dabei ist, meine Miene zu lesen. Er soll mit dieser Scheiße aufhören!

»Auch du.« Flavios Augen funkeln im flackernden Licht des Feuers. »Pass auf, dass er *dir* nicht in den Rücken fällt.«

»Du stehst ebenfalls auf seiner Seite«, stelle ich klar, und er zuckt belanglos mit den Schultern.

»Ich respektiere deine Entscheidung, obwohl ich nicht derselben Meinung bin. Kann Alvaro das auch?« Er hebt schwungvoll seine Augenbrauen an.

Ich muss einen Moment lang darüber nachdenken und komme zu dem Entschluss, dass mein eigener Zwilling mir niemals in den Rücken fallen würde. Er noch nie etwas getan hat, dass mir schaden würde.

Diese Grenze würde er nicht überschreiten.

»Du bist mir eine Erklärung schuldig. Ich bin dein bester Freund«, säuselt Flavio nun und lächelt schmal.

»Was für eine Erklärung?«

»Wieso nimmst du sie nicht mit?«

Ich stöhne genervt auf und verdrehe die Augen. Einerseits will ich nicht darüber reden, weil es reicht, mich vor Alvaro immer wieder rechtfertigen zu müssen, andererseits würde Flavio seine Meinung vielleicht ändern, würde ich ihm meine Gründe erklären.

Ich fische eine Zigarettenpackung aus der Tasche meiner Badehose und zünde mir eine an. Flavio bettelt mit einem viel zu fürchterlichen Augenaufschlag, als dass ich ihm eine ausschlagen könnte.

»Es kommen genügend Leute mit uns. Wir sind auf keine Weiteren angewiesen. Ich würde Aitana eine Entscheidung über ihr Leben abnehmen, und dazu bin ich nicht in der Lage. Nein. Falsch. Ich bin dazu in der Lage, aber ich bin nicht in der Position, über sie zu entscheiden. Ganz einfach.«

»Vor nicht allzu langer Zeit hätte dir das nichts ausgemacht. Du bist einer der kaltherzigsten Menschen, die ich kenne. Und das weiß Aitana mittlerweile auch. Wahrscheinlich würde es sie nicht einmal wundern, dass du sie ... entführst.«

»Es ist falsch«, zische ich laut. Niemand hört uns, die Musik ist zu hoch aufgedreht, als das jemand die Unterhaltung mitbekommen könnte. »Jeder, der mit uns kommt, tut es freiwillig.«

»Du wirst nie wissen, ob Aitana mitkommen will, wenn du sie nicht fragst.«

Okay, langsam nervt Flavio mich. Er klingt wie fucking Alvaro!

»Wenn ich sie frage«, knurre ich wütend und drohend zugleich, »und sie nicht möchte, muss ich sie umbringen. Die Gesellschaft, die wir aufbauen, ist streng geheim und exklusiv.«

»Ich verstehe deine Bedenken. Ja, tue ich wirklich. Aber ich bin nicht blind, Lorenzo.« Flavio klopft mir auf die Schulter, dann tritt er ein paar Schritte in Richtung Party.

»Was meinst du damit?«

»Ihr *beide* und vor allem *du* wollt mehr von ihr. Und du hast sie noch nicht einmal gevögelt.«

Mein Herz donnert plötzlich wütend gegen meine Brust. Wie kann er es wagen, so was zu behaupten?! Ich will nicht *mehr* von Sweetheart. Ich will ihr nur nicht das Leben ruinieren, das kann man von Alvaro nicht behaupten!

Ich ziehe kräftig an meiner Zigarette, um mich zu beruhigen. Flavios letzte Worte hallen mir dabei immer wieder durch den Kopf. Verdammt! Verdammt, verdammt, verdammt!

Wieso macht mich das überhaupt so wütend? Es sollte mir gleichgültig sein. Und wieso zur Hölle muss ich mir Aitana jetzt nackt vorstellen?

Devot, mir ergeben, unter mir. Ich zwischen ihren Schenkeln. Tief in ihr versunken.

Ich bin untervögelt.

Mein Schwanz wird augenblicklich hart. Ich bilde mir ein, dass Perla attraktiv aussieht, weil ich mich ablenken will. Sie sieht tatsächlich nicht schlecht aus, aber entspricht meinem Geschmack nicht so wie Aitana.

Ich darf an ihren Namen nicht mehr denken. Zumindest für heute Abend.

Ich stürze fast schon panisch auf Perla zu. Meine Eier drohen jeden Moment zu explodieren, weil ich Aitanas Reinheit nicht aus meinem Kopf bekomme.

Ich könnte sie mir nehmen. Sie würde es wollen. Und wenn ich das getan habe, würde sie mir gehören. Ihre Jungfräulichkeit würde mir gehören. Aber das bin ich nicht. *Doch, eigentlich schon. Was ist los mit mir?* So bin ich nicht bei *ihr*. Das ist ein Unterschied. Bei jeder anderen wäre es mir scheißegal. Wie bei Perla.

Ihre blonden, langen Haare sind zu einem Pferdeschwanz gebunden. Perfekt, um ihr darüber den direkten Befehl, mir einen zu blasen, zu erteilen. »Ich weiß, was besser ist als diese Party«, raune ich ihr von hinten ins Ohr. Sie kichert verlegen und dreht sich langsam zu mir um.

Scheiße. Was tue ich hier? Sie steht auf Flavio. Aber er nicht auf sie.

»Und was?«, flüstert sie verführerisch. Ich habe Glück, dass Perla die Schlampe unserer *Clique* ist. Sie würde es mit jedem treiben. Sogar mit Jeronimo, der überhaupt nicht ihr Typ ist.

Das kann ich gut zu meinem Vorteil nutzen. Außerdem habe ich es gerade mehr als eilig. Können wir uns also bitte diesen Dirty-Talk-Versuch ersparen?

»Komm mit und finde es heraus«, antworte ich trotzdem so ruhig und anzüglich wie möglich. Ihre vollen – aufgespritzten – Lippen formen sich zu einem breiten Grinsen. Ihre Augen funkeln hungrig.

Ohne, dass ich mich weiter anstrengen muss, folgt sie mir. Da mein Schlafzimmer unglücklicherweise belegt ist – danke Mutter – schlendern wir ein paar Meter den Strand entlang. Irgendwann sind wir weit genug von der Party weg. Zwar höre ich die Musik nach wie vor, aber es ist keiner aus der Clique in Sichtweite.

Die kalten Mauern des Schlosses liegen rau an meinem Rücken. Ich ziehe Perla zu mir heran und küsse sie. Ihre Zunge gleitet unwillkürlich in meinen Mund. Sie … Sie … *Versucht sie die Oberhand zu gewinnen?*

Ich greife grob nach ihrem Pferdeschwanz und ziehe ihren Kopf in den Nacken. »Pass mal auf, Fräulein, ich habe hier die Kontrolle. Verstanden?«, knurre ich gegen ihren Hals, bevor ich sie dort zu küssen beginne.

»Verstanden«, haucht sie leise. Ihre Stimme ist bröckelig. Dann stöhnt sie auf, umschließt meinen Nacken, um Halt zu gewinnen, und genießt meine Lippen auf ihrer weichen Haut. Ich lasse es mir nicht nehmen, sie zu beißen. So fest, dass sie blutet und ich den metallischen Geschmack auf der Zunge schmecke.

Sie soll sich an mich erinnern, wenn sie in den Spiegel schaut. Dabei ist es nicht das erste Mal, dass ich mit Perla rummache. Kurz nach unserem Schulabschluss haben wir es miteinander getrieben. Wir waren beide ziemlich betrunken. Teilweise erinnere ich mich nicht einmal mehr daran.

War es gut?

Hatte es mir gefallen?

Egal.

»Aua«, zischt sie ziemlich spät. Der Biss ist eine gute Minute her.

»Ich mache es wieder gut«, beteuere ich und halte imaginär meine überkreuzten Finger hinter den Rücken.

Ich lasse von ihr ab, nur um meine Badehose loszuwerden. »Geh auf die Knie!« Es ist ein klarer Befehl, und sie gehorcht. Das war zu erwarten.

Aitana hätte sich sicherlich quergestellt. Aber irgendwann hätte ich sie geknackt.

»Braves Mädchen. Nimm ihn tief.«

Es ist nicht dasselbe. Ich kann es mir schönreden, so viel ich will, aber es ändert nichts an dem Fakt, dass nicht Aitana vor mir kniet. Dass nicht Aitana ihre Lippen um meine Eichel schließt und daran saugt.

Verdammt!

Wieso habe ich mich nochmal auf Perla eingelassen? Weil Flavio meinte, ich wäre zu scharf auf Aitana? Womit er nicht unrecht hat?

Ich bin schwach. Wo ist mein altes Ich plötzlich hin?

Die Sache ist, dass, wenn ich mich mit Perla vergnüge, die Chance besteht, Aitana von meiner Liste der Lust zu streichen. Es ist eine Möglichkeit. Ein Versuch wert, auch wenn er kläglich scheitern wird.

Und was zur Hölle ist mit Alvaro los? Es ist, als hätten wir die Rollen getauscht. Alvaro sollte der Nette sein, der sie nicht mitnehmen will. Und ich sollte derjenige sein, der sie vögelt und ihr das Leben rauben wird, *weil es mir Spaß macht.*

»So ist es gut«, knurre ich, obwohl ich gar nicht mitbekommen habe, wie sie meinen Schwanz komplett in den Mund genommen hat. Dieses versaute Luder. Aitana würde bei meiner Länge würgen.

Eines steht jedoch fest … Seit Aitana hier ist, haben wir uns verändert. In keine gute Richtung. Wir beide. Alvaro und ich. Und ich bin noch nicht dahintergekommen, wieso das der Fall ist.

Ich ziehe Perla an ihrem Oberarm auf die Beine. Dann drehe ich mich mit ihr um. Ich drücke sie fest gegen die raue Mauer. Das wird nicht angenehm für sie. Sie trägt nur einen Bikini. Ihre Haut wird direkt auf der groben Wand reiben.

Ich hebe sie hoch, schiebe das Höschen beiseite und dringe in sie ein. Gierig schlingt sie ihre Beine um meine Hüfte.

Sie stöhnt. Quietschend.

Ich entscheide, die Laute, die sie von sich gibt, nicht zu mögen. Es klingt gekünstelt, und so was hasse ich mehr als alles andere.

Dieses Gespielte.

Es würde mich nicht wundern, wenn sie mir gleich einen perfekten Orgasmus auftischt – der natürlich gefaket ist.

Ihre Bemühungen, mich zu küssen, blocke ich gekonnt ab. Darauf habe ich nun wirklich keinen Bock. Ihre Lippen würden sich nicht wie Aitanas anfühlen. Also kann ich darauf sehr gut verzichten. Außerdem sind sie dermaßen aufgespritzt, dass es mich anekelt. Ich will kein Schlauchboot küssen.

Wieder nähern sich ihre Lippen meinen. Ich schaue schnell in den Himmel und …

Sweetheart betrachtet mich durch ein geöffnetes Fenster. *Warum steht sie da?*

KAPITEL 18

AITANA

Das sterbende Tier entpuppt sich als Perla. Ich habe mir schon Sorgen gemacht. Zwar urteile ich nicht gerne über andere Menschen – außer über Alvaro und Lorenzo, die es jedoch verdient haben –, aber die Geräusche, die dieses Mädchen von sich gibt, können nicht normal sein. Es klingt, als würde ihr etwas wehtun.

So wie etwas in meinem Magen sich schmerzhaft zusammenzieht.

Was tut Lorenzo da? Ich hätte irgendwie nicht gedacht, dass er sich durch seine Freundinnen vögelt. Andererseits ... habe ich nichts anderes erwartet. Er ist immerhin ein Arschloch.

Teuflisch grinst er mich an. Seine Augen glänzen feixend im fahlen Licht.

Diese Nummer will ich mir nicht länger geben, weshalb ich den Kopf zurücknehme und das Fenster schließe. Es sollte mir scheißegal sein, ja wirklich, doch ... es ist ... mir ... nicht *vollkommen* egal, dass er Perla fickt.

Und mich nicht.

Diese blöde Schnepfe hat zugesehen, wie Blanka mich erwürgen wollte!

Plötzlich kommt mir eine fiese Idee. Sie ist zu fies, ich kann das nicht. Und trotzdem lenken meine Beine mich automatisch in Richtung Küche.

Ich nehme mir einen Eimer, fülle ihn mit kaltem Wasser und gebe sogar Eiswürfel dazu. Zwischendrin fällt mir auf, dass ich noch nie in dieser Küche war. Die Bediensteten schauen mich ziemlich blöd an, ehe ich mit dem Eimer wieder nach oben spaziere und das Fenster erneut öffne.

Sie sind noch da.

Das ist meine Rache. Weil Perla mir nicht helfen wollte und mich weiterhin nicht leiden kann.

Meine Rache an Lorenzo, weil ... Ja, weil?

Ach, keine Ahnung. Weil eben!

Der komplette Eimerinhalt entleert sich über ihren Köpfen. Ich kann in Lorenzos Augen schauen, als die Eiswürfel auf ihn niederprasseln. Für den Bruchteil einer Sekunde kann er nicht glauben, was ich vorhabe. Er verharrt sogar in seiner Bewegung.

Jetzt bin ich diejenige, die teuflisch grinst. Und so kindisch mein Verhalten auch ist, ist es mir egal. Ich genieße es, Perla vor Schreck schreien zu hören. Lorenzo schnaubt erst, dann flucht er laut.

Beide sind vollkommen durchnässt. Lorenzo lässt Perla herunter und zieht eilig seine Badehose hoch.

»Du kleines Miststück«, höre ich ihn zischen.

Die Rache ist perfekt. Ich habe ihm seinen Orgasmus geklaut. So wie er mir meine verwehrt hat.

Wenn er einen haben will, soll er mich erlösen. *Mich* ficken. Ganz einfach.

Klingt doch logisch, oder?

»Na warte!«, schreit er zu mir hoch, und ich schließe schnell das Fenster.

Schlagartig wird mir bewusst, was ich getan habe. Wie ich mich verhalten habe. War ich ... War ich eifersüchtig?

Unmöglich. Ich bin nicht eifersüchtig. Auf was denn auch? Lorenzo geht mir am Arsch vorbei. Ehrlich!

Ich renne aus dem Zimmer heraus, unschlüssig, wo ich mich verstecken soll. Er wird mich finden, früher oder später. Immerhin kann ich nicht ewig untertauchen. Lieber sollte ich beten, dass meine Strafe mild ausfällt. Doch so wie ich Lorenzo bisher kennengelernt habe, wird sie das nicht.

Ich sprinte zur Treppe, doch stoße direkt mit Lorenzo zusammen. Ich kippe um, falle auf den harten Boden unter mir, und er funkelt mich wütend an.

Er hasst mich. Nun noch mehr. Er wird mich umbringen. Habe ich das verdient?

»Was sollte die Scheiße?«, schreit er stinksauer.

Zurecht. Ich habe mich kindisch verhalten. Aber in dem Moment, als ich den beiden den Eimer übergekippt habe, habe ich mich so ... so triumphierend gefühlt. Als wäre es die perfekte Rache gewesen.

Dabei sollte das Einzige, worauf ich mich konzentriere, meine Flucht sein. Nicht Lorenzo, nicht Perla, nicht einmal Alvaro.

»Ich ... Ich ... Ähm«, stammele ich nervös. Mein Herz donnert mir gegen den Brustkorb. Ich habe keinen blassen Schimmer, was mir jetzt blühen wird.

»Du hast den Prinzen von Spanien blamiert!«, keift er, zieht mich an meinem Oberarm auf die Beine und drückt mich gegen die nächste Wand. Seine Hände platziert er rechts und links neben meinem Kopf. Seine Augenbrauen sind wütend zusammengezogen, seine braunen Iriden mustern mein Gesicht abschätzig. »Ich habe mir nichts dabei gedacht. Es tut mir leid«, bringe ich kaum hörbar hervor. Zu groß ist meine Angst, ins nächste Fettnäpfchen zu treten. Sein nackter Oberkörper ist feucht, seine dunklen Haare liegen ihm nass auf der Stirn. Ich sollte mich schämen, dass ich mir ein Grinsen verkneifen muss. Trotz meiner aktuellen Situation.

»Du hast sehr wohl darüber nachgedacht, nur konntest du nicht damit umgehen, dass ich eine andere als dich gevögelt habe!«

Seine Worte treffen mich härter, als ich mir eingestehen will. Denn eigentlich war ich mir ziemlich sicher, dass ich Lorenzo abgrundtief verabscheue. Warum will ich dann unbedingt mit ihm vögeln? Will, dass er keine andere nimmt als mich? Bin ich so dämlich?

»Das stimmt nicht!«, halte ich schwach dagegen.

Ein ironisches Lachen ist seine Antwort darauf. »Du kannst jede ficken, die du willst!«

»Ach ja? Wirst du mir da auch in die Quere kommen?«

Ich bin mundtot. Es gibt nichts, was ich dagegen sagen könnte. Natürlich werde ich ihm seinen Sex nicht jedes Mal ruinieren. Aber … ich will nicht … dass er mit anderen Mädchen rummacht.

213

Scheißdreck.

Ich habe mich in eine dumme Situation gebracht. Mein Kopf möchte längst nicht mehr über irgendetwas nachdenken. Denn egal, wie viel ich über meine Gefühle grübel, ich komme doch zu keinem gescheiten Nenner.

Ich sitze mit mir selbst in der Patsche.

»Fick mich einfach. Danach weiß ich, dass es ein Fehler war, und lasse dich in Ruhe«, schlage ich vor. Das ist mit Abstand die schlechteste Idee, die ich je hatte. Jedoch ist sie ein Versuch wert. Wenn er mich endlich nimmt, nachdem er mich tagelang geil gemacht hat, nur um mich anschließend sitzen zu lassen, werde ich merken, dass es nicht gut ist, mit ihm Intimitäten auszutauschen. Dann werde ich wieder klar denken können. Dann kann ich mich auf die Flucht konzentrieren.

Klingt das naiv?

»Du willst Sex?«, fragt er. Unterschwellig klingt er beinah schockiert darüber.

Ich nicke selbstsicher. Sein Blick tänzelt zwischen meinen Augen und meinen Lippen hin und her. *Ist der Prinz etwa unsicher?*

»Enzo?«, unterbricht Alvaros Stimme plötzlich die Stille, die uns umgibt. Ich bin froh darüber. Lange hätte ich Lorenzos Schweigen nicht mehr ertragen. »Was zur Hölle tut ihr hier?«

Lorenzos Blick wandert zu seinem Bruder und wieder zu mir zurück. »Du willst Sex?« Er stößt sich von der Wand ab und zeigt mit beiden Händen auf den blonden Prinzen, der verwirrt vor uns steht. »Er gibt dir Sex.«

Schockiert öffne ich den Mund. Das ist nicht, was ich meine! »Vergiss es.«

»Ich finde, die Strafe ist angemessen. Du hast mich blamiert, weil du Sex willst. Gut, aber nicht mit mir. Du kannst dich mit Varo austoben.« Als ich zu Alvaro schaue, wippen seine Augenbrauen spielerisch. Er hat keine Ahnung, was passiert ist, und ist dennoch bereit, sich einfach den Worten seines Bruders zu ergeben. Weil er es will. Weil er mich genauso will wie ich ihn. Aber das war nicht mein Plan gewesen. Mein Plan bezog sich auf Lorenzo.

»Nein!«, erwidere ich mutig. Lorenzos Gesicht verzieht sich zu einer feixenden Grimasse.

»Los. Nimm sie dir, Varo.«

»Unter einer Bedingung.« Wir beide schauen zeitgleich zu dem blonden Prinzen. »Du kommst mit!« Alvaro zeigt auf seinen Bruder, dessen feixendes Grinsen versiegt.

»Vergiss es.«

»Dann nicht.«

»Wir stehen auf einer Seite, Varo!«

»Du weißt, wieso ich dich dabeihaben will!«

»Das ist falsch!«

»Darf ich auch mal was sagen?«, werfe ich ein, doch werde vollkommen ignoriert. Die beiden beginnen eine hitzige Diskussion zu führen, die mir nun endgültig sämtliche Nerven raubt.

Für diese bescheuerte Idee, Lorenzo mit einem Eimer Wasser zu übergießen, könnte ich mich selbst ohrfeigen. Leider kann ich nicht leugnen, dass ich es aus deplatzierter Eifersucht heraus getan habe. Und ich schäme mich für dieses Gefühl.

Dieses Gefühl sollte nicht existieren, nicht in mir! Eigentlich hasse ich die Prinzen doch! Eigentlich will ich nichts lieber, als diesem Schloss zu entkommen. Also, warum hat es mich so sehr gestört, dass er mit Perla rumgemacht hat?

Ich hasse mich.

Auch aus dem Grund, weil ich unbedingt Sex mit Lorenzo will. Was erhoffe ich mir davon? Ich könnte mit jedem x-beliebigen Typen ficken, wenn ich erst einmal von hier geflohen bin. Oder ich könnte mir Alvaro schnappen – was ich jedoch niemals freiwillig tun würde.

Weil eigentlich hasse ich die Prinzen. Mein Kopf schreit mich an. Immer wieder sind es dieselben Gedanken.

Ich hasse die Prinzen.

Ich hasse die Prinzen.

Ich hasse die Prinzen.

Eigentlich ...

Mich solange mit ihnen in diesem Schloss aufzuhalten, tut meinem Verstand nicht gut. Da bin ich mir zu hundert Prozent sicher. Daran wird es liegen.

Und an meiner Lust, die längst Besitz von mir ergriffen hat. Sie steuert meine Taten. Wäre sie nicht, würde ich wohl kaum in diesem Schlamassel sitzen!

Deswegen ist es wichtig, dass ich mit Lorenzo ficke. Damit meine sexuellen Wünsche sich erfüllen und ich mich wieder auf meine Flucht konzentrieren kann.

Ja … genau … es sind nur sexuelle Wünsche. Mehr nicht.

»Fick dich, Varo!«, faucht Lorenzo seinen Bruder an. Alvaro hat sich mittlerweile entspannt gegen die Wand gelehnt und sieht nicht aus, als würde er diese Position verlassen wollen. Das bedeutet, er wird nicht mit mir schlafen. Zumindest nicht jetzt.

»Wenn du dabei bist, bin ich dabei«, entgegnet er, und ich könnte schwören, dass Lorenzos Miene für einen Sekundenbruchteil todbringend ist.

»Ich hasse dich.« Lorenzos Stimme ist ruhig und ich befürchte, etwas in ihm ist zerbrochen. Er klingt beinah verletzt. »Zieh deinen beschissenen Plan alleine durch.« Er stürmt an Alvaro vorbei, die Treppe hinunter, und seine Schritte lösen sich langsam auf, bis nichts mehr von ihm zu hören ist.

»Kannst du mir das erklären?«, frage ich den blonden Prinzen. Er schaut zur Treppe, dann zu mir. Er stößt sich von der Wand ab und zuckt gleichgültig mit den Schultern. Auch in ihm hat sich etwas verändert. Seine hellen Augen wirken nicht mehr strahlend, eher matt und müde.

»Meinungsverschiedenheit.« Er schürzt angespannt die Lippen. »Das legt sich schon wieder.«

»Geratet ihr öfter aneinander?«

Er verschränkt die Arme vor der Brust und denkt einen Augenblick über meine Frage nach. »Nein. Aber wir sind dabei, etwas zu verändern, und haben dahingehend andere Ansichtsweisen. Normalerweise sind wir ein eingeschweißtes Team, die Dinge stehen momentan eben nicht gut für uns. Dein Pech, dass du genau jetzt zu uns kommen musstest.«

Redet er von dem Plan, den Blanka in unserem Gespräch erwähnt hat?

»Warum habe ich Pech?«, hake ich neugierig nach. Ich kann mir nicht vorstellen, was er meint. Alvaro lächelt schmal. »Wir hätten viel mehr *Spaß* mit dir haben können, wäre die Situation nicht so ... neu ... und ... herausfordernd.« Er kommt wenige Schritte auf mich zu. Ich spüre seine Körperwärme und atme seinen angenehmen Duft ein.

»Muss ich das verstehen?« Ich verstehe nämlich überhaupt nichts. Kein Wort von dem, was er sagt.

»Wenn es nach mir ginge, schon. Aber Lorenzo möchte nicht, dass du mehr erfährst. Außer ... du willst mehr wissen.« Seine Hände finden meine Hüfte. Ich muss schwer schlucken, weil sich diese kleine Berührung viel zu gut anfühlt.

»Nein. Ich will nichts mit eurem *Plan* zu tun haben«, sage ich schnell und schüttele ausdrücklich den Kopf. Lorenzo hat mir geraten, nicht mit Alvaro darüber zu reden. Zwar weiß ich nicht, woher mein Vertrauen in den dunklen Prinzen kommt, aber irgendetwas sagt mir, ich sollte besser auf ihn hören.

»Weil Lorenzo dir gesagt hat, dass du nicht mit mir darüber reden sollst, oder? Wie sehr interessiert dich dieses geheimnisvolle Thema wirklich?« Seine Stimme ist ruhig und sanft. Er tritt näher an mich heran, zerstört dadurch den letzten Abstand zwischen uns. Seine Brust liegt an meiner, und ich müsste nur meinen Kopf recken, um ihn küssen zu können.

So wie ich Lorenzo geküsst habe.

Warum sind die Lippen der Prinzen nur so verführerisch?

»Glaub mir, es interessiert mich wirklich nicht«, beteuere ich ihm, was ihn breiter Grinsen lässt.

Er glaubt mir nicht, und das wird er niemals tun. Weil ich mir selbst nicht glaube. Mich interessiert, was die Prinzen planen, wohin Blanka mitgenommen werden will und wieso Lorenzo sich so komisch verhält. Was haben die beiden für eine Meinungsverschiedenheit?

Die Fragen brennen mir auf der Zunge, aber ich habe zu große Angst vor der Antwort. Vielleicht gibt es danach kein Zurück mehr. Lorenzo warnt mich nicht umsonst vor diesem Wissen.

»Kannst du mir etwas verraten?« Alvaros Hand findet mein Kinn. Er hebt es an, sodass ich ihm in die Augen sehen muss. Sie haben ihren Glanz wiedergefunden und strahlen mir förmlich entgegen. Auf eine verspielte und wissbegierige Art.

Ich nicke leicht.

»Wie stehst du zu mir? Wenn du an mich denkst, welches Gefühl bereitet dein Körper dir?«

Mein Mund öffnet sich. Ich bin verwirrt. Und unsicher. Meint er diese Frage ernst?

Was soll ich schon von ihm halten?

Ich … hasse die Prinzen. Eigentlich. Oder?

Ich weiß es … selbst nicht genau?!

»Ähm … Alvaro …«, setze ich an, und plötzlich legen sich seine Lippen auf meine. Ich seufze erschrocken, doch lasse mich darauf ein. Denn es fühlt sich viel zu gut an, um mich dagegen zu wehren.

Seine Lippen sind weicher als Lorenzos. Generell ist Alvaro sanfter, berechenbarer, vorsichtiger.

Er strahlt eine vollkommen andere Leidenschaft aus als sein Bruder. Und zu meinem Übel gefallen mir beide Seiten. Die Schattige und die Sonnige.

Ein Kribbeln bahnt sich den Weg durch meinen Unterleib, und automatisch lege ich meine Hände an seinen Nacken, fahre ihm durch das Haar.

Seine Hände wandern meinen Rücken auf und ab. Er ist so zärtlich, und ich genieße jede Sekunde unseres Kusses. So verboten es auch ist. Wie falsch und gleichzeitig gut es sich auch anfühlen mag.

»Alvaro«, seufze ich verwirrt, und er lässt von mir ab. Seine Hände bleiben jedoch an Ort und Stelle. Er sieht mich an, hält mich. Erwartungsvoll. Rücksichtsvoll.

Ich habe keine Ahnung, was ich fühle, was ich fühlen soll oder was ich fühlen *darf*.

Der Aufenthalt im Schloss wächst mir deutlich über den Kopf. Es ist, als hätte ich all meine Moralvorstellungen verloren. Und irgendwie ... ist es mir egal. Mir ist alles egal, weil ich es einfach nur genießen will. Die Situation, das Schloss, die Prinzen. Ich will den Moment auskosten, bis ich fliehen kann.

Diese Erinnerung kann mir niemand mehr nehmen.

»Denk ein paar Tage über meine Frage nach«, raunt Alvaro leise in mein Ohr.

Es gibt nichts, was ich ihm antworten könnte. Zwar wissen mein Herz und mein Körper längst, wie sie zu ihm stehen, doch es gibt unendlich viele Dinge, die gegen meine Gefühle sprechen.

Blanka zum Beispiel!

Oder seine Arschloch-Seite, die er zu verstecken versucht.

Nichtsdestotrotz kann ich nicht leugnen, dass er mir unbeschreiblich gut gefällt. Dass ich mir vorstellen könnte, mehr Zeit mit ihm zu verbringen. Um ihn besser kennenzulernen.

Aber Gleiches gilt auch für seinen Bruder. Lorenzo hat es mir ebenfalls angetan.

Ich schäme mich für diese Gefühle, weil ich die Prinzen *eigentlich* hassen sollte. *Eigentlich* gehört zu meinen neuen Lieblingsworten.

»Alvaro«, setze ich an, jedoch legt er schnell einen Finger auf meine Lippen.

»Ruiniere mir das nicht. Wehre dich nicht dagegen. Sag es mir in ein paar Tagen, aber gib uns die faire Chance, dass du darüber nachdenkst und dazu stehst.« Abrupt lässt er von mir ab. Ich verliere beinah das Gleichgewicht, weil ich mich von ihm habe halten lassen – aber ich fange mich zügig wieder.

Die Leere, die um mich herum entsteht, ist kalt und erschlagend. Wie ein Tritt in die Realität. War ich eben noch in eine Wolke aus guten Gefühlen gebettet, so kann ich nun klar denken und merke, dass ich Abstand zu den Prinzen brauche.

Sie verdrehen mir zu stark den Kopf.

Ich habe keinen blassen Schimmer mehr, wo oben und wo unten ist? Was ist richtig, was ist falsch?

Verdammter Scheiß hier!

KAPITEL 19

ALVARO

Ich hätte gedacht, dass sich mein Bruder erpressen lässt. Aber er wäre nicht *mein* Bruder, wenn er sich erpressen ließe. Das ist nur leider gerade ein Nachteil, denn ich brauche ihn auf meiner Seite. Auf der Seite, die Herzblatt mit in die neue Gesellschaft nehmen möchte. Wenn ich Lorenzo nicht dazu bekomme, sie mitzunehmen, brauche ich einen anderen Plan. *Warum zur Hölle ist er denn so stur?* Ich kann nicht beschreiben, wie wütend mich das alles macht. Lorenzo und ich streiten nie, und ausgerechnet bei diesem wichtigen Punkt sind wir uns uneinig. Das darf nicht wahr sein, verdammt.

Und seit wann kann er sich beherrschen, wenn es um eine Pussy geht? Er hätte Aitana haben können. Wir hätten sie brüderlich geteilt, aber er stellt sich quer. So kenne ich ihn nicht. Er steht doch eigentlich auf die Scheiße?!

»Er hat Angst, sich zu verlieben«, stelle ich fest. Die Party ist langweilig ohne meinen Bruder.

»Falsch«, quietscht es zu meiner Rechten. Ich muss nicht hinsehen, um zu wissen, dass es Blanka ist. Die Nervensäge höchstpersönlich.

Lorenzo meint, ich solle sie zurücklassen, wenn wir unseren Plan durchziehen. Aber jetzt weiß sie Bescheid. Wer auch immer ihr davon erzählt hat.

222

Das sollte ich herausfinden.
Und weil ich nicht weiß, ob wir Aitana mitnehmen, kann ich Blanka nicht umbringen. Denn wenn Herzblatt nicht mitgeht, brauche ich ein Weib zum Ficken.

Klar, es gibt auch andere Weiber, die mit uns kommen. Aber ich mag Blankas Pussy. Sie ist eng, nass und weich. *Und scheißlangweilig.*

»Was?«, frage ich ruhig, obwohl ich absolut keine Lust auf eine Unterhaltung mit diesem Miststück habe.

Sie tritt in mein Sichtfeld und zwingt mich dadurch, sie anzusehen. Ihre rötlichen Haare liegen über ihren Schultern, und sie mustert mich aus diesen giftigen, grünen Augen heraus.

Sie ist nicht hässlich, aber ihr Charakter ist es.

»Du hast gesagt, Lorenzo hätte Angst, sich zu verlieben. Stimmt nicht. Er hat sich längst verliebt.« Blanka hebt die Augenbrauen an und zuckt belanglos mit den Schultern. Als wäre die Tatsache, die sie gerade aufgestellt hat, so offensichtlich, dass sie mir längst hätte auffallen müssen. Aber es ist mir nicht aufgefallen. Obwohl ich meinen Bruder besser kenne als irgendjemand sonst. Obwohl wir doch … ein Team sind.

Bin ich so blind?

»Ist das ein Scherz?« Ich muss es einfach fragen. Vielleicht verarscht sie mich nur. Immerhin kennt sie meinen Bruder kaum.

»Nein?!«, zischt sie, als hätte ich sie als Lügnerin bezeichnet. Fast schon gekränkt. »Hast du keine Augen im Kopf, um es selbst zu sehen?«

Ich balle meine Hände zu Fäusten. »Sprich nicht so mit mir!«

»Tut mir leid, eure Hoheit«, erwidert sie devot. So mag ich das. Ich wünschte nur, ihr Verhalten wäre echt und nicht gespielt. Sie erhofft sich weiterhin einen guten Platz an meiner Seite. Dabei werde ich nicht mehr lange Thronfolger von Spanien sein. *Sondern König einer Gesellschaft.*

»Warum glaubst du, dass Lorenzo sich verliebt hat?«

Wieder zuckt Blanka mit den Schultern. Sie muss einen Moment darüber nachdenken, und die Zeit nutze ich, um mir eine Zigarette anzuzünden. Die brauche ich jetzt.

»Er geht irgendwie … nett mit Aitana um. Ihre Strafen fallen gering aus. Er wirkt … verzweifelt und auch … verträumt. Als wäre er nicht bei Verstand. Du hast mir mal erzählt, er hätte eine raue Schale, aber aktuell scheint sie zu verweichlichen. Als er Aitana kennengelernt hat, am Tag ihrer Ankunft, hat er sie übler behandelt als momentan«, erklärt Blanka knapp.

»Aber man kann sich nicht so schnell verlieben«, halte ich dagegen, weil ich es nicht realisieren will. Mein Bruder ist *nicht* verliebt. Gefühle sind *nichts* für uns. Nicht für die Prinzen von Spanien!

»*Du* kannst dich nicht so schnell verlieben, Alvaro. Menschen sind unterschiedlich. Die einen lieben schneller als die anderen. Das ist normal. Nur weil ihr Zwillinge seid, heißt es nicht, dass Lorenzo keine eigenen Gefühle hegt.«

Energisch ziehe ich mehrmals hintereinander an
der Zigarette. Dass Blanka mir die Augen öffnet,
macht mich wütend. Ich will nicht, dass mein Bruder
verliebt ist. Ich will, dass wir Aitana mitnehmen und
unseren Spaß mit ihr haben – aber ohne Gefühle!
»Kannst du ihm das nicht gönnen?«
Ich schüttele den Kopf. Das kann ich nicht. Das
werde ich niemals können. Wir sind eine Einheit. Wir
dürfen uns einfach nicht verlieben. Solche Gefühle
können diese Einheit zerstören. Ich … Ich …
Verdammt.
»Wovor hast du Angst?«
»Das geht dich einen Scheiß an!«, knurre ich und
werfe die Kippe auf den Sandboden. Ich trete sie aus
und zünde mir direkt die Nächste an.
»Wieso hast du Aitana gefragt, wie sie zu dir
steht? Was sie für dich empfindet?«
Ich reiße die Lider weit auf und schaue in Blankas
fragendes Gesicht. »Woher zum Fick weißt du das?«
»Ich habe dich gesucht und euer Gespräch
mitbekommen«, gesteht sie. »Also?«
»Es interessiert mich einfach«, weiche ich aus. Es
geht Blanka nichts an. Sie sollte sich lieber nicht in
meine Angelegenheiten einmischen. Das könnte böse
enden.
»Schon klar.« Sie wendet sich ab und geht ein
paar Schritte. Dann dreht sie sich ein letztes Mal zu
mir um. »Ich könnte mich täuschen. Du und Lorenzo
seid Gefühlszwillinge.«
Bevor ich etwas erwidern kann, verschwindet sie
unter der Menge. Die Musik wird lauter, ich habe sie

die ganze Zeit verdrängt, und donnert in meinen Ohren.

Lorenzo und ich sind keine Gefühlszwillinge! Ich bin im Gegenzug zu ihm nicht in Aitana verliebt.

Auch wenn ich gestehen muss, dass sie mir nicht gleichgültig ist. Und das sollte sie sein! So wie mir Blanka und all die anderen Weiber egal sind.

Ich spiele beschissen. Ständig drücke ich die falschen Tasten und ruiniere damit das Lied. Das passiert mir nie! Ich bin perfekt im Klavierspielen.

Es könnte heute daran liegen, dass ich nicht gut geschlafen habe.

Ein beklemmendes Gefühl der Einsamkeit hat mich diese Nacht heimgesucht, und ich konnte nichts dagegen tun, diese Leere in mir zu füllen.

Es wird an dem *Streit* liegen. An unserer Meinungsverschiedenheit. Wenn ich nur wüsste, wie ich dieses Problem lösen kann, damit es uns besser geht, würde ich es tun. Leider ist das nicht so leicht und wenn ich an meinen Bruder denke, zieht sich alles in mir zusammen. Ich vermisse ihn. Ich vermisse unsere Einheit. Wir sind nicht zum Streiten gemacht.

Wo er ist, weiß ich nicht, und irgendwie ist das sehr belastend. Ich habe seit dem Streit gestern nicht mehr mit ihm gesprochen.

Ich war zu hart zu ihm und wollte ihn erpressen. Das war falsch von mir, aber was soll ich sonst tun? Ich will Aitana mitnehmen, und er weigert sich.

Ich wollte seine Lust auf sie anregen. Er sollte sie mit mir ficken, um zu sehen, wie viel Spaß wir haben werden, wenn wir erst die Gesellschaft gegründet haben. Aber er wollte nicht. Weil er sich verliebt hat und nicht will, dass seine Gefühle größer werden.

Ich wollte, dass wir Aitana ohne Gefühle ficken und habe nicht gemerkt, dass es ihm schwerfällt. Dass es für ihn längst zu spät ist.

Was bin ich für ein Bruder?

Meine Faust donnert auf die Tasten des Klaviers. Es gibt viele gemischte, dunkle Töne von sich und verstummt wieder, als ich meine Hand zurücknehme. Meine Wut an dem Klavier auszulassen, ist nicht die beste Idee. Ich sollte mir eine andere Ablenkung suchen. Oder zu Lorenzo gehen und mich entschuldigen.

Ja. Das wäre das Beste.

Ich stehe auf und verlasse mein Musikzimmer. Auf dem Gang kommen mir unsere Freunde entgegen, die eilig auf dem Weg zur Eingangshalle sind. Ich sehe ihnen verdutzt hinterher und schaffe es, Jeronimo abzufangen. »Was geht hier ab?«

»Die Königin ist zurück.«

»Was?«, zische ich schockiert. Mutter ist früher zurück, als Lorenzo und ich erwartet haben. Unser Plan ist noch nicht fertig. Wir müssen noch einige Dinge besprechen.

Sie *darf* noch nicht wieder hier sein!

»Komm. Sie erwartet uns im Speisesaal!« Jeronimo geht weiter, und ich folge ihm unauffällig. Meine Gedanken drehen sich um unseren Plan. Um Mutters Tod.

Es ist so weit, und wir sind nicht bereit.

Scheiße!

»Wo ist Enzo?«, frage ich Jeronimo, der ahnungslos mit dem Kopf schüttelt. *Na super.*

Im Speisesaal angekommen, fällt mein Blick direkt auf meinen Bruder. Er steht Mutter gegenüber, scheint ebenfalls nicht erfreut von ihrer Ankunft zu sein. Sie sprechen nicht miteinander, sondern werfen sich angespannte Blicke zu.

»Mutter!«, begrüße ich sie und marschiere gelassen auf sie zu. In mir drin sprudelt es jedoch vor Anspannung und Nervosität.

»Alvaro. Mein Schatz, wie geht es dir?«, fragt sie, und ein schmales Lächeln bildet sich auf ihren Lippen.

»Gut und dir?«

»Wo ist Blanka?« Sie wendet sich Lorenzo zu. »Und Aitana? Wo sind meine schönen Prinzessinnen?«

Ich schaue durch die Menge, finde Blanka und deute ihr mit einer Handbewegung an, dass sie herkommen soll. Sie befolgt meine Anweisung brav und schmiegt sich in meinen Arm.

»Da ist sie ja.« Mutter streichelt ihr sanft über die Wange, und Blanka lächelt herzig.

In diesem Moment bete ich, dass Blanka der Krone keine große Bedeutung schenkt. Wenn sie weiterhin Königin des Landes werden will, müsste sie Mutter nur von unserem Plan erzählen. Dann würde er zunichtegemacht werden, und ich wäre dazu gezwungen, König zu werden.

Kann ich Blanka vertrauen? War es ein Fehler, sie am Leben zu lassen? Will sie wirklich mit in die neue Gesellschaft oder ruiniert sie alles?

Scheiße, ich schwitze vor Nervosität.

Zu viele Menschen wissen von dem Plan ...

Es gibt zu viele Gefahren.

Ich werfe meinem Bruder einen bedeutungsvollen Blick zu. In ihm enthalten sind all meine Befürchtungen. Und als sich seine Lider um wenige Millimeter weiten, weiß ich, dass er genau dieselben Sorgen hat.

»Lorenzo ... *Wo* ist Aitana?« Mutter wendet sich deutlicher an meinen Bruder. Er zuckt mit den Achseln und will etwas erwidern, als im selben Moment zwei Wachen den Saal betreten. Aitana ist zwischen ihnen, wehrt sich und wird grob hineingetragen.

»Ihr Wichser!«, zischt sie wütend. Die Wachen tragen sie bis zu uns. Vor meiner Mutter lassen sie sie los, und sie fällt unbequem auf ihre Knie.

»Eure Majestät, sie wollte mit der Fähre fliehen.«

Mein Bruder reibt sich verzweifelt über die Stirn und verkneift sich ein fettes Grinsen. Ich verstehe nicht, was daran lustig sein soll?

»Ihr könnt mich nicht gefangen halten!«, protestiert Herzblatt äußerst sauer.

»Macht nichts. Das Hauptschloss wird gut bewacht. Sie wird nicht mehr wegrennen können, wenn wir einmal dort sind«, erwidert Mutter und schickt die Wachen fort.

Aitana steht auf. Meiner Mutter direkt gegenüber sieht sie sie an. »Ficken Sie sich!«

»Aitana!«, raunt Lorenzo warnend und bekommt sie am Oberarm zu fassen. Er zieht sie zu sich und flüstert ihr etwas ins Ohr. Ich habe keine Ahnung was, aber es hilft, um sie zu beruhigen.

Ich hoffe, dass er keinen Mist baut.

»Ich freue mich darauf, euch endlich wieder mit nach Hause nehmen zu können. Alvaro, auf dich wartet viel Arbeit. Lorenzo, du wirst dich um euren Cousin kümmern. Er ist für ein paar Wochen zu Besuch«, verkündet Mutter, verschränkt die Hände vor dem Bauch und lächelt. »Packt eure Sachen! Ihr habt eine halbe Stunde.«

Die Menge löst sich auf. Blanka, Aitana, Lorenzo und ich begeben uns zu den Schlafzimmern.

»Das war nicht geplant. Was machen wir jetzt?«, flüstert mein Bruder mir zu, ehe wir in mein Zimmer eintreten.

»Sobald wir im Schloss sind, schicken wir Briefe raus. An all unsere Freunde, an jeden, der mitkommen möchte. Wir bereiten sie vor, legen ein Datum fest und sprechen mit unserem allerliebsten Cousin. Jeronimo und Flavio müssen an unserer Seite bleiben.«

»Wir können nur ihnen die Briefe anvertrauen.«

Ich nicke.

»Das wird niemals klappen. Wir brauchen mehr Zeit für die Planung.«

»Hab vertrauen, Enzo«, sage ich ruhig, obwohl ich es selbst so sehe wie er. Wir haben noch nicht alles durchdacht. Außerdem müssen wir einen Weg finden, Mutter zu töten, ohne erwischt zu werden.

Es gibt zu viele Baustellen, verdammt!

Aitana und Blanka haben sich auf mein Bett gesetzt und unterhalten sich tatsächlich miteinander. Ohne sich zu streiten. Ein Wunder!

Ich packe die wichtigsten Sachen zusammen. Dann helfe ich Lorenzo bei seinem Kram. Die Mädchen werden im Hauptschloss neu ausgestattet und haben daher nicht viel Gepäck.

»Stromschlag«, murmelt Lorenzo, und wir gehen die Treppen nach unten.

»Sorry, ich steh nicht so auf Elektrizität«, antworte ich und verdrehe die Augen.

»Nicht du. Vollpfosten. Wir können Mutter schocken.«

Ich schaue zu meinem Bruder, der energisch nickt.

»Nein?!«

»Wieso?«

»Keine Ahnung. Das klingt nach einer sehr schlechten Idee.«

»Ihr Herz bleibt stehen, und niemand kann feststellen, dass wir es waren.«

Ich petze ein Augenlid zusammen. Irgendwie kann ich dann besser nachdenken. Und ich denke, dass es … klappen könnte. »Wir reden nochmal im Hauptschloss darüber.«

KAPITEL 20

AITANA

Die Fähre brummt laut unter meinen Füßen. Sie schwankt, was mir nicht allzu gut bekommt. Mir ist ein wenig schlecht, aber ich versuche, mein Ziel vor Augen zu behalten.

Der eigentliche Plan, zu fliehen, ist gescheitert, als mich die Wachen der Königin an der Haltestelle der Fähre abgefangen haben. Jedoch gibt es nun einen neuen Plan.

Und Lorenzo hilft mir dabei.

Alles, was ich tun muss, ist, ihm in das Schloss zu folgen. Zwar meinte die Königin, dass ich nicht mehr hinauskäme, wenn ich einmal drinnen bin, aber sie hat die Rechnung ohne ihren jüngsten Sohn gemacht.

Wie konkret Lorenzo sich das vorgestellt hat, ist mir längst nicht gewiss, doch er scheint selbstsicher zu sein. Er wird mir helfen. Dabei verstehe ich nicht, wieso? Was hat er davon, mich freizulassen? Sollte ich nicht bei ihm bleiben?

Was wird die Königin sagen, wenn sie herausgefunden hat, dass ich für immer verschwunden bin?

Die noch wichtigere Frage ist – für mich zumindest –, ob Lorenzo dann ein neues Mädchen an seine Seite gestellt bekommt? Denn leider bereitet mir der Gedanke mehr Bauchschmerzen als die Fahrt mit der Fähre.

»Freust du dich aufs Schloss?«, fragt Blanka, die sich neben mich an das Geländer stellt und das Wasser betrachtet.

»Nein«, antworte ich kalt. Es gibt nichts, worauf ich mich freuen könnte. Ein Leben in Gefangenschaft passt nicht zu mir und ist nicht das Leben, dass ich mir für mich gewünscht hätte.

Blanka braucht von Lorenzos und meinem Plan nichts wissen.

»Ich werde dich nie verstehen.« Sie schaut mich ernst an.

»Das beruht auf Gegenseitigkeit.«

»Du kannst alles haben, was du willst, und möchtest diese Gelegenheit nicht nutzen? Andere Mädchen würden dafür töten!«

»So wie du?«, necke ich sie und verdrehe die Augen. Ihre Mundwinkel zucken leicht nach oben.

Dass ich es schaffe, Blanka zu verzeihen, hätte ich niemals für möglich gehalten. Trotzdem stehe ich jetzt hier und kann mich vollkommen normal mit ihr unterhalten. Als wäre nie etwas gewesen.

»Wir sollten akzeptieren, dass wir nicht dieselben Absichten teilen.« Sie zuckt mit den Schultern und blickt Richtung Festland.

»Darf ich dich etwas fragen?«, hake ich vorsichtig nach. Unsere Verbindung ist jedenfalls nicht so gut, dass ich direkt mit der Tür ins Haus fallen möchte.

»Klar, frag ruhig.« Sie hebt gespannt eine Augenbraue an, wendet ihren Blick jedoch nicht vom Festland ab.

»Wie stehst du zu Alvaro? Hast du … dich … in ihn verliebt?« Es ist unverschämt, sie das zu fragen, nachdem ich mit ihm … gevögelt habe. Trotzdem brennt mir diese Frage schon seit längerem auf der Zunge. Mich interessiert einfach ihr Verhältnis zu ihm. Schließlich wollte sie mich nur wegen ihm umbringen.

»Es … Es ist …«, setzt sie an, doch bricht seufzend ab, um darüber nachzudenken. Es braucht eine Minute, bis sie endlich antwortet. »Er gefällt mir, und anfangs habe ich gedacht, wir hätten eine faire Chance auf ein *glückliches Liebesleben*. Aber … die Dinge haben sich geändert. Du bist gekommen, dann gibt es da noch ihren Plan. Es ist … nicht so leicht. Wärst du in alles eingeweiht, könntest du mich vielleicht verstehen.«

»Siehst du eine Zukunft mit ihm?«

Sie lacht spöttisch. »Nein.«

»Aber … Aber, was soll das alles dann? Dein Verhalten, die Strafe, der Plan?«

Sie wendet sich mir zu. »Alles, was ich tue, hat einen Sinn, Aitana. Ich sehe vielleicht keine Zukunft mit Alvaro, trotzdem möchte ich dabei sein. In seiner Nähe. In den Plan involviert. Ich will dabei sein, weil ich mein Leben so führen möchte. Außerdem genieße ich Alvaros Nähe, auch wenn er kein ernsthaftes Interesse an mir hat und ich nicht an ihm. Ich darf meinen Spaß haben, oder?«

»Du hast versucht, mich umzubringen!«

»Da kannte ich den neuen Plan noch nicht. Jetzt … bist du mir egal.«

Ich bin so schlau wie vor meiner Frage. Ihre Worte ergeben zwar einen Satz, aber keinen Sinn. Liegt es daran, dass ich den *verfickten* Plan nicht kenne?

Scheißdreck. Blöder Mist! Ich will mehr wissen. Ich will diesen berüchtigten Plan, in den anscheinend jeder involviert ist, auch hören. Aber um welchen Preis?

Lorenzo hat mir davon abgeraten ...

»Da sind ja meine Prinzessinnen«, ertönt es plötzlich hinter uns. Blanka dreht sich sofort zur Königin um, während ich mir noch ein paar Sekunden nehme, durchatme und ein künstliches Lächeln aufsetze.

Freundlich sein und so tun, als würde ich mich auf das Schloss freuen.

»Ich habe alles vorbereitet. Ihr werdet die schönsten Kleider tragen und bekommt persönliche Dienstmädchen, die euch jeden Wunsch von den Lippen ablesen werden. Es wird traumhaft, das verspreche ich euch!« Sie malt mit den Händen eine Art Regenbogen in die Luft, ehe sie freudestrahlend lächelt. Ich glaube, ihr Name war Estella, jedoch habe ich sie nicht oft genug gesehen, um mir sicher zu sein.

»Ich kann es kaum erwarten, eure Majestät«, säuselt Blanka und senkt respektvoll den Kopf.

»Ihr werdet natürlich weiterhin bei den Prinzen schlafen, aber ich habe dafür gesorgt, dass ihr ein eigenes Bad sowie einen eigenen begehbaren Kleiderschrank bekommt. Der selbstverständlich voll ausgestattet ist.« Estella wirkt verträumt. Das liegt wahrscheinlich daran, dass es ihr verdammt großen Spaß macht, unser Leben zu zerstören, indem sie uns ins Hauptschloss sperrt. »Lorenzos und Alvaros Cousin ist außerdem zu Besuch. Das habe ich vorhin bereits erwähnt. Am besten ignoriert ihr Salvador einfach.«

Ich hebe fragend eine Augenbraue an. »Wieso? Er gehört doch zur Königsfamilie?«

Estella schürzt spöttisch die Lippen, dann lächelt sie wieder. »Salvador ist eine Nummer für sich. Er ist arrogant, vorlaut und unverschämt. Von ihm könnt ihr euch keine positiven Eigenschaften abschauen.« Damit wendet sie sich ab. »Die Fähre legt gleich an.«

Ich schaue zu Blanka, die ahnungslos mit den Schultern zuckt. Es scheint, als wäre Salvador nicht sonderlich beliebt im Schloss. Ich frage mich, wie die Prinzen zu ihrem Cousin stehen?

Ich steige hinten ein und schnalle mich an. Lorenzo hat bereits Platz genommen und gibt dem Fahrer des Wagens ein kurzes Handzeichen, dass es losgehen kann.

Ich saß noch nie in einem Rolls-Royce und hätte auch niemals gedacht, einmal in so einem Auto sitzen zu dürfen. Der Schlitten ist irre. Verdammt geil, um genau zu sein. Die Ledersitze haben einen orangenen Farbton, welcher das Ambiente warm wirken lässt. Zwischen Lorenzo und mir befindet sich ein eingebauter Minikühlschrank, wo teurer Champagner gekühlt wird, und es gibt sogar kleine Fernseher, die in die Vordersitze eingebaut wurden.

Die benutzen wir jedoch nicht, weil die Fahrt nicht allzu lange dauert.

»Beeindruckt er dich?«, fragt Lorenzo beiläufig, ehe er sein Handy aus der Hosentasche zieht und es entsperrt.

»Ich mag Sportwagen mehr, aber der Wagen ist auch toll«, antworte ich nur und mustere ausgiebig jeden Zentimeter des Interieurs.

Irgendwann richtet sich mein Blick aus dem Fenster. Spaziergänger, Fahrradfahrer, Menschen, die draußen unterwegs sind, schauen irritiert in unsere Richtung. Es muss komisch aussehen, wenn drei Rolls Royce und ein paar SUVs hintereinanderfahren. Zwei Wagen mit Wachen fahren voraus. Dann die Königin, dann Alvaro und Blanka, dann Lorenzo und ich. Und zum Schluss weitere Wachen.

Davon hätte ich gerne ein Bild.

Wir müssen mächtig aussehen.

Und würden die spanischen Königsflaggen nicht an den Dächern der Karren hängen, könnte man meinen, wir wären eine Mafia-Familie oder so.

»Was empfindest du gerade?« Lorenzo legt eine Hand auf meinen Oberschenkel und neigt sich zu mir.

»Was soll ich denn fühlen?«, frage ich dümmlich und schaue in seine glänzenden braunen Augen. Er trägt seine gewohnte Kontaktlinse, was ich irgendwie schade finde. Gott schenkt ihm ein so seltenes Phänomen und er versteckt es.

»Du solltest dich mächtig fühlen. Weißt du … ich könnte dir alles geben. Macht, Ruhm, fantastischen

Sex ... Es liegt an dir.« Seine Mundwinkel zucken leicht. Ich muss mir verlegen auf die Unterlippe beißen, weil es nichts gibt, das ich mehr möchte als Sex mit ihm.

Außer meine Freiheit.

»Meine Entscheidung steht, und das weißt du seit unserem ersten Aufeinandertreffen.« Meine Stimme klingt fester, als ich mich fühle. Mein Gehirn besteht lediglich aus weichem Wackelpudding, da mir einfach alles über den Kopf gestiegen ist. Ich habe so unfassbar viele offene Fragen, aber keine wird mir je beantwortet werden. Denn ich könnte niemals meine Freiheit dafür aufs Spiel setzen.

»Ich halte mein Versprechen, Sweetheart. Wenn du gehen möchtest, helfe ich dir.«

»Warum überhaupt? Ich habe dich ... beim ...« Der Satz möchte nicht über meine Lippen. Der Gedanke an ihn mit dem anderen Mädchen sticht in meiner Magengrube.

Diese blöde deplatzierte Eifersucht!

»Dafür musst du dich definitiv noch entschuldigen!« Er lächelt leicht. »Aber ich helfe dir, weil du nicht hier sein *willst*. Ich will nicht, dass jemand dich dazu zwingt, dein Leben anders zu verbringen, als du es möchtest.«

Seine Gesichtszüge sind weich, seine Miene offen, und seine Augen funkeln jedes Mal, wenn Sonnenstrahlen durch das Fenster dringen. Ich verspüre den Drang, ihn zu küssen. Vielleicht, weil es das letzte Mal sein könnte.

Und ich will diese Erinnerung für die Zukunft mitnehmen.

Ich strecke meine Hand nach seiner Wange aus, spüre leichte Bartstoppeln und halte einen Moment inne. Er schließt entspannt die Lider und scheint meine Berührung zu genießen.

Was hat sich zwischen uns verändert? Er war derjenige, der mich am schlimmsten verletzt hat. Derjenige, der mir gedroht hat. Derjenige, der mich unbedingt loswerden wollte. Stattdessen macht es mittlerweile den Eindruck, er würde mich mögen. Könnte er mich sogar vermissen, wenn ich gehe?

»Es tut mir leid«, sage ich leise.

»Wenn du das nochmal machst, bist du fällig«, knurrt er ruhig, ohne die Augen zu öffnen. Ich muss lächeln und streichle weiter über seine Wange. Das könnte ich ewig tun, aber leider hält der Wagen bereits in einem riesigen Vorhof. Wir parken direkt vor der großen Eingangstreppe, und der Fahrer steigt aus, um uns die Türen zu öffnen.

Lorenzo verlässt zuerst den Wagen. Ich folge ihm schweigend.

Im Vorhof steht ein prächtiger Springbrunnen, die Hecken um den Wendekreis herum sind einwandfrei in Form geschnitten. Rosenbüsche wachsen an der Hauswand des Schlosses empor und versprühen einen blumigen Duft in der Luft.

Es ist schön hier. Irgendwie friedlich, aber der Schein trügt. Ich werde hier keinen Spaß haben, und ich könnte mich niemals heimisch fühlen. Es wird schwer werden, mich aus dem Schloss zu bekommen. Ich erkenne Kameras, die an der Fassade befestigt wurden, und überall, wo man nur hinsieht, stehen königliche Wachen. Die werden uns nicht einfach so gehen lassen.

»Enzo! Cousin«, begrüßt uns ein Mann mit rabenschwarzem Haar und hellen, blauen Augen. Er trägt einen Drei-Tage-Bart, seine Gesichtszüge sind markanter als die von Lorenzo und Alvaro, aber die Figur ist dieselbe. An seinen Armen erkenne ich dutzende Tattoos, und ich bezweifle, dass es die einzigen sind.

»Salvador, lange nicht mehr gesehen«, erwidert Lorenzo und gibt seinem Cousin die Hand.

»Wer ist denn diese hübsche Dame?« Salvador widmet sich mir, nimmt meine Hand und küsst sie auf eine charmante Art. Ich muss schmunzeln.

»Das ist Aitana«, stellt der dunkle Prinz mich grob vor, und sein Cousin grinst breit.

»Wunderschön, ja wirklich«, säuselt er, ohne seinen Blick von mir zu nehmen.

»Nimm die Finger weg, Salvador. An ihr kannst du dich nur verbrennen.« Die beiden Männer lachen und schließlich stoßen auch Alvaro und Blanka zu uns.

Zusammen betreten wir das gigantische Schloss. Es muss doppelt so groß sein wie das Sommerschloss. Wenn nicht sogar dreifach so groß. Außerdem ist es in helleren Farben gehalten. Weiß, beige, hellgrau …

Die Zimmer der Prinzen hingegen wurden in denselben schwarzen Farbtönen gehalten. Das Boxspringbett, die Regale, die Schränke, sogar das Bad, alles ist schwarz.

Ich lasse mich auf dem Bett nieder und beobachte Lorenzo beim Auspacken. »Wirst du wieder woanders schlafen?«

»Nein. Dieses Mal musst du das Bett mit mir teilen, Sweetheart.«

O nein. Bitte nicht. Das überlebe ich nicht. Keine einzige Nacht! Wie soll ich neben ihm schlafen und nicht an Sex denken? Das wird unmöglich! Das ist eine Zumutung!

Warum kann er nicht wie im Sommerschloss woanders schlafen? *Warum?*

»Und Blanka schläft bei ... Alvaro?«, hake ich widerwillig nach. Ich will diese Antwort nicht hören, weil ich den Stich in meiner Magengrube bereits jetzt spüren kann, aber ich *muss* es wissen.

Diese deplatzierte Eifersucht in meinem Herz will es wissen.

»Ja. Blanka schläft bei meinem Bruder. Aber ich kann ihm sagen, dass er hier schlafen soll, wenn du das möchtest?« Lorenzo schaut mich an und grinst feixend.

Die Verlockung ist da. Dann hätte ich beide Prinzen um mich und wir könnten ... *Nein, verdammt!*

»Lieber nicht«, antworte ich zögernd und verschränke verlegen die Arme vor der Brust. Mein Magen wird augenblicklich von einem Messer aufgeschlitzt.

Blanka und Alvaro werden sicherlich Sex haben. Sie werden es wild miteinander treiben und ... und ...

Ich darf nicht eifersüchtig sein! Wieso auch? Mein Fokus liegt auf meiner Flucht. Danach werde ich sie nie wiedersehen und früher oder später wird Lorenzo ein anderes Mädchen finden. Und Alvaro wird weiterhin mit Blanka zusammen sein. Oder?

»Wieso nicht? Er hätte sicherlich *Spaß* mit dir«, säuselt Lorenzo und räumt eine schwarze Tasche aus.

Meine Wangen werden heiß. *Natürlich* hätte Alvaro seinen Spaß mit mir, aber ich … Verdammt ja, ich will, dass er Spaß mit mir hat, aber es fühlt sich falsch an. Und irgendwie habe ich Angst, es nachher zu vermissen, wenn ich einmal fort bin.

Ich will die Prinzen nicht vermissen müssen. Ich *sollte* es nicht.

»Und du? Willst du keinen Spaß mit mir?«, traue ich mich, zu fragen. Eher um ihn zu ärgern, als dass ich eine ehrliche Antwort will.

Er sieht mich an, seine dunklen Augen mustern mein errötetes Gesicht. Er grinst selbstsicher. »Nein. Niemals.«

Aua. Das tat weh. Jedoch habe ich nichts anderes erwartet. Er weist mich ständig ab. »Pussy.«

Sein Blick verfinstert sich sofort. Er zieht genervt die Augenbrauen zusammen und seufzt. »Ich bin keine Pussy. Du triffst meinen Geschmack nicht. *Sorry.*« Das letzte Wort spricht er gedehnt.

»Du … Du …«, setze ich an, aber er baut sich vor mir auf, sodass keine Beleidigung meinen Mund verlässt. Aber ich weiß etwas Besseres. »Du triffst meinen Geschmack auch nicht. Ich hatte gehofft, dass ich beim Sex mit dir an deinen Bruder denken kann. Immerhin seid ihr ja Zwillinge. Der

Unterschied fällt kaum auf, wenn ich die Augen zulasse«, sprudelt es aus mir heraus. Im nächsten Moment verteilt sich Adrenalin in sämtlichen Gliedmaßen.

Bin ich zu weit gegangen?

Wieso sagt er nichts?

Warum starrt er mich nur an?

Plötzlich zerstört er die letzten Zentimeter Platz zwischen uns. Er beugt sich zu mir herunter und zwingt mich dadurch, mich flach auf das Bett zu legen. Dann nimmt er meine Arme und hält sie über meinem Kopf fixiert.

Ich spüre seine Körperwärme, seine Nähe, seine Macht. Ihn über mir zu haben, gefällt mir besser, als es sollte. Und wenn wir jetzt noch nackt wären, wäre es … perfekt.

Automatisch öffne ich meine Beine, damit er zwischen sie kommen kann. Sein Schoß streift meinen Venushügel. Seine Erregung drückt sich scharf an mich, und ich muss tief Luft holen, um nicht erregt zu keuchen.

»Was versuchst du, Sweetheart?«, raunt er in mein Ohr. Sein warmer Atem streift meine Ohrmuschel und jagt mir einen zarten Schauer über den Rücken.

»Nichts«, hauche ich stimmlos. Mein ganzer Unterleib kribbelt entzückt.

Er schaut mir so tief in die Augen, dass ich glaube, er könnte meine Seele sehen. Sie studieren. Etwas macht mir Angst. Etwas anderes gibt mir Mut. Aber eines weiß ich … Lorenzo gibt mir etwas, dass mir niemand sonst geben kann. Ich fühle mich auf eine Art mit ihm verbunden, die ich nicht beschreiben kann. Wenn ich in seiner Nähe bin, fühle ich mich leicht, fast schon schwerelos. Ich fühle mich frei und vollkommen wohl.

Es klingt bescheuert, aber er gibt mir das dumme Gefühl, eine Zukunft mit ihm haben zu können. Ich will ihn nicht loslassen. Nicht gehen lassen. Diese Bindung zu ihm geht tiefer als Sex.

Viel tiefer.

Gleichzeitig macht er mir Angst. Mich nervös.

Lorenzo ist wie das Feuer. Du siehst es und weißt sofort, woran du bist. Es kann dich verschlingen, dich verbrennen, bis nichts mehr von dir übrig ist. Und trotzdem fasziniert es einen. Vielleicht steigt man sogar wie ein Phönix daraus empor.

Alvaro hingegen ist wie das Wasser. Auf den ersten Blick scheint es ruhig und friedlich. Im nächsten Augenblick toben die Wellen und es versucht, dich zu ertränken. Trotzdem brauchst du es zum Leben.

Die Prinzen sind mir unter die Haut gefahren, auch wenn ich es niemals zugeben könnte. Ich kann mich nicht dagegen wehren, selbst wenn ich wollen würde. Sie werden eine schöne Erinnerung bleiben, wenn ich dieses Irrenhaus verlassen habe.

Sie sind ein Teil von mir und werden es immer bleiben.

Und für manche Lebensabschnitte darf man Gefühle haben. Es zählt nur, was man daraus macht.

Ich ziehe einen Schlussstrich, sobald ich die Möglichkeit habe. Es ist besser so.

»Du wolltest mich eifersüchtig machen«, stellt Lorenzo fest und grinst breiter. Ich muss ein paar Mal blinzeln, um wieder richtig zu Verstand zu kommen. »Nein. Ich habe die Wahrheit gesagt. Es geht mir nur um deinen Bruder.« Ich kann nicht ernst bleiben. Nicht mehr. Ich muss laut auflachen, was Lorenzo zu amüsieren scheint.

Er legt eine Hand an meine Wange, und aus seinem Grinsen wird ein herzliches Lächeln. »Du kannst mich nicht eifersüchtig machen. Nicht mit meinem Bruder.«

»Also sollte ich es mit Salvador versuchen?«

Schlagartig wird er wieder ernst. »Wenn du das machst, schwöre ich dir ...« Er bricht ab und neigt genervt den Kopf zur Seite.

Habe ich es gerade geschafft? War er ... eifersüchtig.

Ich muss erneut lachen. Lorenzo verdreht die Augen, dann lässt er seinen Kopf in meiner Halsbeuge nieder. Ich rieche seinen angenehmen Duft und liebe die Küsse, die er auf meiner Haut wie eine Spur hinterlässt. Bis hin zu meiner Wange. Vor meinen Lippen stoppt er, und ich will ihn anbetteln, mir endlich wieder einen richtigen Kuss zu geben, da platzen die großen Flügeltüren seines Zimmers auf.

»Brüderchen! Herzblatt!«, ertönt Alvaros singende Stimme durch den ganzen Raum. Lorenzo springt von mir herunter und wirft seinem Bruder einen wütenden Blick zu.

O ja. Das würde ich an seiner Stelle auch tun. Er kommt echt ungelegen. Zudem hat er nicht einmal angeklopft!

»Mutter lässt uns zum Abendessen rufen.«

»Wir kommen«, antwortet der dunkle Prinz. Alvaro nickt zufrieden und schaut zu mir.

»Wolltet ihr …?«

»Nein!«, werfe ich direkt ein, was Alvaro dazu veranlasst, wehleidig die Unterlippe zu verziehen und seinem Bruder auf die Schulter zu klopfen.

»Hast ja noch ein paar Nächte.« Er wendet sich ab und verlässt das Zimmer. Lorenzo hilft mir auf die Beine, und wir folgen ihm mit ein wenig Abstand.

»Wenn du beim Essen deine Ruhe möchtest, iss einfach ganz schnell. Schau, dass dein Mund niemals leer ist, dann wird Mutter dich nicht ansprechen. Sie steht auf Tischmanieren.«

Alvaro, der Lorenzos Worte gehört haben muss, dreht sich spielerisch um, geht ein paar Schritte rückwärts, ehe er mir zuzwinkert und sich wieder nach vorne dreht.

»Ich werde es schon überleben«, erwidere ich zuversichtlich. Ich bleibe sowieso nicht mehr lange hier. Da schaden ein paar letzte familiäre Abendessen nicht.

Lorenzo und ich sitzen rechtsseitig, Blanka und Alvaro linksseitig. An den jeweiligen Spitzen des Tisches haben Salvador und die Königin Platz genommen. Ansonsten sind wir ganz unter uns. Lediglich ein paar Angestellte des Schlosses stehen oder bewegen sich durch den Speisesaal.

Er ist kleiner als der im Sommerschloss, aber irgendwie gemütlicher. Farbenfroher. Die Wandvertäfelungen sind rot und gold verziert, auf dem hellen Boden liegen beige Teppiche und der Tisch, sowie die Stühle sind aus Mahagoni. An den Wänden hängen verschiedene gemalte Bilder, und bei genauerem Hinsehen erkenne ich Lorenzos Unterschrift darauf.

Es ist schön, dass seine Mutter seine Arbeit wertschätzt und sie im Schloss präsentiert.

»Bringt die Vorspeise!«, ordert Estella an und unverzüglich setzen sich einige Angestellte in Bewegung. Sie verschwinden allesamt hinter einer weißen, kaum auffallenden Holztür, die womöglich zur Küche führt.

»Esst ihr immer so zu Abend?«, flüstere ich Lorenzo fragend zu.

Er neigt seinen Kopf zu mir. »Unterschiedlich. Manchmal ist es so, und manchmal steht das Essen frei auf dem Tisch, und jeder kann sich nehmen. Oft genug lassen wir uns aber auch das Essen aufs Zimmer bringen«, erklärt er mir grob, und ich nicke verstehend.

Während ich auf meine Vorspeise warte, wandert mein Blick zu Alvaro. Er hat einen Arm über Blankas Stuhllehne gelegt und streichelt sanft ihre nackte Schulter.

Ein Ziehen entsteht unweigerlich in meiner Magengrube, und ich fürchte, dass ich nichts mehr essen kann, wenn ich mir das weiterhin ansehen muss. Jedoch erwidert Alvaro meinen Blick, und ich kann nicht anders, als seine wunderschönen blauen Augen zu betrachten.

Ich bin gefesselt von ihnen. Etwas Spielerisches blitzt in seinen Iriden auf. Vielleicht auch etwas Verdorbenes.

Flirtet er mit mir?

Als er feixend grinst, habe ich meine Antwort. *Er flirtet tatsächlich mit mir.*

Also grinse ich zurück, fummele an einer losen Haarsträhne herum und hoffe, dass niemand außer ihm es bemerkt. Die Königin soll nichts Falsches von mir denken – auch wenn es mir egal sein kann.

Erst als die Angestellten jedem seine Vorspeise bringen, breche ich den Blickkontakt ab. Einige Sekunden lang spüre ich noch, wie er mich ansieht, aber es lässt abrupt nach, da die Königin zu sprechen beginnt.

»Wir genießen dieses tolle Essen als neue und endlich vollständige Königsfamilie.«

Ich muss mir ein Lachen verkneifen, weil ihre Worte völlig absurd sind. Blanka und ich wurden gezwungen hierherzukommen. Auch wenn Blanka scheinbar gerne hier ist.

Salvador verkneift sich ein herzhaftes Lachen jedoch nicht, was die Geräusche des Geschirrs, welches auf den Tellern schabt, übertönt.

»Möchtest du etwas sagen, *Salvador?*« Estellas Stimme klingt hörbar gereizt, und vermutlich möchte sie keine ehrliche Antwort hören.

Dennoch hält Salvador sich nicht zurück. »Du bist eine echt witzige Person, angeheiratetes Tantchen«, säuselt er irgendwie charmant. Er deutet grinsend mit dem Finger auf sie und schnappt sich anschließend eine der drei Gabeln.

Alvaro und Lorenzo verziehen belustigt das Gesicht und ich muss schmunzeln. Jeder am Tisch sitzende weiß, worauf seine Aussage bezogen war.

Auf unsere Entführung.

KAPITEL 21

AITANA

»Aber du hast wirklich traumhafte Mädchen gefunden. Ich sollte dich auch mal um deine Hilfe bitten«, sagt Salvador sarkastisch und lässt seinen Blick zu Blanka und mir gleiten. Dann gilt er wieder der Königin, die völlig entnervt die Lippen aufeinanderpresst und versucht, ihn zu ignorieren.

Salvador scheint eine Vorliebe dafür zu haben, die Königin mit ihren eigenen Taten zu ärgern, und ich genieße jede Sekunde davon. Estella will zwar nicht unhöflich, respektlos oder laut sein, jedoch wird sie sich nicht mehr allzu lange zurückhalten können. Ihre Stirnfalten verraten, wie wütend sie tatsächlich ist.

»Es reicht jetzt, Salvador«, raunt Lorenzo abrupt. Alle sehen ihn an. Niemand versteht, warum ausgerechnet er diese Schikane beendet.

»Mutter und Salvador können das selbst klären, Bruder«, knurrt Alvaro durch zusammengepresste Zähne und verzieht wütend die Augenbrauen.

Lorenzo sieht ihn warnend an. Es ist, als würden die beiden über ihre Gedanken miteinander kommunizieren. Es ist faszinierend und erschreckend zugleich. Im Laufe ihres *Gesprächs* verziehen sie minimal und kaum merklich die Gesichter, was mich nicht ansatzweise erahnen lässt, worüber sie sich *unterhalten*.

»Sieh nicht immer alles so streng, Cousin«, prustet Salvador munter und steht auf. Er verbeugt sich ganz leicht und setzt anschließend zum Gehen an.

»Wohin willst du?«, fragt Lorenzo und schaut seinem Cousin nach.

»Ich werde auf mein Zimmer gehen.« Damit verschwindet er aus dem Speisesaal und wird von der nächsten Ecke verschlungen.

»Es gibt noch Nachtisch!«, ruft Alvaro ihm hinterher, aber er ist längst weg.

Stille kehrt unweigerlich ein und umhüllt uns in eine angespannte Atmosphäre. Selbst als der Nachtisch gebracht wird, entstehen keine neuen Gespräche. Als wäre die Unterhaltung nur von Salvador ausgegangen.

»Aitana, Blanka, ihr werdet die Tage von mir persönlich unterrichtet. Es gibt viele Dinge, die ihr beherrschen solltet, wenn ihr hier am Hof überleben wollt. Außerdem werdet ihr lernen, wie ihr mit der Presse umgeht«, erklärt Estella nonchalant und nimmt den kleinen Löffel für den Nachtisch. Ich muss schlucken, weil ich keinerlei Lust dazu habe, die Hofregeln zu erlernen. Wie lange wird es wohl noch dauern, bis ich von hier fliehen kann?

Lorenzo legt seine beringte Hand auf meinem Oberschenkel ab und streichelt mich sanft mit dem Daumen. Diese Zärtlichkeit ist nur von kurzer Dauer, denn nach ein paar verstrichenen Sekunden steht er auf.

»Das Abendessen war gut, aber ich muss noch etwas erledigen«, verkündet er in einem ruhigen, höflichen Tonfall. Alvaro steht ebenso auf und verabschiedet sich von der Runde. Zurück bleiben Estella, Blanka und ich mit dem Nachtisch.

Als Lorenzo und Alvaro das Dessert ausgesetzt haben und verschwunden sind, hätte ich nicht erwartet, dass es für mehrere Tage sein würde. Die Nächte habe ich alleine verbracht – *wo wohl Lorenzo geschlafen hat?* – und tagsüber musste ich mich gezwungenermaßen mit Blanka und den dämlichen Aufgaben der Königin beschäftigen.

Körperhaltung, falsche Pressegespräche, Tischmanieren und das Anprobieren von teuren Kleidern standen auf dem Plan. Mittlerweile bin ich mit meinen Nerven am Ende und wünsche mir nichts dringender als einen freien Tag. *Oder meine Freiheit!*

Das Tollste ist zumindest, dass mein Teil des Ankleidezimmers prall gefüllt ist und ich mich morgens gar nicht entscheiden kann, was ich heute anziehen soll. So wie jetzt. Jedoch fällt mir ein wunderschönes rotes Kleid auf, dass ich bereits bei der Anprobe begehrt habe, und ziehe es mir an.

Der Rock fällt bis zum Boden, die Schultern und Arme sind frei, und es hat einen betonenden Herzausschnitt, der mein Dekolletee ordentlich zur Geltung bringt. Der Stoff liegt eng um meine Hüften, lüftet sich aber, umso tiefer er fällt.

Ich trage Make-up auf. Wimperntusche, dunklen Lidschatten, Rouge und knallroten Lippenstift, der mit dem Kleid übereinstimmt. Dann binde ich mir meine Haare in einen lockeren hübschen Dutt und betrachte mich prüfend im Spiegel. Zuletzt noch die passenden Riemchenpumps und ich bin fertig.

Und ich sehe … eigenartig aus.

Es ist ungewohnt, aber ich bin … wunderschön. Da ich normalerweise weder Kleider trage, noch Make-up benutze, ist es neu für mich. Es ist normal, sich unbeholfen damit zu fühlen, aber das bekomme ich hin.

Es klopft an der Tür, ich wende mich ihr zu.

»Herein!«

Die Königin betritt das Zimmer und betrachtet mich mit weit geöffneten Augen. »Fantastisch. Traumhaft. Gute Arbeit, Aitana.« Sie grinst entzückt.

»Danke«, antworte ich geschmeichelt. Irgendetwas tief in mir erhofft sich, dass Lorenzo und Alvaro mir heute über den Weg laufen. Es ist nicht unwahrscheinlich, aber ich bezweifle es stark. Sie gehen Erledigungen nach, und ich kann nicht einschätzen, wie lange es noch dauern wird.

»An deiner Stelle würde ich das Kleid heute Abend tragen.« Estella sieht sich beiläufig im Zimmer um.

»Heute Abend?«, frage ich neugierig. Gibt es wieder ein gemeinsames Essen?

»Lorenzo und Alvaro möchten mit dir das Schloss verlassen. Sie wollen in irgendeinen teuren Club, ich habe keine Ahnung. Aber das Kleid ist edel, deshalb würde ich es tragen.« Sie zuckt mit den Schultern, wendet sich mir lächelnd zu und bittet mich anschließend, ihr zu folgen.

Lorenzo und Alvaro wollen mit mir ausgehen? *Beide?!*

Mein Herz beginnt unwillkürlich zu flattern, und meine Knie werden weich. Mein Körper soll so nicht auf die Prinzen reagieren, aber er tut es ja doch. Ich könnte es niemals verhindern, also lasse ich zu, dass meine Gefühle für ein paar Minuten verrückt spielen. Ich versuche es, zu akzeptieren, da es sowieso nicht mehr lange ist, bis sich unsere Wege trennen.

»Was steht heute auf dem Programm?«, frage ich Estella, als wir den Schlossgarten erreicht haben. Ich muss meine Gedanken von den Prinzen wegbekommen.

Der Duft von Rosen beflügelt plötzlich meine Sinne und gibt meiner aufgeregten Stimmung das gewisse romantische Etwas. *Na toll.* Die Sonne steht blendend am Himmel und erwärmt angenehm meine Haut. Überall zwitschern Vögel, sie singen laut ihr Lied.

Der Weg durch den Garten ist gepflastert, die Büsche, die den Gang zieren, wurden perfekt in Form geschnitten. Vor uns bäumt sich ein weißer Pavillon auf. Ein Tisch mit Teetassen und einer Teekanne sowie Kuchen und Plätzchen steht bereit.

»Das wird ein Damentag«, antwortet die Königin und führt mich drei Stufen hinauf unter den Pavillon. Wir nehmen Platz, und nach wenigen Minuten gesellt sich auch Blanka zu uns.

Da sitzen wir also.

Und ich langweile mich jetzt schon, *Herrgott* …

»Darf ich Euch Tee eingießen?«, fragt eine junge Dame, die so plötzlich hinter mir aufgetaucht ist, dass ich erschrocken zusammenzucke.

»Sehr gerne. Danke«, antwortet Estella, und die Dame beginnt mit ihrer Arbeit. Wo sie herkam, bleibt mir ein Rätsel. Und nachdem sie unsere Tassen befüllt hat, geht sie die Stufen hinab und stellt sich aufrecht daneben. In die pralle Sonne. *Die Arme.* Jederzeit bereit, der Königin Tee nachzuschenken oder ihr andere Wünsche zu erfüllen.

»Also, ähm, was macht man an einem Damentag?«, frage ich zögerlich und nippe an meiner heißen Tasse Tee. Fast hätte ich mir die Zunge verbrannt.

»Plaudern und den Tee und Kuchen genießen«, antwortet Estella lächelnd und gibt zwei Würfelzucker in ihre Tasse. Blanka lächelt ebenfalls und ahmt die Königin nach. Sie trägt ein schönes, dunkelblaues Kleid mit viel Tüll und Spitze. Am Dekolletee wurden goldene Pailletten verarbeitet, was dem Ganzen mehr Glanz verleiht.

Na toll. Das kann ja spannend werden.

»Nun, Aitana, wie läuft es mit Lorenzo? Kommst du gut mit ihm klar? Kommst du auch mit Alvaro zurecht?«

Estellas Frage überrumpelt mich ein wenig. Ich habe keinen blassen Schimmer, was ich ihr über die Prinzen erzählen soll. Egal, was mir von den Lippen weicht, es wird eine glatte Lüge sein, und ich bin keine gute Lügnerin.

»Es läuft alles super mit Lorenzo. Und Alvaro … ich … ähm.«

Blanka sieht zu mir und verzieht abfällig die Augenbrauen. Ich komme gut mit Alvaro zurecht, aber wenn ich an ihn denke, denke ich automatisch auch an den Sex. An mein Verlangen, meine Sehnsucht nach ihm, die absolut falsch ist. Die ich nicht haben darf! »Es ist alles in Ordnung mit mir und Alvaro. Wir sehen uns nicht viel, da ich eher mit Lorenzo zusammen bin.«

Lügnerin!

Ich lächle zögerlich und zu meinem Glück wendet die Königin sich nun Blanka zu. Sie bekommt dieselben Fragen gestellt, und ihr fällt das Lügen sichtlich leichter. Wenn ich nicht die Wahrheit kennen würde, würde ich behaupten, *ihre Lüge* wäre *die Wahrheit!*

»Ich glaube, Alvaro und ich haben uns einfach gefunden. Wir passen perfekt zusammen, und glücklicherweise mag sein Bruder mich auch.« Sie faltet die Hände im Schoß, ihre Augen sind weit geöffnet und sie blinzelt kontrolliert.

»Das freut mich. So habe ich es mir erhofft«, erwidert Estella und ruft nach der Angestellten. »Geben Sie uns doch bitte ein Stück von dem Kuchen.«

Ich verdrehe heimlich die Augen. Dass die Königin sich noch nicht einmal diesen Kuchen selbst auf den Teller schippen kann, macht mich wütend. Die arme Angestellte wird ausgenutzt für überflüssige Arbeiten.

Nachdem wir kleine Kuchenteller vor uns stehen haben und die Gabeln in die Hand gedrückt bekommen, wird es still. Wir sind mit dem Essen beschäftigt, und ich bin froh, dass ich dabei keine belanglosen Gespräche führen muss.

»Was habt ihr im Sommerschloss gemacht? Habt ihr ein paar *coole* Spiele gespielt? *Cool*, das ist doch euer Jugendwort, oder?«

Unser Jugendwort? Was versucht die Königin da?

»Ja. Ein paar ... Brettspiele«, antwortet Blanka, bevor ich überhaupt den Kuchen in meinem Mund schlucken kann. *Bettspiele* würde es aber eher treffen.

Wie glaubt Estella, sind ihre Söhne drauf? Denkt sie wirklich, dass die Prinzen sich mit Brettspielen beschäftigen würden?

Vielleicht hat sie keine gute Verbindung zu ihnen?

Plötzlich gleitet ihr Blick an mir vorbei. »Lorenzo, Alvaro, schön euch zu sehen«, ruft sie, und ich drehe mich um.

Die beiden Prinzen laufen über den Weg direkt auf uns zu. Sie sind so unterschiedlich wie Tag und Nacht gekleidet. Während Alvaro eine weiße Chino und ein helles Hemd trägt, bevorzugt Lorenzo eine schwarze, zerrissene Skinny-Jeans und ein Shirt. Eine Sache haben die beiden jedoch gemeinsam: die beringten Hände.

Und ich weiß nicht, wen ich heißer finde.

»Ladies«, säuselt Alvaro und deutet eine charmante Verbeugung an. Dann geht er die Stufen hoch und stellt sich zu meiner Rechten. Blanka ignoriert ihn.

Lorenzo begibt sich hinter mich, legt sanft seine Hände auf meine Schultern und beugt sich an mein Ohr hinunter. »Heute Abend werden wir Spaß haben.«

»Spaß?«, hauche ich kaum hörbar und spüre, wie ich leicht erröte. Seine warme Nähe kitzelt über meine Haut.

»Alvaro und ich führen dich aus.«

»Wohin?«

»Wirst du schon sehen«, raunt er, und ich nicke vorsichtig. Bin ich sicher, dass ich mich darauf einlassen will?

Könnte es auch sein, dass er mich endlich gehen lässt?

Ich stehe im Vorhof auf den Treppen zum Schloss – habe mich mittlerweile auf Lorenzos Wunsch hin umgezogen und in Jeans gekleidet – und warte auf ihn und Alvaro, weil sie mich hier abholen wollen.

Da ich zu früh bin, betrachte ich in der Zeit den Sonnenuntergang. Es sieht aus, als würde die Sonne mit dem Berg in der Ferne kollidieren, dabei taucht sie nur dahinter ab. Der Himmel hat sich in ein zartes Lila gehüllt und vermischt sich mit sanftem Rot. Es ist traumhaft, nur ziehen allmählich dunkle Wolken über dem Schloss auf.

Ob es heute noch regnet?

»Lady Aitana, schön dich anzutreffen«, raunt plötzlich eine tiefe Stimme hinter mir. Ich wirble herum und erkenne Salvador auf mich zukommen. Er hat eine glühende Zigarette in der Hand, die vor sich hin qualmt.

»Was hast du für den Abend geplant?«, frage ich ihn in der Hoffnung, wir könnten Smalltalk führen. Dann kann ich mir die Wartezeit versüßen.

Er tritt an mich heran, zieht an seiner Zigarette und atmet den Qualm in eine andere Richtung aus, während er seinen Blick nicht von meinem Gesicht nimmt. »Ich fahre mit euch in den Club.« Jetzt lächelt er.

»Umso mehr Leute, umso besser, oder?«, erwidere ich grinsend und mustere ihn knapp. Sein Drei-Tage-Bart ist gepflegt und in Form geschnitten, seine blauen Augen leuchten durch die letzten Sonnenstrahlen, seine schwarzen Haare sind gestylt und er ist angezogen wie Lorenzo. Zerrissene Jeans und ein Shirt.

Seine Lippen sind voll, seine Gesichtszüge weich, da er entspannt ist – aber seine Kiefermuskeln bleiben hervorgestochen. Ich schaue an seine freien Arme. Sie sind voll tätowiert mit den unterschiedlichsten Bildern und Zeichnungen. »Dein Tätowierer hat stolze Arbeit geleistet«, lobe ich und zeige auf seinen Arm. Er grinst und folgt meinem Blick.

»Du wirst niemals erraten, wer mir das tätowiert hat.«

Ich denke scharf nach, aber es gibt unzählige gute Tattoostudios in unserer Nähe, weshalb ich kapitulierend den Kopf schüttele.

»Lorenzo«, antwortet Salvador und grinst noch breiter als zuvor.

Ungläubig sehe ich ihn an, mein Mund steht offen. »Lorenzo? Alle Tattoos, die du hast, hat Lorenzo gestochen?«

Ich bin schwer beeindruckt, und im nächsten Moment fällt mir ein, dass Lorenzo sich ja mit Kunst beschäftigt und verdammt gut zeichnen kann. Tätowieren ist nichts anderes, oder?

»Jedes Einzelne. Es sind auch seine Motive, er konnte sich frei austoben.«

»Hast du noch mehr?«

Salvador nickt, faltet seine Jeans so weit hoch, wie er kann, und lässt mich einen Blick auf seine Beine werfen. Dann schnippt er seine fertige Kippe weg, zieht sein Shirt aus und lässt mich auch seinen Oberkörper betrachten. Die Zeichnungen und Bilder sind perfekt gestochen worden. So präzise und sauber.

»Darfst du als Familienmitglied der Krone überhaupt Tattoos haben?«

»Nein.« Verspielt beißt er sich auf die Unterlippe. »Aber die Krone war mir schon immer egal. Bis ich König werden dürfte, müssten Alvaro, Lorenzo und Estella erst einmal sterben, und das wird so schnell nicht passieren.« Er zieht sein Shirt wieder an.

Das plötzliche Geheule zweier Motoren durchbricht unser Gespräch. Ich wende mich dem Vorhof zu und beobachte ein Motorrad und einen Skyline, die vor der Treppe halten.

Alvaro steigt aus dem Wagen, von dem ich schon seit Jahren schwärme. »Guck nicht so, Herzblatt, du fährst leider bei Lorenzo mit!«

Ich gehe die Stufen hinunter und auf das Motorrad zu. Lorenzo hält mir einen Helm entgegen, und ich finde es keineswegs schlimm, mit ihm zu fahren. Der Skyline ist zwar mein Traumauto, aber eine Fahrt mit dem Motorrad will ich mir auch nicht entgehen lassen.

Ich ziehe den Helm auf, und Lorenzo schließt den Gurt unter meinem Kinn. Er öffnet unsere Visiere, um besser mit mir sprechen zu können. »Hast du Angst?«

»Sollte ich das?« Angst habe ich nicht, doch ich bin durchaus nervös.

»Vielleicht?« An seinen Augen erkenne ich, dass er grinst. Er hilft mir, auf seine Sportmaschine zu steigen, ehe Salvador im Skyline Platz nimmt und wir langsam losfahren. »Lehn dich mit in die Kurven!«

»Okay!« Wir drücken die Visiere zu und konzentrieren uns auf die Straße.

Die Fahrt ist entspannt, und ich kann den letzten Sonnenstrahlen fasziniert hinterherschauen. Erst als wir die Autobahn erreichen, gibt Lorenzo schlagartig Gas. Ich habe meine Hände fest um seinen Bauch gelegt und halte mich so gut ich kann auf dem Motorrad, um nicht herunter zu fallen.

Alvaro fährt auf der Spur neben uns. Die beiden liefern sich ein kleines Rennen, und ich muss lachen, weil Alvaro allmählich hinter uns verschwindet. Aber wir hängen ihn nicht ab, und er kommt nur ungefähr eine Minute nach uns vor dem Club an.

Ein großes Neonschild prangt über der Eingangstür. *Vuelo Nocturno.* Vor der Tür gibt es eine endlose Warteschlange. Die Leute stehen noch um die nächste Ecke. Nur wir dürfen sofort eintreten. Wahrscheinlich sind Lorenzo und Alvaro VIP-Gäste. Oder sie sind mit dem Türsteher befreundet. *Oder sie sind schlicht die Prinzen von Spanien!*

»Ist es heute so weit? Lässt du mich gehen?«,
frage ich Lorenzo auf dem Weg durch den dunklen
Gang, der zum Herz des Clubs führt. Wir kommen an
einer Garderobe vorbei, doch niemand von uns trägt
eine Jacke, die er abgeben könnte. Generell gibt es
kaum Kleidungsstücke, die dort von Besuchern
gelagert werden. Es ist Sommer, keiner hat eine
Jacke an.

»Das geht nicht. Die Wachen des Schlosses
verfolgen uns.«

»Hast du einen Plan?«

»Ich helfe dir morgen durch die Geheimgänge«,
erwidert er knapp. Die dumpfe Musik um uns herum
wird immer lauter.

»Und da verfolgen uns keine Wachen?« Ich hebe
skeptisch eine Augenbraue an.

»Nein, Sweetheart. Morgen nicht.« Seine Stimme
wird tiefer und auf irgendeine Art klingt sie
geheimnisvoll. Er verschweigt mir ganz klar etwas,
aber ich bekomme nicht die Gelegenheit
nachzuhaken, weil sich die großen Flügeltüren zum
Club öffnen und der donnernde Bass meine Sinne
einnimmt.

Die Tanzfläche und die Bar sind prall gefüllt.
Menschen singen mit, tanzen und kämpfen um den
nächsten Drink des Barkeepers. Ich war noch nicht
oft in Clubs, aber so voll habe ich sie nicht in
Erinnerung.

Neben dem DJ, der auf einer steinernen Tribüne
hinter seinem Pult steht, räkelt sich eine zierliche
Dame in feiner Spitzenunterwäsche. Sie wird von

zwei dunkelroten Scheinwerfern bestrahlt, was dem Ambiente eines Stripclubs irgendwie gleichkommt. Laser strahlen von der Decke in den unterschiedlichsten Farben. Der Boden und die Wände sind pechschwarz, was den Club kleiner wirken lässt, als er vermutlich ist.

»Bleib dicht bei mir«, raunt mir Alvaro ins Ohr, und mir fällt auf einmal auf, dass Lorenzo verschwunden ist. Noch vor einer Minute stand er direkt neben mir. Wo er wohl hin ist?

Alvaros Hand umschließt meine. Wir verschränken die Finger ineinander, was sich einfach nicht so gut anfühlen darf, wie es tut! Er führt mich durch die tobende Menge hindurch, und ich folge ihm eine Treppe hinauf. Eine Galerie erstreckt sich vor mir. In diesem Stockwerk ist es deutlich ruhiger, ein paar Menschen schauen über das Geländer hinunter auf die Tanzfläche, ziehen an ihren Zigaretten, und an den Tischen sitzen ein paar Grüppchen, die ihre Cocktails schlürfen. Eine Tür führt ab und scheint zu einem Billardzimmer zu weisen – zumindest hängt dort ein Schild.

»Komm, setz dich«, bittet Alvaro und rückt mir einen Stuhl zurecht.

»Wollt ihr etwas trinken?«, fragt Salvador, der bereits auf dem Sprung nach unten ist.

»Ich nehme einen Wodka-E«, rufe ich ihm zu.

»Irgendeinen Whisky!«, antwortet Alvaro und schon verschwindet Salvador wieder in der Menge.

»Was ist das für ein Club? Er kommt mir sehr schäbig vor«, gestehe ich ehrlich und lasse meinen Blick erneut durch die Galerie gleiten. Die schwarze

Tapete fällt allmählich von den Wänden, auf dem Boden liegen kleine, durchsichtige Tütchen, und auf den Tischen kann man im spiegelnden Licht klebende Punkte erkennen. Vermutlich verschüttete Drinks.

»Den Club haben wir vor Jahren gekauft.« Alvaro verdreht die Augen. »Er sollte eigentlich renoviert werden, aber dann haben wir diesen Plan geschmiedet, von dem Lorenzo nicht will, dass du ihn kennst. Deshalb haben wir ihn so gelassen. Die Leute kommen ja so oder so.«

»Aber ... ihr habt so viel Geld! Wieso kümmert ihr euch um so etwas?« Ich muss sichtlich verwirrt aussehen, denn Alvaro grinst plötzlich amüsiert.

»Das darf ich dir leider nicht verraten, sonst bringt Lorenzo mich um, Herzblatt.«

Ich werde neugieriger, aber Lorenzo hat recht. Ich sollte mich nicht einweihen lassen und aufhören, Fragen zu stellen. Es könnte meine Freilassung gefährden.

»Ein Wodka-E und ein Whisky. Und für mich zwei Waldmeister-Shots.« Salvador setzt sich an den Tisch, nachdem er jedem sein Glas gegeben hat und betrachtet seine Shots.

»Waldmeister?«, hake ich angeekelt nach. Wer trinkt denn Waldmeister?

»Salvador trinkt jeden Shot, egal wie er schmeckt«, antwortet Alvaro, bevor sein Cousin es kann. Salvador wirft ihm einen gespielt beleidigten Blick zu, lächelt jedoch sofort und stimmt ihm mehr oder weniger zu.

»Wo ist Lorenzo?«

»Er kommt gleich, Herzblatt.« Alvaro trinkt einen Schluck seines Whiskys und verzieht das Gesicht. »Billig.«

»Du hast nicht gesagt, welchen Whisky du wolltest. Ich habe dem Barkeeper die Wahl gelassen.«

»Hast du dem Barkeeper gesagt, dass es sich dabei um ein Getränk für *mich* handelt?«

»Nö, hab ich vergessen«, feixt Salvador, und Alvaro verdreht nur die Augen.

»Was läuft da eigentlich für Musik?«, wage ich, die beiden zu unterbrechen.

»Alles von neunzehnhundertsiebzig bis neunzehnhundertneunzig. Gefällt dir das nicht, Herzblatt? *Danger Zone* von *Kenny Loggins* ist doch geil.«

Ich gebe nichts zurück, stattdessen nippe ich an meinem Wodka und lasse mir den Geschmack des Energies auf der Zunge zergehen. *Red Bull.* Alvaro und Salvador widmen sich einem neuen Gesprächsthema, und ich warte gelangweilt auf Lorenzo.

Warum haben die Prinzen mich überhaupt mitgeschleppt?

Ich nutze die Gelegenheit, Alvaro genauer zu betrachten. Er hat sich zurückgelehnt, die Arme locker verschränkt und ein Fußknöchel über das andere Knie geschlagen. An seinem Handgelenk prangt eine teure goldene Uhr. Eine Rolex vielleicht? Ich kann es in dem fahlen Licht nur erahnen. Was die gekostet haben mag?

Seine Haare hat er zu einem Elvis-Presley-Stil gegelt, und es steht ihm so unfassbar gut in Kombination mit den kürzer rasierten Seiten.

Wenn Laser von unten nach oben strahlen, glänzen seine hellen Augen auf. Seine Kieferpartie ist fest, die Haut glatt rasiert. Er ist so hübsch, beinah unrealistisch.

»Ich liebe dieses Lied. Komm, Herzblatt, wir gehen tanzen.«

Wonderwall von *Oasis?* Ernsthaft?

Ich habe keine Wahl, da hat Alvaro mich bereits an der Hand gepackt und schleift mich die Treppe hinunter.

Auf der Tanzfläche legt er seine Hände an meine Hüften, und ich halte mich an seinem Nacken. Wir bewegen uns eng aneinander zum Takt der Musik, und ich genieße jeden noch so kleinen Moment seiner Nähe.

Sein Blick ruht intensiv in meinem, eine Hand streichelt sanft über meinen Rücken, und es ist, als würde ich plötzlich all das Schlimme, dass er je getan hat, vergessen. Ich sollte mich zu diesem Arsch nicht hingezogen fühlen, aber ich tue es. Und irgendwie liebe ich, dass ich es tue.

Auch Monster können eine gute Seele haben, oder? Ich weiß nichts über die Prinzen. *Ich kenne sie ja eigentlich gar nicht!* Darf ich trotzdem über sie urteilen, nur weil ich ihre schlechten Seiten kennengelernt habe?

Das Lied endet und zum Abschluss wirbelt Alvaro mich herum. Als seine Hand mich loslässt, verliere ich den Halt. Doch ich werde aufgefangen. Erschrocken schaue ich auf. *Lorenzo.*

Enjoy the Silence ist das nächste Lied, welches gespielt wird, und die Atmosphäre schwingt merkwürdig um.

»Wo warst du?«, frage ich, während seine Hände an meinen Hintern greifen und grob zupacken. Ich keuche leise.

»Etwas erledigen«, antwortet er knapp.

Er zieht mich näher an sich. Ich spüre seine Brustmuskeln, seine Körperwärme und … *seine Härte?*

Lächelnd beugt er sich vor, seine weichen Lippen treffen meinen Hals. Er küsst mich erst vorsichtig, dann gieriger. Heißes Blut schießt in meine Wangen, ich muss automatisch stöhnen, greife in sein Haar und halte ihn bei mir. Er beißt mich leicht, leckt jedoch sofort über die ziehende Stelle. Seine Erektion drückt sich stärker gegen meine Mitte. Ich werde feucht und bin drauf und dran, ihn anzuflehen, mich endlich zu nehmen. Aber wir sind in einem Club. Und ich habe nicht den Drang, Sex auf einer dieser schmutzigen Toiletten zu haben. Auf dem Motorrad lässt es sich sicherlich auch nicht gut ficken, also muss ich mich wohl in Geduld üben.

»Lorenzo … Bitte … R-reiz mich nicht u-unnötig«, stottere ich nervös. Seine Hand gleitet zwischen meine Beine, nur der Stoff meiner Jeans steht ihr im Weg. Trotzdem kann ich jede Berührung fühlen, als wäre sie direkt auf meiner Haut.

Es ist zu viel.

Zu intensiv.

Zu gut.

»Was, Sweetheart? Kommst du nicht damit klar, wenn ich dich berühre?«, raunt er frivol in mein Ohr, dann vergräbt er sein Gesicht wieder in meiner Halsbeuge. Er beißt mich ein zweites Mal. Es schmerzt, doch ist irgendwie heiß.

Warum erregt mich das zur Hölle so?

Seine Zunge malt eine Linie von meinem Schlüsselbein bis zu meinem Ohr. Gänsehaut überzieht sofort meinen ganzen Körper.

»Bitte … nicht«, stöhne ich aufgeregt.

Ich sollte mich umdrehen und gehen. Den Club verlassen oder mich wieder hoch an unseren Tisch setzen. Aber ich bleibe. Meine Beine wollen mich einfach nicht tragen. Wahrscheinlich, weil sie Lorenzos Hand dazwischen zu sehr lieben.

»O ja, Sweetheart … Fleh mich an, dich in Ruhe zu lassen.« Seine Augen funkeln verspielt im blitzenden Licht der Laser.

»Warum bist du manchmal so ein Arschloch?«, zische ich kraftlos. Ich schaffe es nicht, mich zu wehren, ich bin zu besessen von ihm und dem, was er mit mir macht.

Mit einem Mal öffnet er den Kopf meiner Jeans und lässt seine Hand darunter gleiten. Zu meinem Pech – oder Glück – dringt er sogar unter den Slip und streichelt über meine bereits feuchten Schamlippen.

»Darf ich meine *noch Zukünftige* nicht glücklich machen?«

Ich muss grinsen. Dieses Wort klingt schöner, als es sollte. *Zukünftige*. Ja, das bin ich wohl, aber nur noch bis morgen. Danach ist Lorenzo für immer aus meinem Leben verbannt. Genauso wie Alvaro.

»Aber ... d-du willst k-keinen Sex mit m-mir?« Meine Stimme bröckelt, es würde mich nicht wundern, hätte er mich über die laute Musik hinweg nicht verstanden.

Er beginnt, meinen empfindlichen Kitzler zu streicheln, und ich kann schwören, dass es nicht lange dauern wird, bis ich die Kontrolle verliere.

In diesem überfüllten Club.

Erregung vermischt sich mit Scham – aber ich kann mich nicht von ihm lösen.

Arme werden von hinten um mich geschlungen. Ich zucke zusammen. »Keine Angst, Herzblatt. Ich will deinen Orgasmus nur nicht verpassen«, höre ich Alvaros Stimme zu mir durchdringen. Er knabbert an meinem Ohr, während Lorenzo weiter meine Mitte stimuliert.

Meine Beine drohen nachzugeben, jedoch hält mich der blonde Prinz fest. Die beiden keilen mich zwischen sich ein, unsere Hüften bewegen sich zur Musik, und ich fange zu schwitzen an. Sei es durch die Erregung oder die Anstrengung des Tanzens.

»Wie brav sie sich von dir fingern lässt«, merkt Alvaro amüsiert an und ich weiß, dass er gerade über beide Ohren grinst. Er küsst meinen Nacken, und wenn ich vorher nicht geglaubt habe, dass noch mehr Gänsehaut über meinen Körper fliegen kann, habe ich mich definitiv geirrt.

Der Druck an meinem Kitzler wird stärker, und mein Unterleib signalisiert mir mit einem heftigen Kribbeln, dass ich kurz davor bin zu kommen.

»Schenk uns diesen Moment, Sweetheart, komm schon«, knurrt Lorenzo.

Ich lasse all die Anspannung in mir los und komme hart. Alvaro hält mir seine Hand vor den Mund, was eine sehr gute Entscheidung war. Ich kann mich kaum kontrollieren und stöhne laut gegen seine Handinnenfläche. Meine ganze Pussy zuckt wellenartig vor Lust. Meine Beine zittern, ich drohe jeden Moment hinzufallen.

Lorenzo nimmt seine Finger erst aus meiner Jeans, nachdem auch die letzte Welle des Höhepunkts versiegt ist. Dann lächelt er und drückt mir einen flüchtigen Kuss auf die Lippen.

Ich will nach mehr flehen, aber er wendet sich bereits von mir ab, und Alvaro zwingt mich, ihm zu folgen.

KAPITEL 22

AITANA

Wir verbringen wahnsinnige Stunden in dem Club, obwohl ich anfangs dachte, dass dieser Abend nur ein langweiliges Desaster werden kann. Lorenzo und Alvaro haben Karten ausgepackt, und somit spielen wir schon seit einer Ewigkeit *Rommé*. Ich habe sogar einmal gewonnen. Alle nennen es Glück – ich nenne es – okay, es war Glück! Ist ja schon gut, verdammt!

Salvador ist mittlerweile ordentlich beschwipst, und irgendwann sind Flavio und Jeronimo zu uns gestoßen. Alvaro hat einem Mitarbeiter des Clubs befohlen, unser persönlicher Laufbursche zu werden, und jedes Mal, wenn Alvaro mit den Fingern schnippst, wird ihm Whisky nachgeschenkt. Aber eine andere Sorte als die, die Salvador ihm vorhin mitgebracht hatte.

»Ich hab da noch was«, meint Flavio grinsend und holt ein kleines, durchsichtiges Tütchen hervor, dessen Inhalt aus weißem Pulver besteht.

»Ist das aus der ersten Herstellung?«, fragt Alvaro, als hätte er Ahnung von diesem scheußlichen Drogenkram. Ich verdrehe nur die Augen und nippe abwesend an meinem roten Cocktail.

»Ja, kam heute an. Habe die Lieferung abgepasst. Wir sollten das Zeug unbedingt probieren!«

Lorenzo lehnt sich auf seinem Stuhl zurück und scheint zwiegespalten. Ich bete, dass er sich dagegen entscheidet. Das wird nämlich den restlichen Abend ruinieren. Außerdem muss er noch fahren!

Flavio verteilt, ohne eine Antwort abzuwarten, das weiße Pulver auf dem Tisch und schiebt es mit einer Kreditkarte aus seinem Geldbeutel in fünf Streifen.

»Ich denke mal, deine Prinzessin möchte nicht davon kosten, oder?«

Wieso fragt Flavio Lorenzo und nicht mich? Ich kann selbst entscheiden, aber immerhin kann er schlussfolgern.

»Selbst wenn sie wollte, sie dürfte nicht«, knurrt der dunkle Prinz fast schon warnend. Wir beobachten Flavio beim Portionieren, dann rollt er einen Geldschein zusammen und hält ihn in die Mitte.

»Wer zuerst?«

»Ich bin raus«, brummt Lorenzo und hebt die Hände demonstrativ an.

»Was? Ernsthaft jetzt?«

»Ich will auch nicht«, fügt Alvaro hinzu und zuckt mit den Schultern, ehe Flavio zu motzen beginnen kann.

Ich bin erleichtert, dass die Prinzen die Finger von diesem Teufelszeug lassen. Ich kam selbst noch nie damit in Berührung, aber jeder weiß, was es anrichten kann. Dass es zum Tod führen kann. Dass man abhängig werden kann. Und das ist nicht schön. Es ist ein Fluch, der einem ewig im Nacken sitzen wird.

Jedoch scheinen die Prinzen nicht das erste Mal mit diesem Pulver in Kontakt gekommen zu sein.

Wie heißt die Droge noch gleich? Kokain? Ich kenne mich nicht gut damit aus, bin aber froh drum. »Genießt den Abend, Ladies«, scherzt Alvaro nun und steht auf. »Wir werden fahren. Wir sehen uns morgen in aller Frische.« Auch Lorenzo steht auf und verabschiedet sich knapp. Dann werde ich auch schon auf meine Beine gehoben und folge den beiden zum Ausgang. Draußen ist es kalt geworden. Wenn man zwanzig Grad kalt nennen kann. Dunkle Wolken ziehen mittlerweile über dem Club auf, als wären sie uns vom Schloss aus gefolgt.

»Sobald es anfängt zu regnen, muss ich nach Hause fahren«, meint Lorenzo und zeigt dabei kaum merklich auf seine Maschine. Im Regen lässt es sich wohl nicht besonders gut Motorrad fahren.

Er reicht mir meinen Helm, den ich mir über den Kopf ziehe, ehe ich aufsteige und mich an seinem strammen Körper festhalte. Bei der Fahrt hierher war ich zu fasziniert von dem Motorrad. Mir war gar nicht aufgefallen, wie gut ich Lorenzos Muskeln durch das Shirt merken kann. Beinah so, als wäre er nackt.

Ich spüre die Wärme seines Körpers, sein Sixpack und seine Brustmuskeln und würde am liebsten mit meinen Händen über seinen gesamten Oberkörper fahren – aber das wäre komisch und macht einen gierigen Eindruck, weshalb ich es lasse.

Der Motor heult auf und wir fahren los.

Schneller als zuvor.

Viel schneller.

Und noch schneller.

Wir hängen Alvaro ab.

»Warum rast du so?«, schreie ich gegen den Helm. Der Wind rauscht an unseren Köpfen vorbei, sodass es mich nicht wundern würde, wenn er mich nicht verstanden hat.

Adrenalin bricht in mir Bahn, mein Puls beschleunigt sich in Lichtgeschwindigkeit und ich bilde mir ein, nicht mehr Atmen zu können. *Er ist viel zu schnell!* Einatmen. Ausatmen. Einatmen. Ausatmen.

Er wird langsamer, und wir biegen auf einen Feldweg ab. Kurz darauf hält er an, und ich springe panisch von der Maschine. Den Helm reiße ich mir förmlich vom Kopf, damit ich endlich Luft bekomme.

»Scheiße! Was sollte das? Wie schnell waren wir?«, zische ich Lorenzo entgegen, der völlig entspannt an dem Motorrad lehnt und sich eine Zigarette anzündet.

»Entspann dich, wir hatten nur hundertachtzig Sachen drauf.« Er lächelt verschmitzt und zieht an der Kippe.

»Hundertachtzig?!«, schreie ich ungläubig und lasse mich auf meine weichen Knie sinken.

Wir haben ja noch nicht einmal Schutzkleidung an! Hätte er die Kontrolle verloren, wären wir jetzt tot!

Tot, verdammte Scheiße!

Meine Organe würden auf der Straße verteilt und mit seinen vermischt liegen. Obwohl … Wäre überhaupt noch was von meinen Organen übrig oder hätte die raue Straße sie geraspelt, sodass es mehr nach einem Brei aussieht?

»Komm.« Lorenzo hält mir seine Hand entgegen und hilft mir beim Aufstehen. Ich lasse es mir trotzdem nicht nehmen, ihn zu ohrfeigen.

Er presst wütend den Kiefer zusammen, seine Wangenknochen zeichnen sich deutlich ab. »Warum schaffst du es immer, mich zu schlagen? Wieso bin ich bei dir so unaufmerksam?«

»Auf dem Rückweg fahr ich bei Alvaro mit!«, mache ich ihm klar.

»Deine Ohrfeige wird Konsequenzen haben, das verspreche ich dir!«, knurrt er nur und umschließt meine Hand. Ich lasse seine Worte so stehen und folge ihm einen steilen Weg hoch. Um uns herum liegt ein finsterer Wald, und ich hoffe, dass wir keinem Wildtier begegnen werden.

»Was ist mit deinem Bruder?«

»Er kommt nach.«

Endlich oben angekommen, kann ich meinen Augen kaum trauen. Vor uns erstreckt sich Madrid mit glitzernden Lichtern in dieser dunklen Nacht. Ich kann auf jedes Gebäude hinabschauen, kann bis ans Ende der Stadt sehen – es ist traumhaft.

»Wow«, hauche ich und trete vor an das hölzerne, schon morsche Geländer. Diese Aussichtsplattform ist ein wahrer Traum. Wäre ich in Spanien aufgewachsen, wäre dieser Ort mein Liebster gewesen.

»Ich wusste, dass es dir gefallen könnte. Ich war als Teenie oft hier, um zu zeichnen.« Lorenzos Arme schlingen sich von hinten um mich. Mein Herz setzt einige Sekunden durch diese Geste aus. Ich lehne mich an ihn, atme seinen Duft ein und lasse die Stadt auf mich wirken.

»Danke«, sage ich und lächle.

»Wofür?« Er klingt zufrieden und seine Stimme sanft und klar.

»Dafür, dass du mir diesen Ort gezeigt hast.«

Einen Augenblick herrscht Stille, dann durchbricht Lorenzo sie wieder. »Ich muss dich etwas fragen, Sweetheart.«

Ich drehe mich in seinen Armen zu ihm um und schaue zu ihm auf. Seine braunen Augen liegen in Schatten. Er macht einen verstreuten Eindruck. Als wäre er sich mit irgendetwas nicht sicher.

»Wie stellst du dir deine Zukunft vor?«

Überrumpelt von seiner Frage beiße ich mir auf die Unterlippe. Ich habe mir noch nie ernsthafte Gedanken darüber gemacht. Nach meinem Abi hieß es, ich würde wieder zu meiner Mutter ziehen. Damit waren meine Traumuniversitäten für mich geplatzt. Außerdem wollte ich mich zuerst einleben, bevor ich mich um eine neue Uni oder einen Job kümmere. Durch die Entführung konnte ich das nicht. Und ich kann meiner Mutter nie wieder in die Augen sehen, nachdem sie mich so einfach hergegeben hat.

Das macht eine Uni eigentlich unmöglich für mich. Ich brauche eine eigene Wohnung und deswegen schnell einen Job.

So hatte ich mir mein Leben nicht vorgestellt.

»Ich komme klar«, ist alles, was ich über die Lippen bringe. Lorenzo verzieht die Augenbrauen und geht genauer darauf ein.

»Ich will es wissen. Wie hast du dir dein Leben vor der Entführung vorgestellt? Verrate es mir, bitte.«

Ich seufze leise. »Ich wollte studieren und mir ein Leben aufbauen. Was sonst?«

»Was bedeutet Freiheit für dich?«, stellt er die nächste Frage und ich seufze erneut. Was soll das? Was interessiert ihn das überhaupt, wenn ich ab morgen für ihn Geschichte bin?

»Tun und lassen können, was ich will. Ich glaube, das versteht fast jeder unter *Freiheit*.«

»Du bist nicht frei, wenn du arm bist«, merkt er unnötig an, weshalb ich die Augen verdrehe.

»Es geht nicht immer ums Geld. Man kann auch ohne Geld frei sein! Ich will einfach leben können, wie ich es will. Ohne Regeln von irgendwelchen anderen Menschen.«

»Und dann willst du studieren und einen Job annehmen?« Er grinst ironisch. Darauf kann ich nichts erwidern, weil er recht hat. Ich beiße mir auf die Zunge.

Mit einem Job und einem *normalen* Leben wird meine Freiheit in gewissen Maßen immer eingeschränkt bleiben, aber was soll ich sonst tun? Ich will kein Teil der spanischen Krone sein.

»Wenn du bei uns bleiben würdest, könntest du alles haben. Macht, Reichtum, wahre Freiheit«, sagt Lorenzo und sieht mich ernst an.

»Ich will dieses Leben nicht. Dieses … Königliche«, antworte ich und schüttle nachdrücklich den Kopf.

»Weil?« Er klingt gereizt und verständnislos.

Weil, weil, weil … weil eben!

»Du bist im Königshaus selbst unglücklich!«

»Und wenn es nur mich und Alvaro gäbe? Würdest du dann bleiben wollen?«

Ich presse die Lippen zusammen. Mein Herz flattert vor Nervosität, und zu gerne würde ich ihm ein Ja an den Kopf schreien, aber solch eine Entscheidung muss überdacht werden. Und sie entspricht leider nicht der Realität. Es gibt nicht *nur er und Alvaro*. Die Krone kann man nicht einfach ausblenden.

Zudem sind die Prinzen mit Vorsicht zu genießen. Ich kann nicht vergessen, was sie Blanka angetan haben. Das könnten sie auch mit mir tun, und dieses Risiko möchte ich nicht eingehen.

So sehr ich Lorenzo und Alvaro auch mag. Und so sehr ich auch nicht mehr leugnen kann, dass ich mich in sie verliebt habe, kann ich nicht bei ihnen bleiben.

»Keine Ahnung, aber das steht auch außer Frage. Die spanische Krone ist euer Zuhause, und sie kann niemals meins werden! Ich will mein eigenes Leben! Ich will tun, was ich tun will, auch wenn es nur irgendeinen Job studieren ist. Auch wenn diese Freiheitsfrage widersprüchlich ist, ich kann nicht bei euch bleiben und das will ich auch nicht!« Erst nachdem die Worte meinen Mund verlassen haben, bemerke ich, wie hart sie klingen. Lorenzo lässt von mir ab und entfernt sich ein paar Schritte. In seinem Gesicht kann ich keinerlei Emotionen ablesen.

Das ist schlecht.

Das ist sehr, sehr schlecht.

»Das ist alles, was ich wissen wollte.« Er dreht sich um und verschwindet im Wald. Ich will ihn aufhalten, aber Alvaro kommt mir entgegen. »Ihr habt mich abgehangen. Mein Bruder muss lebensmüde sein, wenn er so schnell fährt. Wo geht er überhaupt hin?«

»Wir hatten ... ähm ... eine Meinungsverschiedenheit ... oder so ähnlich«, erkläre ich grob und atme tief durch. Er ist gegangen. Ohne Grund.

»Die haben Enzo und ich öfters, mach dir keinen Kopf, der beruhigt sich wieder.« Das glaube ich kaum, denn er war gar nicht erst wütend. Er war ... wie leergefegt? »Enzo hat mir erzählt, dass er dich morgen gehen lässt. Habt ihr darüber geredet?«

Ich schüttele den Kopf. Zumindest bezweifle ich, dass das Gespräch etwas damit zu tun hat.

»Was machen wir jetzt? Sollen wir zum Schloss zurückfahren?«, hake ich nachdenklich nach und schaue noch einmal auf Madrid. Ich könnte niemals genug von dieser Aussicht bekommen.

»Zuerst möchte ich, dass du meine Frage beantwortest. Erinnerst du dich noch daran?«, raunt Alvaro und tritt näher zu mir an das Geländer. Anstatt dass er die Aussicht genießt, fällt seine Aufmerksamkeit auf mich. Und das macht mich nervös.

Wie stehst du zu mir? Wenn du an mich denkst, welches Gefühl bereitet dein Körper dir? Seine Worte hallen in meinem Kopf wider, aber ich kann mich nicht richtig konzentrieren. Und wenn ich ehrlich bin, habe ich noch nicht genug über diese Fragen nachgedacht.

Was will er hören?

»Das kann ich dir nicht beantworten«, gebe ich zu.

Alvaro verzieht die Augenbrauen und greift nach meiner Hand. »Morgen wirst du für immer verschwinden. Ich will diese Antworten unbedingt hören, also denk bitte darüber nach.«

Ich seufze, presse die Lippen aufeinander und strenge mich an, eine passende Antwort zu finden.

Wie stehe ich zu Alvaro?

Ich muss zugeben, dass mein Herz höher schlägt, wenn ich ihn sehe. Dass mich seine Nähe nervös macht und ich mich nach mehr sehne. Muss zugeben, dass es mir schwerfallen wird, ihn einfach hinter mir zu lassen, weil ich gerne Zeit mit ihm verbringe.

Ich könnte ihm stundenlang beim Klavierspielen zuhören. Vielleicht würde er mir es auch eines Tages beibringen?

Ich werde ihn vermissen, so viel steht fest. Seine Lippen werden mir ebenfalls fehlen, auf die ich meine betten kann. Und alles in mir schreit danach, nicht zu gehen. Weil ich nicht nur für Alvaro so empfinde, sondern auch für Lorenzo.

Es klingt absurd und bescheuert, und vermutlich ist es nicht einmal möglich, zwei Menschen zur selben Zeit auf diese Art und Weise zu mögen, aber ich *weiß*, was ich fühle.

Ich will sie beide. Länger als nur für eine kurze Zeit. Mein Aufenthalt ging viel zu schnell vorüber, jedoch wartet mein Leben auf mich. Ich *kann* nicht bei ihnen bleiben, auch wenn ich keine logische Begründung dafür finde und auch wenn Lorenzo jede noch so kleine Bemühung von mir, mich zu rechtfertigen, mit plausiblen Sätzen im Keim ersticken kann.

Es geht nicht, und ich lasse dahingehend auch nicht mit mir reden.

»Damit hast du mir alles gesagt«, meint Alvaro nun, und ich sehe ihn verdutzt an. Habe ich meine Gedanken laut ausgesprochen?

»Ich -« Er unterbricht mich, indem er einen Finger auf meine Lippen legt. Dann vertreibt er den letzten Platz zwischen uns, legt eine Hand an meine Taille, die andere auf meine Wange und küsst mich.

Ich bin so überrascht, dass ich hektisch blinzele, bevor ich meine Lider schließen und in den Kuss sinken kann.

Seine verdammten Lippen ... Sie machen mich zu süchtig. Sie schreien zu sehr nach mehr.

Ich öffne sinnlich den Mund und lasse Alvaros Zunge meine berühren. Er schmeckt nach Whiskey und irgendwie süßlich. Unsere Zungen umkreisen sich spielerisch, und ein leichtes aber deutlich zu spürendes Kribbeln breitet sich in meinem Bauch aus.

Seine Hand wandert an meinen Hintern, den er zu kneten beginnt. Ich keuche in den Kuss hinein. Meine Haut fühlt sich plötzlich so heiß wie im Club vorhin an.

Abrupt löst er sich von mir, und fast trotzig sehe ich ihm entgegen.

»Du willst mehr?«, fragt er feixend. Ich nicke.
»Dann bleib bei uns.«

Ich verziehe das Gesicht, ehe Alvaro mir eine lose Haarsträhne hinters Ohr streicht. Seine Finger sind warm. »Niemals.«

Etwas in seinem Blick verändert sich. Seine hellen Augen wirken dunkler als sonst, und er schnaubt kaum merklich. »Du stehst doch auf uns!«

Ich muss auflachen. »Woher willst du das wissen? Ihr seid Arschlöcher! Ich steh nicht auf Arschlöcher.«

»Genau deshalb stehst du auf uns. *Weil* wir Arschlöcher sind. Weil wir deiner sanften Seele etwas mehr Aktion verleihen.« Er grinst verschmitzt.

»Ihr könnt euch ficken!«, halte ich dagegen.

»Wir könnten *dich* ficken, Herzblatt. Jede Nacht so *lange* und *soft* du willst.« Er leckt sich gierig über die Lippen. Sein Grinsen lässt nicht nach.

»Ihr beide?«, frage ich dümmlich, was ihn kurz prusten lässt. Natürlich würden sie mich niemals zu zweit … nehmen. Sex ist etwas anderes wie Blowjobs.

Er lehnt sich vor, als würde er mich küssen wollen, doch seine Lippen streifen stattdessen mein Ohr. »Ja, Herzblatt, Enzo und ich gemeinsam in dir.«

Hitze steigt in meine Wangen. Ich spüre die auftretende Nässe zwischen meinen Beinen und reibe unbemerkt die Oberschenkel aneinander.

Wenn ich nicht gehe, könnte ich die Prinzen haben. Sie würden mir gehören, und ich würde jede Nacht mit ihnen teilen, aber was gebe ich dafür auf?

Ein normales Leben mit einem Job. Eine romantische Beziehung, die nicht in der

Öffentlichkeit geschrieben steht und eine süße kleine Familie. Dieses Risiko kann ich nicht eingehen. Wo soll das mit Alvaro und Lorenzo hinführen?

Alvaro ist für Blanka bestimmt. Das kann ich mir nicht täglich ansehen, wenn ich bei ihnen bleibe. Ich will sie nicht in seiner Nähe wissen, will nicht sehen, wie sie sich küssen oder sie nachts beim Sex hören!

Warum ist dieses Thema so groß, und wieso fühlt es sich so schwer an?

»Warum sehnst du dich so nach Normalität?« Es ist, als hätte Alvaro meine Gedanken gelesen. Vielleicht kann er das auch wirklich? Immerhin zieht er so eine Gedankenaustausch-Nummer ständig mit seinem Bruder ab.

»Weil mein Leben nie normal war. Und das ist eure Schuld. Oder eher gesagt, ist es die Schuld eurer Mutter! Ich habe mir früher nichts sehnlicher gewünscht, als auf eine stinknormale Schule gehen zu können, mit echten Freunden, mit der ersten großen Liebe, mit Kinoabenden, mit einer Zukunftsaussicht an einer großen Uni. Vieles kann ich nachholen, aber nicht an eurer Seite! Das funktioniert mit der Krone im Nacken nicht!«

Seine Gesichtszüge werden ungewohnt weich und er lächelt schmal. »Denkst du, ich kenne das Gefühl nicht? Oder Enzo? Wir mussten an die beste Elite Privatschule, haben zu jeder Tageszeit den Regeln unserer Eltern gehorcht, mussten Dinge umsetzen, die wir nicht vertreten haben, mussten uns mit Menschen abgeben, die wir nicht leiden konnten. Fuck, ich musste sogar ein Jahr zu den spanischen Streitkräften! So hätte ich mir mein Leben auch niemals vorgestellt. Und Enzo ...« Er atmet tief durch. »Enzo musste immer in meinem Schatten stehen. Er war immer nur die Nummer zwei! Sogar in den Augen unserer Eltern. Unser *Vater* wollte ihn *loswerden*!« Die letzten Worte spricht er fassungslos aus. »Trotzdem machen wir das Beste aus unserem Leben. Und das beinhaltet keine Normalität. Normal sein ist langweilig. Schließ dich uns an, Aitana.«

Ich bin sprachlos von seiner Rede. Aus diesem Blickwinkel habe ich die Prinzen noch nie betrachtet. Mir war klar, was sie alles durch die Krone über sich ergehen lassen mussten, aber das es so schlimm war, konnte ich mir nicht vorstellen. Es ist mir beinahe peinlich, dass ich über mein Leben geredet habe, als gäbe es nichts Schlimmeres.

KAPITEL 23

ALVARO

Ihr Blick sagt mehr als tausend Worte. Sie ist noch immer nicht überzeugt. Sie bleibt bei ihrer Entscheidung und will uns verlassen. Dabei kann sie sich nicht vorstellen, was sie verpasst.

»Es tut mir leid, Varo«, murmelt sie nachdenklich. Hat sie mich gerade wirklich *Varo* genannt? So nennt mich nur mein Bruder! Aber aus ihrem Mund klingt es viel, viel besser als aus seinem. Daran könnte ich mich gewöhnen. *Ach nein, kann ich nicht.* Sie verschwindet ja morgen!

Ich muss mich beherrschen, meine Hände nicht zu Fäusten zu ballen und ihr irgendetwas entgegen zu brüllen.

Sie kennt den dämlichen Plan nicht, das ist das Problem. Könnte ich ihn ihr erzählen, wäre es leichter für alle Beteiligten. Jedoch hat Enzo daran etwas auszusetzen, und das nervt mich tierisch.

»Es ist deine Entscheidung«, gebe ich schmerzlichst zu. Wir werden sie verlieren, und ich muss mich endlich damit abfinden.

Meine Hand findet erneut ihre Wange. Ich will sie noch einmal küssen. Jetzt und hier. Meine Lippen finden ihre, und ich kann förmlich spüren, wie sie unter mir zerfließt.

Wir sollten sie unbedingt noch ficken, bevor sie abhaut. In unserer brüderlichen Manier.

»Komm«, hauche ich gegen ihren Mund. Ich nehme ihre Hand, verschränke meine Finger mit ihren und laufe zurück zum Auto. Herzblatt folgt mir brav.

»Die Dame«, sage ich charmant und halte ihr die Beifahrertür auf. Sie steigt ein und sieht sich staunend das Interieur an, während ich die Tür hinter ihr schließe und einmal um das Auto gehe.

Als ich auch meine Tür geschlossen habe, starte ich den knurrenden Motor, was Herzblatt ein Lächeln auf das hübsche Gesicht zaubert. Sie beobachtet während der Fahrt, wie ich mit dem Auto umgehe. Wie ich schalte, wie ich lenke, sie mustert auch mein Bein, wenn ich die Kupplung durchdrücke.

»Bist du so ein großer Fan von dem Wagen?«, frage ich sie, und sie lächelt.

»Oh ja. Das ist mein Traumauto.«

»Eine Frau, die sich *keinen* Benz wünscht?«, säusele ich beeindruckt. So eine findet man selten.

»Ich liebe japanische Autos. Da kann einfach kein Benz mithalten.«

Ich muss schmunzeln und konzentriere mich wieder auf die Straße. Der Rest der Fahrt vergeht wie im Flug. Ich parke in der Tiefgarage des Schlosses und steige aus. Der Geruch von Neuwagen und Gummireifen liegt in der Luft. Ich mag den Geruch.

»So viele teure Autos«, merkt Herzblatt an und sieht sich um.

»Das sind unsere Privatwagen. Der Urus gehört Mutter, das Motorrad und der Carrera gehören meinem Bruder und mein Baby kennst du ja. Komm jetzt. Es wird Zeit fürs Bett.«

Ich muss meinen Bruder suchen und ihn überreden, endlich Aitana zu ficken. Ich kann nicht länger warten. Wenn ich nur daran denke, wird mein Schwanz hart.

Hoffentlich lässt er sich heute überreden, nachdem er meinen Vorschlag ständig abgeblockt hat.

Er muss einknicken, er will es doch auch! Das ist meine letzte Chance.

»Nein!«, zischt Enzo entschlossen. Ich setze einen Hundeblick auf in der Hoffnung, er würde es sich noch einmal anders überlegen. »Lass das!«

»Verdammt, Enzo, sei nicht so stur!«, knurre ich wütend. Er will sie, das konnte ich schon oft genug sehen!

»Wir werden sie nicht anrühren. Morgen geht sie, und der Abschied soll … soll … ach keine Ahnung, aber wir werden sie nicht ficken!«

»Sie will es doch! Du hast keine logische Begründung, sie nicht zu ficken!«

»Alvaro!« *Oh, jetzt spricht er schon meinen ganzen Namen aus. Das bedeutet, er meint es ernst!*

»Du willst sie nicht ficken, weil du auf sie stehst, schon klar, aber was habe ich damit zu tun? Ich kann nichts für deine Gefühle und muss nur wegen dir auf dem Trockenen sitzen. Das ist unfair!«, brumme ich und werfe einen Blick auf Enzos Gemälde. Er hat doch tatsächlich vor, dieses hässliche Schloss von außen zu zeichnen. Ich bin froh, wenn wir dieses grauenhafte Zuhause los sind. Das nehme ich auf keinen Fall mit auf die Insel!

»Es wird uns allen nicht guttun, wenn wir uns vor dem Abschied näherkommen!«

Seufzend schaue ich mich in der Werkstatt um und überlege, wie ich meinen Sturkopf von Bruder überreden kann.

Die Werkstatt ist wie leergefegt. Alle seine Bilder sind bereits auf der Insel. Nur noch die Staffelei steht, und ein paar Pinsel und Farben liegen hier herum. Mutter glaubt, er hätte seine heiligen Werke bei einem Wutausbruch zerstört. *Dieses naive Königsweib!*

»Dann soll sie uns wenigstens einen blasen«, schlage ich vor, wodurch ich mir ein genervtes Stöhnen einfange.

»Varo, Bruderherz, mein Fleisch und Blut, lass es, bevor ich *wirklich* wütend werde.«

Ich muss wegen seiner Anrede grinsen. *Mein Fleisch und Blut.* Das ist witzig!

»Aber -«, setze ich an, doch werde sofort durch ein dunkles Knurren unterbrochen.

»Nichts aber! Sag mal, was ist mit dir los? Normalerweise bist du doch der, der ein paar Werte für das Wörtchen *Moral* übrig hat?«

»Und du würdest normalerweise unbedingt unsere süße Aitana ficken wollen. Warum hatten wir beide diesen Sinneswandel?«

Lorenzo ignoriert mich, malt stattdessen mit seinem Pinsel auf der Leinwand herum. Als plötzlich die Tür hinter uns aufgerissen wird, zuckt er zusammen und schmiert eine dunkle Linie über das ganze Bild.

»Verdammt!«, brüllt er wütend, nimmt die Leinwand in die Hände und zerbricht sie auf seinem Knie in zwei halb so große Teile. Dann wirft er sie zu Boden und widmet sich mit geballten Fäusten unserem Cousin.

»Ist das meine Schuld?«, fragt Salvador lässig und betrachtet das kaputte Gemälde.

»Seit wann ist *meine* Werkstatt, *mein* Ruheort, euer Treffpunkt?«, schreit Enzo uns beide an und zeigt abwechselnd mit einem Finger auf uns.

»Mit nacktem Finger zeigt man nicht auf andere Leute!«, scherze ich. Der tobende Blick meines Bruders fällt auf mich. Er ist so aufgebracht, dass ich mich nicht einmal traue, meinen Speichel hinunterzuschlucken.

»Ein weiteres Wort und du kannst dir ein neues Klavier kaufen. Und damit meine ich das Klavier, das auf der Insel steht!«

Ich bin empört. Er könnte meinem brandneuen Baby doch niemals etwas antun, oder?

»Wir beruhigen uns jetzt. Zum Malen hast du noch genug Zeit, Lorenzo, wenn die Sache hier gelaufen ist. Konzentrier dich auf Wichtigeres«, mischt Salvador sich mit ernstem Tonfall ein. Und er hat recht.

Wir haben Wichtigeres zu erledigen, als ein Bild zu malen. *Herzblatt ficken zum Beispiel!*

»Morgen ist es so weit. Die spanische Krone wird fallen. Ich bin bereit, der neue Bundespräsident zu werden. Die Demokratie wird Spanien guttun«, verkündet unser Cousin stolz. Bei seinen Worten läuft es mir kalt über den Rücken. Ich konnte bisher nicht realisieren, dass wir die Geschichte Spaniens verändern und Salvador sie neu schreiben wird. Wir machen aus einer Monarchie eine Demokratie.

Lorenzo und ich werden das Land verlassen. Wir sind schon längst dabei, eine neue Gesellschaft zu gründen und finanzieren das Ganze durch Mitgliedsbeiträge, Clubs und Drogen.

Es wird genial. Wir werden unseren Traum leben und endlich frei sein können.

Was alles schiefgehen könnte, ignoriere ich besser mal.

»Wir sind bereit«, spricht Lorenzo für uns beide, vielleicht sogar für alle, die an diesem Plan teilhaben.

Wir sind nicht wenige. Einige Angestellte aus dem Schloss, unsere Freunde und … Blanka. *Die Nervensäge*. In der Gesellschaft bekommt sie ihr eigenes Schlafzimmer, und am besten suche ich ihr einen Kerl, mit dem sie sich austoben kann.

Denn ich bin da definitiv die falsche Person für. Das Weib muss mittlerweile chronisch untervögelt sein, so selten habe ich sie angerührt.

»Ich komme euch besuchen«, säuselt Salvador und grinst. Ich werde Spanien vermissen, aber es wird keine Chance mehr für uns geben, hierher zurückzukommen. Enzo und ich werden unseren Tod vortäuschen, damit niemand mehr an der Krone festhalten kann. Mit Enzo und mir wird das blaue Blut Spaniens aussterben.

Natürlich hat Salvador ebenfalls die Möglichkeit, König zu werden, aber wir haben uns ganz klar für eine Demokratie entschieden, ohne Könige, ohne einstimmige Befehle, sondern für eine Gemeinschaft und regelmäßigen Wahlen, um zu entscheiden, wer der neue Präsident wird.

»Habt ihr die Briefe verschickt?«, frage ich unsere kleine Runde.

»Ja, Flavio hat alle Briefe verteilt. Jeder weiß, dass es morgen losgeht.«

»Du darfst morgen mit Aitana keine Zeit verlieren, Enzo. Wir brauchen dich hier!« Mein Bruder nickt, und damit ist alles gesagt.

KAPITEL 24

LORENZO

Die Sonne scheint bereits hell durch einen großen Spalt, den die Gardinen nicht abdecken. Die Strahlen zieren Sweethearts Gesicht. Ihre Wangen wirken rosig, die Lippen sind voll und weich. Ihre Lider sind geschlossen, und es tut mir irgendwie leid, sie wecken zu müssen.

Sie scheint sich wohl zu fühlen. Liegt nackt in meinem Bett und sieht auf eine entspannte Art zufrieden aus.

Ich streichele ihr eine verlorene Haarsträhne aus dem Gesicht, was sie zucken, aber nicht aufwachen lässt.

Sie ist so verdammt hübsch. Sie ist so ein guter Mensch, und ich lasse sie gehen.

Ich lasse sie gehen, weil ich ihr etwas Besseres als unsere Gesellschaft wünsche. Sie braucht keine Mafia in ihrem Leben, und das will Alvaro einfach nicht verstehen.

»Wach auf, Sweetheart«, raune ich ihr sanft ins Ohr. Ihre Lider flackern müde, dann trifft mich ihr verschlafener Blick.

»Wo warst du? Wir … Hatten wir Streit?«, fragt sie während des Gähnens. Ich brauche einen Moment, um ihre Worte in meinem Kopf zu verdeutlichen. Sie spricht von gestern Abend auf dem Aussichtspunkt.

»Wir hatten keinen Streit. Nur eine … Diskussion. Diskussionen sind normal«, beruhige ich sie und drücke ihr einen leichten Kuss auf die Stirn.

Sie lächelt schwach. »Warum bist du gegangen?«

Ich presse die Lippen aufeinander, weil mir keine passende Antwort einfällt. Ich kann ihr nicht die Wahrheit sagen. Kann ihr nicht sagen, dass ich sie nur zu gerne mitnehmen würde und nur wütend war, weil sie mich lieber gehen lässt.

Aber es ist ihr gutes Recht. Ich habe überreagiert.

»Das ist Vergangenheit. Steh auf, wir gehen frühstücken«, sage ich sanft, streiche ein letztes Mal über ihre Wange, bevor ich aufstehe und ihr die Decke vom Körper reiße.

»Hey!«, zischt sie genervt und versucht, an einer Ecke die Decke zu sich zurückzuziehen.

»Aufstehen, Sweetheart.«

Endlich hat sie ihren nackten Körper durch ein wunderschönes Kleid verdeckt. Ich hätte nicht mehr länger die Kontrolle behalten können, denn zu groß ist das Bedürfnis in mir, sie zu nehmen.

Ich will sie meinen Namen schreien hören.

Ich will sie solange ficken, bis sie nicht mehr stehen kann.

Ich will sie so tief nehmen, dass sie wimmert.

Ich will …

Ich werde sie niemals bekommen. Meine Entscheidung, sie freizulassen, steht nach wie vor.

»Ich bin so weit«, sagt sie schließlich nach dem letzten prüfenden Blick in den Spiegel.

Sie folgt mir auf die große Schlossterrasse. Um uns herum zwitschern die Vögel, es duftet nach Sommer, und das gespannte Seidentuch über dem Esstisch schützt uns vor der Sonne.

Alvaro wartet bereits und lächelt uns zur Begrüßung entgegen.

»Du scheinst gut gelaunt zu sein«, stellt Aitana fest und nimmt ihm gegenüber Platz.

»Heute ist ein besonderer Tag. Natürlich bin ich da gut gelaunt«, erwidert mein Bruder und legt lässig die Arme auf dem Tisch ab. Sein Lächeln versiegt nicht, und irgendwas daran macht mir Angst. Zwar ist mein Bruder schon immer der Glücklichere von uns beiden gewesen, aber er weiß genau, was heute ansteht. Man kann nicht *so* glücklich sein, wenn einem klar ist, was alles passieren kann und dass wir unsere Mutter umbringen werden.

Ich sehe ihn aus verengten Augen an, doch er lässt sich von mir nicht beirren. *Er muss doch was planen! Da stimmt was nicht!*

»Lasst uns frühstücken. Ich sterbe vor Hunger.« Aitana winkt mich auf den Platz an der Spitze des Tisches. Ich lasse mich auf dem Stuhl nieder und nehme mir ein frisches Brötchen. Meinen Bruder kann ich kaum aus den Augen lassen. Ich spüre, dass etwas nicht stimmt.

»Was wirst du tun, wenn du gehen darfst?«, fragt Alvaro Aitana.

Sie sieht zu ihm auf und zuckt mit den Schultern. »Ich weiß es nicht. Zu meinen Eltern kann ich nicht gehen. Vielleicht besuche ich meine Tante. Es interessiert mich brennend, ob sie von all dem wusste.«

»Du hast eine Tante? Wo wohnt sie?«

Ich schmiere mein Brötchen und lausche gespannt dem Gespräch.

»In Getafe. Also nicht weit weg von hier.«

»Und was dann?«

»Wenn sie nichts von dem hält, was meine Eltern mir angetan haben, frage ich sie, ob ich erst einmal bei ihr einziehen kann. Wenn sie das nicht möchte, muss ich überlegen, aber ich finde schon etwas. Ich glaube jedoch, dass meine Tante kein Problem damit hat. Ich kam gut mit ihr zurecht.«

»Wenn du einen Job suchst, können wir da etwas für dich einrichten«, mische ich mich ein, doch Aitana schüttelt den Kopf.

»Ich will mein Leben selbst auf die Reihe bekommen. Ohne Vitamin B.«

»Themawechsel«, säuselt Alvaro. »Was war das Beste, das du mit uns erlebt hast?« Er beißt in einen Apfel.

Aitanas Wangen erröten leicht, und ich kann mir denken, welche Erinnerung ihr am liebsten ist. Der Sex mit Alvaro.

»Es gab viele tolle Momente«, lügt sie, weil sie nicht zugeben kann, wie gut der Sex mit ihm war.

»Geht das auch präziser, Herzblatt?« Alvaro bewegt spielerisch die Augenbrauen.

Aitana beißt sich auf die Unterlippe und denkt nach. Sie ist so wunderschön, dass erneut der Drang in mir aufkommt, sie zu behalten. Dieses hübsche

Mädchen kann ich nicht gehen lassen, es geht einfach nicht!

Aber dann wäre sie unglücklich, und das kann ich nicht mit mir vereinbaren.

Sie fährt sich durch ihr dunkelbraunes, langes Haar, bevor sie antwortet. »Wisst ihr, da ich euch sowieso verlassen werde, kann ich ja auch direkt ehrlich sein«, setzt sie an. »Ihr seid Arschlöcher! Was ihr Blanka angetan habt, wird mich vermutlich den Rest meines Lebens verfolgen. Und du, Lorenzo, du hast mir den Arsch verhauen! Hast du eine Ahnung, wie schmerzhaft das war?«

»Es hat dir gefallen«, werfe ich ein und zwinkere ihr nachdrücklich zu.

»Ihr seid schreckliche Menschen. Zumindest oft genug. Leider habe ich mich trotzdem in euch verliebt. In eure Nähe, eure netten Charakterzüge, alles. Ich werde euch unglaublich vermissen. Und ja, euch beide!«

Alvaro sieht sie perplex an, und selbst ich muss schlucken. Diese Worte kamen ... unerwartet. Viel zu unerwartet.

Was soll ich dazu sagen? Wie soll ich reagieren?

»Du hast dich in uns verliebt? In uns beide?«, hakt Alvaro beinah unsicher nach.

Sie ist perfekt!

Herrgott, ich darf sie nicht gehen lassen!

Aitana lehnt sich lässig zurück und verschränkt mutig die Arme vor der Brust. »Ja.« Ihre Wangen nehmen mehr und mehr Röte an.

Mein Bruder sieht zu mir und verengt die Augen für einen winzigen Moment zu schmalen Schlitzen.

Ich weiß sofort, was er damit meint. *Ich soll sie nicht wegschicken!*

»Los, ihr seid dran. Sagt was!«

Ich knabbere an der Innenseite meiner Wange, unschlüssig, was ich antworten soll. Zum Glück kommt Alvaro mir zuvor.

»Wäre Lorenzo nicht, würde ich darum kämpfen, dass du bei mir bleibst, so viel kann ich dir versprechen.«

Romantische Aussagen. Aber wir wissen beide, dass wir keine Menschen für Liebeserklärungen sind. Dazu fehlen uns die passenden Worte.

Wir empfinden Liebe für sie, aber können ihr nicht sagen, wie sie sich anfühlt oder auswirkt.

»Das ist so süß«, erwidert Aitana mit einem herzhaften Lächeln auf den Lippen. Diese Reaktion habe ich nicht erwartet. Alvaro hat doch gar nichts Tolles gesagt. Oder?

Reicht es Frauen, wenn man um sie kämpfen würde?

Aber was bedeutet, ›um sie kämpfen‹ überhaupt? Kann ich darunter auch verstehen, sie zu entführen, damit sie an meiner Seite bleibt? Wäre das zu viel des Guten?

Jedenfalls weiß ich, warum ich schon seit Jahren Single bin! Frauen sind einfach zu kompliziert!

Ich will, dass du um mich kämpfst!

Sehe ich in diesem Kleid fett aus?

Hält mein Make-up noch?

Kannst du mir einen Maserati kaufen?

Warum bist du nicht für mich da, wenn ich dich brauche?

Bin ich verdammt, aber eure Frauenlogik macht mich wahnsinnig.

Schmunzelnd schüttele ich den Kopf, was Aitanas Aufmerksamkeit auf mich lenkt.

»Willst du auch ein paar Abschiedsworte sagen?«, fragt sie, doch im nächsten Moment unterbricht uns Salvador, und ich komme nicht zu einer Antwort.

»Es wird Zeit«, brummt mein Cousin, und Alvaro steht sofort auf, um ihm zu folgen.

Es wird Zeit, Aitana aus dem Schloss zu helfen.

»Ich bin froh, wenn wir hier draußen sind. Es ist gruselig. Und ekelig!«, beschwert Sweetheart sich, während wir durch einen der Geheimgänge gehen, die zur Innenstadt führen.

»Wir haben es bald geschafft«, beteuere ich ihr.

Plötzlich schreit sie auf. Ihre schrille Stimme hallt in den Gängen wider, und ich drehe mich ruckartig zu ihr um. »Was ist?«

»Mach es weg! Mach es sofort weg!«, kreischt sie und dreht sich wild um die eigene Achse.

Ich trete an sie heran, doch außer ein paar Spinnenweben, die über ihrer Schulter und in ihren Haaren hängen, kann ich nichts erkennen.

»Ist es weg?«

Sanft nehme ich ihr Gesicht zwischen meine Hände und zwinge sie mich anzusehen. »Ja, alles weg. Keine Spinne weit und breit.«

»Danke. Ich hasse Spinnen.« Nun lächelt sie wieder, und mir fällt es schwer, mich von ihr zu lösen. Ich habe sie so perfekt, ich könnte sie nur zu leicht küssen. »Gehen wir dann weiter?«

Mein Stichwort sie loszulassen und ihr keinen Kuss auf die Lippen zu hauchen. Ich drehe mich um und gehe wieder voraus.

Die Gänge sind sehr verwirrend – was Absicht ist, damit niemand so schnell in das Schloss vordringen kann. Ich kenne sie jedoch auswendig, weil Alvaro und ich hier als Kinder Verstecken und Fangen gespielt haben. Wobei wir als Teenager in den Gängen lieber Partys gefeiert haben. Das erklärt die ein oder andere Bierflasche, die gegen das Gemäuer gelehnt wurde.

»Es wird komisch sein, mein Leben weiterzuleben. Ohne zurückzusehen, und … ohne euch.« Sie klingt ein wenig bedrückt, doch das kann ich mir allerdings einbilden. Immerhin war *sie* es, die die Freiheit wählte. Die sich dafür entschieden hat, uns zu verlassen.

Ich will also keine Tränen sehen!

Kommentarlos gehe ich weiter. Nach ein paar Minuten erreichen wir endlich das Ziel. Ich drücke eine Mauer auf, spüre, wie die äußerliche Wärme in den kalten Gang dringt, und trete hinaus.

Wir befinden uns in irgendeiner abgelegenen Gasse. Kein Mensch ist zu sehen, aber wenn man genau hinhört, ist das Stadtleben nicht weit entfernt.

Schreiende Kinder, lachende Fußgänger, hupende Autos.

»Ich kann dich nicht weiter begleiten. Wenn mich jemand erkennt, werde ich das Schloss nicht mehr lebendig betreten«, sage ich amüsiert. Die Leute würden sich nur so um ein Bild mit mir reißen. Sie sehen schließlich nicht oft den Prinzen von Spanien. Vor allem die Mädels.

»Danke«, antwortet Aitana und presst bekümmert die Lippen aufeinander. Sie sieht mich einige Sekunden lang an, dann wendet sie den Blick zu Boden, und ich tue, was ich tun muss. Ich nehme ihr Gesicht zwischen meine Hände und küsse sie. Es ist der beste Kuss, den wir je hatten und je haben werden. Er ist innig wie eine Art Versprechen, dass es nicht unser letztes Treffen sein wird.

Sie erwidert den Kuss und öffnet sinnlich die Lippen, damit meine Zunge ihre umspielen kann. *Es ist ein Versprechen. Man sieht sich immer zwei Mal im Leben. So sagt man das doch, oder?*

Sie versucht, mich bei sich zu halten und den Kuss zu intensivieren, aber ich kann nicht. Mir bleibt keine Zeit, ich muss zurück ins Schloss, wo *der Plan* bereits in vollem Gange ist.

»Hör mir gut zu, denn ich sage Folgendes nur einmal, verstanden?« Sie nickt, und ich muss gestehen, dass es mehr Überwindung kostet, ihr meine Gefühle zu offenbaren, als ich dachte. »Du bist ein wunderschönes Mädchen mit all deinen Kurven und Rundungen. Dein Körper ist eine Bombe, dein Gesicht ist perfekt. Ich liebe deine Lippen, deine Augen, deine Haare, deinen Duft.« Sie riecht ein bisschen nach Erdbeere. »Ich wollte nicht mit dir schlafen, weil meine Gefühle mit mir durchgegangen sind und ich befürchtet habe, dich nicht mehr loslassen zu können. Dabei würdest du so gut in meine Welt passen, in mein Leben. Ich habe mich so unbeschreiblich in dich verliebt, dass ich keine Worte dafür finde. Es fällt mir schwer, dich gehen zu lassen, aber ich tue es für dich. Nur für dich, weil ich dich zu sehr mag, um dich bei mir zu halten.«

Da sind sie. Die Tränen, die ich nicht sehen wollte. Anscheinend haben meine Worte ihr Herz berührt. Sie sollte sich definitiv geschmeichelt fühlen, denn so was hat noch kein Mädchen von mir zu hören bekommen!

Ich wusste nicht einmal, dass ich dazu überhaupt in der Lage bin!

Ich schließe sie in meine Arme und gebe ihr den Halt, den sie für unseren Abschied braucht. Sie seufzt leise gegen meine Brust, dann sieht sie aus glasigen Augen zu mir hoch. Ihre Mascara ist kaum verlaufen.

»Ich wollte nicht heulen. Ich habe wegen dir schon zu viele Tränen vergossen!«, protestiert sie mit einem schmalen Lächeln auf den Lippen, und ich muss schmunzeln, da sie recht hat.

»Ich hab noch etwas für dich«, sage ich und lasse sie los, um an meine Hosentasche zu kommen. Ich ziehe einen zusammengefalteten Zettel heraus und gebe ihn ihr.

»Was ist das?«, fragt sie, ehe sie anfängt, ihn auseinanderzufalten. Mit großen Augen betrachtet sie die Zeichnung darauf. Ich habe sie gemalt, als sie geschlafen hat. Sie sieht auf diesem Bild so friedlich aus.

»Das ist wunderschön. Danke!«, antworte sie, hält das Bild einige Sekunden gegen ihre Brust und faltet es schließlich wieder zusammen.

»Ich habe noch etwas.« Aus meiner Hosentasche fische ich eine kleine, feste Karte. »Darauf ist genug Geld, damit du dein Traumstudium finanzieren und dir noch eine Wohnung leisten kannst.«

Ich überreiche ihr die Karte. Sie mustert sie kurz, doch will sie mir direkt wieder zurückgeben. »Das kann ich nicht annehmen.«

Jetzt sei nicht so bescheiden, Sweetheart. Ich schenke dir mehrere tausend Euros und du willst sie nicht?

»Keine Widerrede! Sieh das Geld als Entschädigung für die Freiheitsberaubung.« Ich muss grinsen, weil *Freiheitsberaubung* schlimmer klingt als das, was Aitana erlebt hat. Ich würde sogar behaupten, dass sie Spaß bei uns hatte.

»Ich kann dir gar nicht genug danken.«

Ein letztes Mal umarme ich sie, bevor sie sich auf den Weg in die Stadt macht und ich den Geheimgang zurücklaufe.

Ich habe ihr nicht hinterher gesehen. Es reicht mir, wenn ich in ein paar Tagen realisiere, dass sie endgültig verschwunden ist. Das muss nicht jetzt sein.

KAPITEL 25

ALVARO

Während ich auf dem Weg ins Schlafzimmer meiner Mutter bin, kann ich meine Gedanken, die sich um Aitana kreisen, nicht verdrängen. In meiner Magengegend hat sich ein stechender Schmerz ausgebreitet, weil Lorenzo sie gehen lassen wird. Ich kann kaum glauben, dass mein eigentlich so böser Bruder ihre Gefühle über seine eigenen stellt.

Immerhin will er sie genauso sehr behalten und mit in die neue Gesellschaft nehmen wie ich. Und am liebsten würde ich ihm für diese ›Gutmütigkeit‹ an die Kehle springen.

Ich klopfe an Mutters Tür. Aus dem Inneren kann ich deutlich hören, dass sie sich übergibt. Das Rattengift, das ich in ihre Schlaftabletten gefüllt habe, scheint zu wirken. Ich wollte sie über den Tag ans Bett fesseln. Zwar hätte das Gift sie auch früher oder später gekillt – was auch eigentlich mein Plan war –, aber uns rennt die Zeit davon.

Die Krone und ihre Königin werden heute fallen. Es ist der Tag der Abrechnung. Der Tag der Vergeltung. Ich kann Mutter nun mit all dem Hass, den sie seit Jahren in mir – und meinem Bruder – geschürt hat, umbringen. Ich werde ihr Leben beenden, so wie sie meines mit ihrer harten Art immer und immer wieder beendet hat.

Es war nur eine Frage der Zeit, bis Lorenzo und ich uns rächen würden. Dass wir noch dazu den genialen Plan mit dem Sturz der Monarchie hatten, war reiner Zufall. Aus dieser Vorstellung wurde ein deutliches Bestreben. Und nun stehe ich hier. Obwohl eigentlich Lorenzo sie umbringen wollte – aber der ist ja mit Herzblatt beschäftigt.

»Herein!«, ruft Mutter geschwächt. Ich öffne die Tür und trete ein. Es riecht nach Kotze, und ich versuche, den Geruch zu verdrängen, bevor ich noch mitmache. Ich kann das nicht sehen, hören oder riechen, wenn sich jemand übergibt.

»Alvaro, mein Schatz. Wünschst du mir gute Besserung?«, fragt sie mit offener, freundlicher Miene, doch ich gehe erst gar nicht darauf ein. Zu groß ist mein brennender Hass, den ich auf sie hege.

»Du hast mir mein Leben ruiniert.«

Ihr Lächeln vergeht. »Wie meinst du das?«

Ich muss laut auflachen, weil es so dumm von ihr ist, sich nicht mehr an alles, was sie mir oder meinem Bruder je angetan hat, zu erinnern.

»Soll ich vorne anfangen?«

»Ja, ich will wissen, was du dich wagst, mir zu unterstellen!«, faucht sie wegen meiner Worte.

Ich laufe vor ihrem Bett auf und ab, habe die Hände konzentriert hinter dem Rücken verschränkt und ignoriere Mutters Blick auf mir.

»Die ganzen Regeln und Pflichten lasse ich einfach mal weg, ich denke, die sind dir im Kopf hängengeblieben, aber da wäre zum Beispiel die Sache mit Mina.«

»Mina?!«, zischt sie. »Komm mir nicht mit der!«

»Das ist der Punkt, Mutter. Du weißt, wie gern ich sie hatte. Wir waren dabei, ein Paar zu werden, und nur weil *du* sie nicht mochtest, hast du sie beleidigt, beschimpft, aus dem Schloss verbannt! Du hast dieses Mädchen so sehr verletzt, dass sie sich weder mehr in meine Nähe getraut hat, noch konnte sie danach klar denken. Sie musste zu einem Psychologen!«

»Das ist schon Jahre her!«, winkt sie ab, doch ich schüttele den Kopf.

»Trotzdem konnte ich das nie vergessen! Und dann schaffst du mir Blanka an. Hast du dir den Charakter von ihr eigentlich mal genauer angeschaut? Sie passt weder zu mir noch zur Krone. Du glaubst es nur, weil sie dir Honig ums Maul schmiert. Verdammt! Sie wollte sogar Aitana töten!«

Ihre Augen weiten sich ungläubig.

»Dann gab es da deine dämlichen Bestrafungsmethoden, wenn Enzo und ich uns nicht an Regeln gehalten haben. Wie oft hast du meinen Bruder in den Keller gesperrt, weil du dachtest, er würde mir den Thron rauben? Du warst, was das betrifft, kein bisschen besser als Dad. Er hat versucht, Lorenzo umzubringen, weil er ebenso in dem Glauben festhing, er würde mir schaden, nur um König zu werden. Du hast nichts getan! Du hast ihn leiden lassen, hast ihn tagelang in ein Verlies zu den Ratten geworfen. Dad hat ihn sogar verprügelt! Mehrmals! Welche Mutter lässt das zu?«

Sie wirkt sprachlos, schluckt deutlich laut und muss meine Anschuldigungen scheinbar erst verarbeiten. Ich gebe ihr keine Chance, um sich zu verteidigen, sondern werfe ihr weiter alles an den Kopf, was mir einfällt.

»Du und Dad seid so besessen von der Macht, dass ihr sogar Salvadors Eltern umgebracht habt. Deine eigene Schwester! Zur Hölle mit euch! Ich wundere mich sowieso schon lange, warum er überhaupt noch leben darf. Verrätst du mir das?«

Mutter richtet sich schwach auf, um zu antworten. »Damit er euch ersetzen kann, falls ihr nicht tut, was ich sage und jetzt verschwinde, bevor ich dich hinausgeleiten lasse! So was muss ich mir nicht von dir anhören, Alvaro!«

»Du magst Salvador doch gar nicht?«

»Als Mittel zum Zweck reicht er.« Sie zuckt ausdrucksstark mit den Schultern.

In mir bahnt sich all die Wut an, die sich seit Jahren in mir angestaut hat. Ich hasse Mom! Ich hasse sie so sehr, dass ich ihr Leben auf der Stelle beenden werde!

Ich stürme auf das Bett zu, reiße ihr das Kissen unter dem Kopf weg, was sie mit einem erschrockenen Seufzen kommentiert und drücke ihr es auf das Gesicht. Ihre Arme zappeln, versuchen, nach mir zu schlagen, doch es gelingt ihr nicht. Sie umgreift meine Handgelenke, aber ich bin so viel stärker als sie.

Ich verliere die Kontrolle über mein Handeln, drücke das Kissen fester, sodass es für sie unmöglich wird, Luft zu holen. Ihre Beine treten aus, aber das bringt ihr absolut nichts. Wenn ich es mir nicht einbilde, schreit sie sogar. Dabei sollte sie sich den

Atem sparen, denn er wird ihr in der nächsten Minute ausgehen.

»Du verfluchtest Miststück!«, brülle ich ihr entgegen und hoffe, dass sie jedes einzelne Wort versteht. Wenn sie in die Hölle kommt, soll sie sich an diesen Augenblick klar und deutlich erinnern. Sie soll spüren, wie sehr ihre Söhne sie gehasst haben, als sie noch am Leben war.

Sie soll leiden, so wie wir gelitten haben!

Meine Finger verkrampfen sich, meine Arme spannen sich an, und ich lehne mich mit all meinem Gewicht auf das Kissen. »Gib endlich auf!«

Ihr Griff um meine Handgelenke lockert sich, ihre Beine werden ruhig und auch ihr Oberkörper hebt und senkt sich nicht mehr.

Ich warte noch eine weitere Minute, um sicherzugehen, dass sie auch wirklich tot ist. Dass sie wieder zum Leben erwacht, wäre das Schlimmste, das ich mir vorstellen könnte.

Sie bleibt regungslos unter mir, auch nach einer weiteren Minute. Ich nehme das Kissen von ihrem Gesicht und sehe in ihre blassen Augen. Dann nehme ich ihre Hand, um ihren Puls zu prüfen.

Sie hat keinen mehr.

Meine Arbeit ist getan. Und wenn ich nicht zu viel Ehre besitzen würde, hätte ich längst auf sie gepisst, um meiner Tat eine Kirsche oben drauf zu setzen. Aber das tue ich nicht. Sie hat vorerst genug gelitten. Den Rest übernimmt die Hölle für mich.

KAPITEL 26

LORENZO

Schüsse. Überall Schüsse.

Ich schaue um die Ecke, doch muss den Kopf sofort wieder einziehen, da jemand auf mich schießt. Die Kugel prallt an der Wand ab und hinterlässt eine unschöne Macke.

Wie viele Männer meiner Mutter in dem großen Wohnzimmer stehen und die Waffen in meine Richtung halten, weiß ich nicht. Aber wenn ich nicht schleunigst den Rückzug antrete oder meine Männer mir nicht allmählich zur Hilfe kommen, habe ich ein großes Problem.

Ich drehe mich um, suche nach einer Lösung, weil ich in einer Sackgasse gefangen bin. *Scheiße. Wieso führt dieser Flur auch nirgendwo hin?*

Mir fällt der große Lüftungsschacht an der Decke ins Auge. Ich könnte hindurchpassen. Es wird eng sein, aber machbar. Also klettere ich an den Bücherregalen hoch, drücke die Abdeckung ab und ziehe mich mühselig in die Öffnung.

Staub wirbelt mir entgegen, sodass ich husten muss. Die Abdeckung schließe ich hinter mir wieder, was sich als verdammt schwierig herausstellt, da ich mich weder umdrehen noch ansatzweise irgendwie bewegen kann. Vorwärts kriechen ist alles, was mir bleibt.

Unter mir höre ich die Schritte der Männer meiner Mutter. Sie haben sie tot im Bett aufgefunden und den Alarm ausgelöst. Die schrille Glocke ist jedoch erloschen, da Salvador die Drähte durchgeschnitten hat. Leider wurde trotzdem jede einzelne Wache per Funk kontaktiert. Sie jagen jetzt den Mörder. Sie jagen uns! Auch wenn sie keine Ahnung haben, wer *wir* sind, weil wir schwarze Sturmmasken über dem Kopf tragen.

Wir. Der Teil des Schlosses, der dieses Land von der Monarchie befreien möchte. Der Teil, der sich als die ersten Mitglieder der neuen Gesellschaft etabliert.

Ich habe keinen blassen Schimmer, wo dieser Lüftungsschacht hinführt, und habe Angst, in eine Sackgasse zu geraten. Denn umdrehen ist keine Option.

»Hört ihr das?«, nehme ich eine dumpfe Stimme unter mir wahr. Sofort halte ich inne. Sie dürfen nicht wissen, dass ich hier bin.

»Ich höre gar nichts.«

»Ich auch nicht.«

»Wir gehen weiter!«

Laute Schritte verstummen langsam, und erst, nachdem erneute Schüsse fallen, krieche ich weiter.

Was eine Scheiße.

Blödes Schloss.

Blöde Wachen.

Das ist unter meiner Würde, verflucht!

Dass es stockdunkel ist, stört mich nicht, jedoch bin ich ein kleines bisschen erleichtert, als ich Licht am Ende des Schachts erkennen kann.

»Ist da jemand im Lüftungsschacht?« Es ist dieselbe Stimme wie eben. *Ich dachte, sie wäre weit genug weg?!*

Plötzlich knallt es laut, und eine Kugel fliegt vor meinem Gesicht durch den Lüftungsschacht hindurch. Die Idioten versuchen, mich blind zu erwischen, indem sie von unten nach oben ballern. *Diese Wichser!*

Zügig steuere ich das Ende des Schachts an, was zufolge hat, dass noch mehr Schüsse in meine Richtung fliegen.

»Wo führt der Schacht hin?«

»Ins Schlafzimmer des Thronprinzen.«

»Beeilung!«

Fuck, fuck, fuck!

Mit beiden Händen stoße ich die Abdeckung weg und schaue hinunter in Alvaros Zimmer. Der Lüftungsschacht sitzt ziemlich weit oben, aber sein Bett wird mich abfedern.

Ich lasse mich fallen und lande auf dem krachenden Bett. *Das war's dann mit dem Lattenrost.*

»Hände hoch, sofort!« Die Tür wird aufgerissen und drei Männer stürmen den Raum. Ihre Maschinenpistolen sind auf mich gerichtet und ich beginne, mich dezent unwohl zu fühlen.

Wie soll ich aus dieser Nummer wieder rauskommen?

Schlagartig fallen Schüsse, und ich spüre bereits, wie das Leben aus meinem Körper weicht. Ich schließe die Augen und hebe eine Hand, lege sie mir auf die Stirn, um wenigstens gut auszusehen, während ich sterbe. *Ach, ich trag doch eine Sturmhaube! Na ja, was solls.*

»Bist du immer so dramatisch?«, erklingt eine bekannte Stimme an meinem Ohr. Ich reiße die Augen wieder auf, setze mich hin und erkenne Salvador. Er gehört definitiv nicht hierhin. Was macht er denn bloß?

»Du sollst im Büro sitzen und warten!«, beschwere ich mich.

»Da war ich auch. Dann habe ich über die Überwachungskameras gesehen, dass du kurz vorm Abdanken bist und entschieden, dir zu helfen.« Er deutet beiläufig auf die Leichen, die blass am Boden liegen. Unmengen an Blut rinnt aus ihren Körpern. »Hier.« Er wirft mir einen Colt zu, damit ich mich von nun an verteidigen kann.

Ohne Waffe kommt man aktuell nicht weit, und ich will – *wenn möglich* – das Schloss lebend verlassen.

»Danke«, antworte ich und werfe ihm einen ernsten Blick zu. »Hast du Varo gesehen? Wir wollten uns im Geheimgang zum Hafen treffen, aber er war nicht da.«

Nur wegen ihm bin ich überhaupt zurück ins Schloss gekommen. Sonst wäre ich von der Stadt aus direkt zum Hafen gegangen und hätte mir die Schießerei erspart.

»Ich dachte … ihr habt Aitana gemeinsam freigelassen?«

»Nein, mein Bruder sollte die Führung im Schloss übernehmen. Unsere Männer anführen, das Personal zum Hafen bringen und anschließend mit mir verschwinden.«

»Warum ist Alvaro dir dann nachgegangen?«

»Wie meinst du das?« Verwirrt hebe ich eine Augenbraue an.

Schlagartig erklingen Schüsse und wir verstecken uns hinter dem Bett. Ein paar Wachen sind uns ganz nah. Hoffentlich finden sie uns nicht.

»Alvaro ist ungefähr zehn Minuten nach dir denselben Weg gegangen. Ich dachte, ihr seid zusammen unterwegs oder trefft euch in der Stadt.«

»Nein! Wo zur Hölle ist Alvaro?!«, brülle ich. Etwas zu laut, denn nun stürmen Wachen in das Zimmer. Wir ziehen die Köpfe ein, als die ersten Kugeln in unsere Richtung fliegen.

»Wartet! Das ist Salvador!«, ruft eine Wache aus, und sie stoppen das Feuer auf uns. Dass sie ihn bei seinem Vornamen nennen, finde ich grauenhaft. Es klingt, als hätten sie keinen Respekt vor einem Mitglied der Krone, aber mein Cousin stellt sich eben nur mit Salvador vor.

Das würde ich niemals tun.

»Salvador?«, fragt eine Wache und mein Cousin hebt eine Hand. Ich verdrehe die Augen.

»Ja, ich bin's. Könntet ihr das nächste Mal erst gucken, auf wen ihr schießt, bevor ihr abdrückt?« Er steht auf und dreht sich zu den Männern meiner Mutter um. Ich bleibe versteckt.

»Es tut uns unglaublich leid, Sir.«

»Schon gut.« Er richtet seine Waffe auf die Männer und erwischt sie mit drei gezielten Treffern.

Ich höre, wie ihre Körper zu Boden fallen und laut aufschlagen. Dann stehe ich ebenfalls auf.

»Zu deiner Frage: Ich habe keine Ahnung, wo Alvaro ist. Vermutlich bereits am Hafen. Du solltest auch endlich von hier verschwinden, Enzo.«

Wir verlassen das Schlafzimmer und joggen den Flur entlang. Aus der Ferne hallen weitere Schüsse zu uns. Wir müssen vorsichtig sein.

Der Geheimgang zum Hafen ist im Vorratskeller des Schlosses. Um dahin zu gelangen, muss ich drei Stockwerke schaffen, ohne getötet zu werden.

Klingt nach einem Kinderspiel, oder?

KAPITEL 27

LORENZO

»Ich schaffe das alleine!«, beteuere ich Salvador, der skeptisch das Gesicht verzieht. »Dich darf niemand an meiner Seite sehen. Ich bin der Böse, schon vergessen?«

»Ist ja gut, aber pass bitte auf dich auf!« Er klopft mir brüderlich auf die Schulter, bevor sich unsere Wege trennen.

Ich sprinte die erste Treppe hinunter, nur um in den Armen von einer Wache zu landen. Sie schnürt mir mit den Händen die Kehle ab und versucht, mich zu Boden zu drücken. Ich greife nach dem Colt, den ich mir in die Hose geschoben habe, und drücke ihn gegen seinen Bauch gerichtet ab. Damit er auch wirklich stirbt, schieße ich ihm ein zweites Mal in den Kopf. Er sackt in sich zusammen, und ich kann weitergehen.

Die Eingangstreppe liegt am Ende von diesem Flur. Ich muss nur die Beine in die Hand nehmen und schon bin ich dort.

Ich sprinte auch diese Treppe hinunter und bewege mich auf die Kellertür zu. Meine Hand nimmt den Griff, doch plötzlich werde ich umfasst und gegen die Wand gepresst.

Wieder befinden sich Hände an meiner Kehle.

Warum wollen sie mich allesamt erwürgen. Es gibt so

viel spannendere Möglichkeiten, jemanden umzubringen!
Ich balle meine Hände zu Fäusten und schlage meinem Angreifer mehrfach in den Bauch. Er keucht zwar laut, lässt mich allerdings nicht los. *Ein hartes Kerlchen.*
Der nächste Fausthieb landet in seinem Gesicht. Und dann gibt es noch den guten alten Tritt in die Eier von mir.
Er lässt mich los, fällt auf die Knie, und ich nutze die Gelegenheit, auch ihn zu erschießen. Sein Gesicht erstarrt, und er fällt zu Boden. Blut rinnt aus seinem Kopf, was eine Pfütze auf den schönen weißen Fliesen hinterlässt.
Schließlich öffne ich die Kellertür und gehe die letzten Treppen hinunter.
»Da runter! Dort muss er sein!«, höre ich hinter mir. Laute Schritte folgen den Worten und ich beeile mich, die Geheimtür aufzudrücken.

Sie sind mir auf den Fersen. Sie haben den Geheimgang gefunden. *Scheiße!* Kugeln prallen an den Steinwänden neben mir ab.
Ich atme und atme, doch langsam dringt keine Luft mehr in meine Lunge. *Ich kann nicht mehr.* Meine Beine brennen vor Erschöpfung, und auch als ich den Gang verlasse und endlich den Hafen vor meinen Augen sehen kann, bleibt mir keine Zeit zum Verschnaufen.
Ich sprinte den Schotterweg hinunter, betrachte unsere Yacht, die am Steg anliegt. Außerdem ist da … mein Bruder!

»Starte die Yacht!«, schreie ich. Weitere Kugeln fliegen mir entgegen, aber Alvaro kann mich noch nicht hören. »Starte die Yacht und verschwinde vom Deck!«

Warum hat dieser Idiot seine Maske abgezogen? Wenn die Wachen ihn erkennen ...

Meine Knie werden weich. Ich habe kaum noch kraft. »Starte die Yacht!«, wiederhole ich. Zu meinem Glück hört er mich diesmal und tut wie ihm befohlen. Er gibt dem Kapitän das Startsignal und löst die Leinen.

Ich erreiche den hölzernen Steg, der von Schüssen durchlöchert wird. Meine Männer, die bewaffnet auf der Yacht warten, geben mir Rückendeckung, indem sie zurückschießen.

»Beeil dich!«, ruft Alvaro mir zu. Die Yacht fährt bereits los. Ich nehme all meine letzte Kraft zusammen und ... springe.

Der Aufprall auf dem Deck ist hart. Ich liege auf dem Rücken, habe die Augen geschlossen und schnaufe vor Erschöpfung.

Ich hätte sterben können. Ich war so kurz davor!

»Enzo, du blutest! Komm, steh auf!« Mein Bruder nimmt meine Hand und zieht mich auf die Beine. Im nächsten Moment spüre ich einen Schmerz in meiner Schulter, der wohl durch das Adrenalin verborgen wurde.

»Fuck!« Über ein spiegelndes Fenster betrachte ich meinen Rücken und meine rechte Schulter, aus der massig Blut rinnt. Die Wachen haben mich tatsächlich getroffen, und ich vermute, dass die

Kugel noch in mir steckt. Genervt ziehe ich meine Maske ab und werfe sie in die nächste Ecke.

»Der Arzt ist bereits auf der Insel, aber ich kann dir helfen«, schlägt Alvaro grinsend vor. *Das kommt ihm recht, seinen Bruder quälen zu dürfen.*

»Ich kann warten. Der Kapitän soll Doktor Caldera anfunken und ihr davon berichten.«

»Enzo«, tadelt er mich. »Du hast genug Blut verloren! Lass mich die Kugel rausholen und die Wunde versorgen.«

Laut seufzend willige ich ein und folge ihm unter das Deck. Auf der großen Couch nehme ich Platz und warte darauf, dass Alvaro mit einem Verbandskasten zu mir stößt.

»Was zum Teufel hast du angestellt?!«, höre ich Blankas nervtötende Stimme einen Raum weiter.

»Kannst du etwas leiser reden?«, kommt von meinem Bruder zurück, und sofort lenkt das Gespräch meine Aufmerksamkeit auf sich.

»Du bist nicht mehr ganz bei Trost!«

»Misch dich nicht in Dinge ein, die dich nichts angehen, Blanka, sonst wird das übel für dich enden!« Er klingt wütend.

»Wie willst du das deinem Bruder erklären?«

Meine Ohren werden spitzer. *Mir was erklären? Was hat Alvaro getan?*

»Lass das meine Sorge sein. Jetzt geh mir aus dem Weg.«

Eine Tür wird geknallt, dann erscheint mein Bruder vor mir mit einem Verbandskasten in der einen Hand und einer Flasche Champagner in der anderen.

»Ich habe kein Schmerzmittel gefunden, aber der Champagner wird diese Aufgabe übernehmen.« Er grinst noch wie eben. Hätte ich das hitzige Gespräch nicht selbst gehört, könnte man behaupten, er hätte nie mit Blanka diskutiert. Und das ist kein gutes Zeichen. Er verheimlicht mir etwas. *Soll ich warten, bis er es von sich aus erzählt oder ihn darauf ansprechen?* Aus einem der hohen weißen Schränke nimmt er zwei Champagnergläser heraus und stellt sie auf dem kleinen Couchtisch vor uns ab. Vorsichtig öffnet er die Flasche und schenkt ein.

»Auf unseren gelungenen Plan!« Er reicht mir mein Glas, und wir stoßen an. Ich trinke sofort alles auf Ex, um die Schmerzen zu betäuben und ignoriere dabei, dass dieser Champagner mehrere tausend Dollar kostet.

»Noch ist die Gefahr nicht gebannt«, erinnere ich Alvaro. »Wir müssen die Medien verfolgen und warten, was Salvador zu sagen hat.«

»Ich weiß, aber was soll denn noch schief gehen? Das Schlimmste haben wir hinter uns!« Er stellt sein Glas ab und hilft mir, mein Shirt loszuwerden. Ich spüre, wie das warme Blut aus meinem Körper meinen Rücken hinunterläuft und erschaudere. »Dir wird es gleich besser gehen.«

»Diese Idioten. Wenn sie wüssten, dass sie auf den Prinzen geschossen haben, würden sie vor Angst -«

»Du bist nicht länger der Prinz. Wir sind nicht länger die Krone von Spanien, vergiss das nicht.«

Ich verdrehe die Augen und spanne mich schmerzerfüllt an, ehe Alvaro mit einer Zange an meine Wunde kommt.

»Halt still und bleib locker. Ich bekomme das hin.«

»Wieso vertraue ich dir damit nicht?«, witzel ich und atme tief durch.

»Ich war bei den Streitkräften. Ich habe also einen erstklassigen Hilfekurs machen müssen. Trink noch einen Schluck, das entspannt, Enzo.«

Ich tue, was er sagt, schenke mir mühselig mit einer Hand nach und exe das Glas erneut. Es dauert keine zwei Minuten, bis ich die erste Wirkung spüre und mir langsam nach glücklich sein zumute ist.

»Na los, hol sie jetzt raus«, raune ich und deute auf meine Schulter. Alvaro nimmt neben mir Platz und betrachtet die klaffende Wunde. Langsam nähert er sich mit der Zange und dringt schließlich ein. Ich presse die Zähne aufeinander und verziehe schmerzlichst das Gesicht. Schnell fülle ich mein Glas nach und trinke es aus.

»Nicht so viel, Enzo. Der knallt dir sonst den Kopf weg!«

»Ach, das geht schon«, säusele ich und muss grinsen. Ich kann es nicht ändern, ich ignoriere den Schmerz und grinse vor mich hin.

»Ich hab sie!«, verkündet mein Bruder und lässt die Kugel auf den Tisch fallen. Unter meinem Blut versteckt sich das glänzende Messing.

Umso mehr ich mich auf die Patrone konzentriere, umso verschwommener wird meine Sicht. Ich greife nach der Flasche und lasse den teuren Champagner meine Kehle hinunterlaufen.

Bis Alvaro mir die Flasche aus der Hand reißt.

»Das reicht!«

Mir fällt nichts anderes ein, als darüber zu lachen. »Bist du meine Mutter? Ach nein, die ist ja tot!« Ich lache lauter, obwohl es überhaupt nicht witzig ist. »Genauso wie mein Vater. Weil ich ihn getötet habe.« Ich klaue mir die Flasche zurück und schaffe es, weitere drei volle Züge davon zu trinken, bis Alvaro sie brutal von meinem Mund raubt und sie gegen die nächste Wand donnert. »Bist du bescheuert? Weißt du, wie viel Alkohol da drin ist?«, zischt er.

»Viel!«, lalle ich, ohne das mein Lachen versiegt.

»Ich muss die Wunde verbinden, würdest du also bitte nochmal still halten?« Er klingt plötzlich ernst, und wenn mich nicht alles täuscht, sieht er mich wütend an. Ich kann mich aber auch irren, weil sich auf einmal mein ganzer Kopf dreht.

Oder drehe ich mich?

Dreht die Yacht sich?

Ich dachte, ich wäre mehr Alkohol im Blut gewöhnt?

»Das ist gutes Zeug. Aber du hast ... du hast ... es ... kaputt gemacht«, murmle ich feststellend und betrachte die zerbrochene Flasche am Boden. Der gute Champagner ist auf dem teuren Holzboden zerflossen.

»Fertig. Das sollte halten, bis wir die Gesellschaft erreichen. Ich gebe Doktor Caldera Bescheid, dass sie direkt auf die Yacht kommt, wenn wir anlegen.«

»Danke. Du bist wirklich ein großartiger … Zwilling … Zwillingsbruder. Ich … Ich habe gar nichts gespürt! Es tat gar nicht weh«, nuschele ich und halte mich an Alvaros Schulter fest. Sonst würde ich nach hinten umkippen und in einen tiefen Schlaf verfallen. Und ich will jetzt nicht schlafen!

»Dass du nichts gespürt hast, liegt wohl kaum an mir«, erwidert er schmunzelnd.

»Trotzdem.«

»Da du gerade so glücklich bist, muss ich dir etwas beichten.«

Ist es das, worüber er mit Blanka gesprochen hat? Was hat er angestellt? So schlimm wird es nicht sein.

»Kannst du laufen?«, fragt er, und ich nicke entschlossen. Auf meinen Beinen stehend taumle ich meinem Bruder mehr hinterher, als ich wirklich laufe. Nach jedem Schritt muss ich mich an der Wand abstützen, um nicht hinzufallen, und meine Knie fühlen sich taub an.

Am Ende des Flures bleibt Alvaro stehen. Er sieht mich entschuldigend an und öffnet die Tür eines Schlafzimmers. Im Bett liegt ein Mädchen, das ich durch meinen verwaschenen Blick nicht erkenne.

»Deine neue Hure?«, frage ich, statt mich dem Mädchen zu nähern.

»Verdammt, Enzo! Das ist Aitana! Bist du so betrunken?«

Verdammt, Enzo! Das ist Aitana! Bist du so betrunken? Seine Worte hallen in meinem Kopf wider, doch die Informationen dahinter wollen nicht bei mir ankommen.

»Das ist Aitana? Wie … kommt sie hier … her? Ich … Ich habe sie … gehen lassen.« Mir fällt das Sprechen schwer, meine Zunge fühlt sich taub und schwer an.

»Ich bin dir gefolgt und habe sie entführt.«

Plötzlich kann ich nicht anders. Ich lache so laut los, dass mich jeder auf der Yacht hören muss. Ich halte mich am Türrahmen fest und umfasse meinen Bauch, der bereits vor Lachen schmerzt.

»Du hast Aitana entführt? Schon klar!«, sind meine letzten Worte. Dann schalten sich meine Lichter aus.

KAPITEL 28

AITANA

Es ist stockdunkel. Ich könnte meine eigene Hand vor Augen nicht sehen, wäre sie nicht gefesselt, und alles in mir zieht sich ängstlich zusammen.

Ich war frei. Lorenzo hat mich gehen lassen. Er hat sich von mir verabschiedet und mir noch eine Kreditkarte mit auf den Weg gegeben.

Doch dann …

Mir wurde ein Tuch vor den Mund gehalten. Ich bin schneller in mir zusammengesackt, als ich hätte aufschreien können. Irgendjemand hat mich entführt. Mich hierher gebracht – wo auch immer dieses Hier ist.

»Hallo, Herzblatt«, knurrt jemand aus der Dunkelheit, und anhand dieses Kosenamens weiß ich sofort, wer er ist.

»*Alvaro*«, zische ich. Unaufhaltsame Wut bricht in mir Bahn. Er hat mich entführt! Er hat mich zurückgeholt, obwohl Lorenzo mich gehen lassen hat. *Was würde er wohl dazu sagen?*

»Richtig geraten.« Rollladen öffnen sich wie automatisch, und die Sonne erhellt den Raum, so wie Alvaros feixendes Gesicht. Grinsend sieht er mich an, nimmt auf einem braunen Ledersessel Platz und verschränkt lässig die Hände ineinander.

»Was willst du von mir?« Ich funkele ihm wütend entgegen und kann gleichzeitig kaum meine Fassung wahren, so verletzt bin ich von seiner Aktion.

»Ist das nicht offensichtlich? Ich will dich bei mir behalten. Ich kann dich einfach nicht gehen lassen. Und wenn mein Bruder ehrlich zu sich selbst wäre, hätte er dich erst gar nicht freigelassen.«

Mit dieser ehrlichen Antwort habe ich überhaupt nicht gerechnet. Einen Moment lang weiß ich nicht, was ich erwidern soll.

»Wo ist er?«

»Enzo hatte zu viel Champagner, er schläft. Aber das ist gut. Dann kann Doktor Caldera ihn versorgen.«

»*Doktor*? Ist mit ihm alles okay?« Ich sollte mich lieber um mich selbst kümmern, als mich nach Lorenzo zu erkundigen, doch vielleicht ist er auch dieses Mal meine Rettung. Er wird mich erneut freilassen, oder?

»Er wurde angeschossen. Nichts Schlimmes.«

Ich blinzle irritiert. »Wie lange war ich denn bewusstlos?«

»Gute fünfzehn Stunden. Kann auch länger gewesen sein, ich habe nicht auf die Uhr gesehen.«

»Trägst du die Rolex nur als Dekoration?«, zische ich ihn an.

Er schmunzelt und steht auf. »Noch wird Lorenzo nichts von deiner Entführung halten, aber das werde ich ändern.« Verträumt schaut er aus dem Fenster. Außer einen blauen Himmel erkenne ich gar nichts.

Wo auch immer ich bin, das Zimmer liegt in der Höhe.

»Alvaro?!«, schreit plötzlich jemand außerhalb des Zimmers. Wenn mich nicht alles täuscht, ist es Lorenzo.

»O o, dein Bruder scheint wohl aufgewacht zu sein!«, necke ich ihn in der Hoffnung, Lorenzo macht ihm die Hölle heiß.

Die Tür wird aufgerissen und ein verdammt wütender Prinz betritt den Raum. Er beachtet mich gar nicht, sondern marschiert zielstrebig auf seinen Bruder zu, packt ihn am Kragen und drückt ihn donnernd gegen die Wand.

»Entspann dich, Enzo!«, zischt Alvaro nicht mehr ganz so glücklich wie noch vor einer Minute. Ich glaube sogar, dass ihm die Angst auf die Stirn geschrieben steht.

»Ich soll mich entspannen? Ich habe mich im Schloss einem Risiko ausgesetzt, obwohl du längst nicht mehr dort warst, sondern Aitana entführt hast?!«

»Du hast den Alkohol ausgeschlafen.«

»Fick dich, Varo! Was sollen wir denn jetzt mit ihr tun?«

»Sie behalten!«

»Kommt nicht in Frage!«

»Du willst es auch, Enzo. Ich weiß es.«

Lorenzo schüttelt seinen Bruder, ehe er ihn anschreit. »Bist du noch ganz bei Trost?! Wie konntest du das tun? Das ist nicht das Leben, das sie sich gewünscht hat!«

»Sie hat keine Ahnung, was sie will! Das hört man doch schon, wenn man sie danach fragt!«

»Hey! Ich bin auch noch da!«, werfe ich ein, jedoch ignorieren die beiden mich.

»Aber es war ihre Entscheidung, nicht bei uns zu bleiben. Das hättest du akzeptieren müssen!«

»Ist jetzt eh zu spät, also hör auf zu heulen!«, knurrt Alvaro, schiebt seinen Bruder von sich und richtet den Kragen seines Polohemds.

»Raus!«

»Was?« Alvaros Miene verändert sich.

»Raus hier! Und fick dich!« Lorenzo zeigt stur Richtung Tür, und zu meiner Verwunderung tut Alvaro, was man ihm sagt. Er schließt die Tür hinter sich und lässt eine Stille zurück, die mich erdrückt. Lorenzo bleibt wie angewurzelt mit dem Rücken zu mir stehen. Er reibt über seine Schläfen, atmet tief durch und dreht sich anschließend langsam zu mir um.

»Geht es dir gut?«, fragt er leise, ohne mich eines Blickes zu würdigen.

»Der Situation entsprechend würde ich sagen. Und dir?«

»Es ging mir schon besser.«

Smalltalk. Ich hasse Smalltalk. Bedeutet das etwas Schlechtes?

»Kannst du mich losmachen? Alvaro hat die Kabelbinder viel zu fest zugezogen.«

Endlich schaut er auf. Wenn auch nicht in mein Gesicht, so betrachtet er wenigstens meine Hände.

»Versprich mir, dass du nicht wegrennst. Ich habe keinen Nerv dazu, dir hinterherzurennen.«

Ich nicke kräftig. »Versprochen.« Wohin sollte ich auch fliehen? Ich habe keinen blassen Schimmer, wo ich überhaupt bin.

Lorenzo lehnt sich über mich, um die Kabelbinder zu lösen. Ich kann nicht anders, als dabei sein Gesicht zu studieren. *Er ist so wunderschön.*

Mir fällt auf, dass er seine Kontaktlinse nicht trägt. Seine blaue Iris schimmert im Sonnenlicht, während die braune im Schatten liegt.

»Willst du etwas zu trinken? Du musst Durst haben.« Er tritt zurück, und ich kann mich aufrichten und über meine schmerzenden Handgelenke reiben.

»Nein, ich brauche nichts. Ich will nur wissen, wo ich bin und was ihr nun mit mir vorhabt.«

»Ehrlich, Sweetheart? Keine Ahnung! Alvaro hat alles kaputt gemacht. Ich muss nachdenken. Ich muss eine Lösung finden, und solange wirst du hier bleiben müssen.«

»Und wo bin ich? Im Schloss?«

Gedankenverloren bewegen seine Augen sich hin und her. Diese Antwort reicht mir bereits. Ich bin nicht mehr im Schloss, so viel steht fest. Und vermutlich ist es besser, wenn er mir gar nicht erst sagt, wo Alvaro mich hingebracht hat.

Jede Antwort, jedes pikante Detail wird meiner Freilassung im Weg stehen.

»Scheiße«, flucht er nur und wiederholt das Wort wieder und wieder. »Bleib in dem Zimmer. Geh nicht raus, schau nicht aus dem Fenster. Warte, bis ich zurückkomme, okay?«

Sein Befehl erinnert mich an diese eine Karte von Monopoly. *Gehen Sie in das Gefängnis. Ziehen Sie nicht über Los.* So irgendwie ging das doch, oder? Und dieser Ort fühlt sich verdammt nach einem Gefängnis an. Für eine unbestimmte Zeit, in diesem Zimmer zu bleiben, wird mich um den Verstand bringen. Es hat mir gereicht, im Sommerschloss gefangen zu sein, und da konnte ich mich wenigstens noch frei bewegen.

»Okay?«

»Okay«, antworte ich zögerlich. Lorenzo geht auf das Fenster zu und lässt den Rollladen hinunter. Dann schaltet er eine kleine LED-Leiste ein, die sich als einzige Lichtquelle herausstellt. Kurz darauf ist er auch schon verschwunden. Und ich ... ich sitze hier und warte.

Nur worauf?

Ich habe mein Zeitgefühl verloren und langweile mich so sehr, dass ich schon über das Sterben nachgedacht habe. Nicht, weil ich suizidgefährdet bin, sondern weil ich über das Leben nach dem Tod nachgedacht habe.

Gibt es das? Ein Leben nach dem Tod? Eine Reinkarnation?

Gibt es das Schicksal?

Gibt es Gott?

Ich habe keine Ahnung und egal, wie lange ich mir darüber den Kopf zerbreche, ich werde doch keine Antwort finden.

Man muss erst sterben, um es herauszufinden. Aber hat man dann noch ein Bewusstsein?

Das Thema ist mir zu hoch. Ich stehe vom Bett auf, strecke mich und gehe im nächsten Moment an die Zimmertür.

Lorenzo muss seit Stunden fort sein. Es könnte dunkel draußen sein, und ich habe es durch die heruntergelassenen Rollläden nicht mitbekommen.

Ich nehme die Klinke in die Hand und öffne die Tür einen Spalt breit. *Eine Fensterfront.* Ich sehe einen Strand, Wasser, Palmen, Sonnenschein.

Bin ich wieder im Sommerschloss? Nein. Der Strand dort sah anders aus, und diesen Flur erkenne ich nicht wieder. Ich bin woanders.

Kein Festland ist in Sicht. Vielleicht, weil ich am Rande einer Stadt bin oder erneut auf einer Insel, die aber viel weiter vom Festland entfernt liegt als Madrid vom Sommerschloss.

Scheißdreck. Bin ich überhaupt noch in Spanien?

»Ich wusste, dass du zu neugierig bist, um den ganzen Tag im Zimmer zu bleiben.«

Ich zucke zusammen und schaue den Flur entlang. *Alvaro.* Er hat mich gesehen. Er weiß, dass ich etwas weiß! Er weiß, dass ich mich umgesehen habe! *Steht das meiner Freilassung im Weg?* Ich bin so dumm!

»Ich … ähm …«

»Sag nichts, Herzblatt. Du kannst dich umsehen, so viel du willst. Ich werde dafür sorgen, dass du bei uns bleibst. Lorenzo wird nichts für dich tun können. Er kann sich seine Bemühungen also sparen.« Er grinst und kommt auf mich zu. Kurz überlege ich, die Tür zu schließen und nicht auf ihn einzugehen, aber meine Füße sind im Boden verankert.

»Fick dich, Alvaro! Du kannst mir nicht mein Leben und meine Freiheit nehmen!«

Plötzlich drückt er mich an der Kehle gegen den Türrahmen. Ich schnappe erschrocken nach Luft und versuche, ihn abzuwehren, aber er nimmt meine Hände mit einer Leichtigkeit an sich und hält sie über meinem Kopf gefangen.

»Welches Leben? Welche Freiheit? Du hast *nichts* außer einer kaputten Familie, zu der du nicht mehr zurückkannst! Und deine Tante ... Im Ernst? Was willst du da? Ohne Lorenzos kleines Geldgeschenk an dich hättest du nicht einmal ein Dach über dem Kopf und Zukunftsaussichten! Also sag nicht, ich hätte dir irgendetwas genommen!«

Sein vertrauter Duft steigt mir in die Nase, und schlagartig kann ich ihm nicht mehr so böse sein, wie ich es gerade noch war.

Ich hasse, dass ich mich in ihn verliebt habe! Er hat meine Liebe, meine Zuneigung oder sogar meine Aufmerksamkeit nicht verdient!

»Du weißt nichts über mich!«, zische ich tonlos, weil seine Hand meinen Hals fester umschließt.

»Ich denke, dass ich genug über dich weiß. Du solltest dich freuen, dass gleich zwei Männer sich nach dir verzehren und dir ein Leben bieten wollen, dass sich manche Mädchen nicht einmal im Traum vorstellen können.«

»Und du glaubst, Geld sei alles?«

»Wer spricht hier von Geld?«

»Deine Aussage. Sie klingt materialistisch.«

Er muss schmunzeln. »Ich rede nicht *nur* vom Geld. Ich rede von dem Leben, dass wir dir bieten können. Ich rede von der Liebe, die wir dir geben können. Ich rede von dem Sex, der dir jede Nacht geschenkt werden könnte.«

»Ich verzichte!«, fauche ich und wage einen erneuten Versuch, mich gegen ihn zu wehren, doch er hat mich zu fest in seinen Fängen.

»Du entkommst mir nicht, Herzblatt. Niemals.« Sein Knie drängt sich zwischen meine Beine, und ich muss leise seufzen. Er reibt es an meiner Klit, wodurch ich anfange, die Kontrolle zu verlieren.

»Lass das, Varo.«

»Du sehnst dich nach Sex mit uns«, raunt er frivol in mein Ohr. »Mit uns beiden.«

»Das war, bevor du mich entführt hast!«

»Du hast nichts, was du widerwillig zurücklassen musstest. Genieß es einfach. Bitte.«

Ich bin hin- und hergerissen zwischen Lust, Angst und Wut. Was soll ich tun? Die Chance nutzen und bei ihnen bleiben, weil mein Herz danach schreit? Oder fliehen und mich so weit von ihnen entfernen, dass sie mich niemals wieder finden werden, weil mein Bauchgefühl es mir befiehlt?

Aber in einem Punkt hat Alvaro recht: Ich habe nichts, wirklich *gar nichts* zu verlieren!

»Was ist, wenn dieses Leben nicht das Richtige für mich ist?«

»Dann können wir schauen, was wir tun können.«

»Das klingt nicht vielversprechend«, meine ich, doch er zuckt nur mit den Schultern. Er lässt von meiner Kehle ab und neigt den Kopf Richtung Flur. Ich folge seinem Blick und schaue direkt in zwei verschiedene Augenfarben.

»Was zur Hölle wird das?«, knurrt Lorenzo weiterhin kochend vor Wut.

»Wir haben uns unterhalten.« Alvaro lässt meine Hände los und entfernt sich einen Schritt.

»Man kann weder dich«, Enzo zeigt auf seinen Bruder, »noch dich alleine lassen!« Er schüttelt ungläubig den Kopf.

»Keine Sorge, Bruderherz, ich habe ihr nichts erzählt.«

»Ja, kein Wörtchen«, werfe ich schnell mit ein, um meine Freiheit nicht zu riskieren.

»Ich meinte nur, dass sie doch freiwillig bei uns bleiben soll. Wir waren kurz vor einer Lösung, aber du hast uns gestört, Enzo.«

»Warte, nein! Wir finden zu diesem Thema keine Lösung, Freundchen. Ich will hier nicht bleiben.« Oder doch? Ich bin mir zu unsicher. *Ich habe doch sowieso nichts zu verlieren.*

»Wir sollten Sex haben. Das ändert deine Meinung.« Alvaro grinst breit.

»Fick dich selbst«, fauche ich, und er hebt deeskalierend die Hände hoch.

Er macht sich einen Spaß aus meiner Situation. Das kann man von Lorenzo nicht behaupten. Er bemüht sich, dass wir eine Lösung finden, um mich gehen zu lassen.

Ich bin in etwas hineingeraten, von dem ich noch keine Ahnung habe. Aber die Folgen sind größer, als ich mir vorstellen kann.

KAPITEL 29

ALVARO

Ich schließe die Tür zu Lorenzos neuer Werkstatt hinter mir. Seine zig Gemälde liegen überall herum, nur wenige haben einen Platz an den Wänden gefunden.

Diese Faszination zum Malen werde ich niemals nachvollziehen können. Das ist stinklangweilig, aber wahrscheinlich denkt er genauso über mein Klavier.

»Wenn du mir nicht so viel bedeuten würdest, hätte ich dich längst umgebracht, ist dir das klar?«, knurrt mein Bruder und setzt sich auf seinen Hocker.

»Schon klar, aber du solltest dir endlich eingestehen, dass du froh über meine Tat bist. Du willst ebenso wenig wie ich, dass sie geht.«

»Es geht aber nicht nur um dich und mich, sondern auch um sie! *Vor allem um sie!*«

»Aitana weiß nicht, was sie will. Sie soll bei uns bleiben und es ausprobieren.«

»Bist du irgendwie bescheuert?«, fragt Lorenzo ungläubig und hebt nachdrücklich eine Augenbraue an. Die Braue über seinem blauen Auge. Ich bin schon ein bisschen neidisch auf seine Augen, aber man kann ja nicht alles haben. Ich gönne es ihm.

»Warum?«

»Wenn du sie bei uns behalten willst, müssen wir ihr von der Gesellschaft, diesem Ort und unserem

Job erzählen, und dann weiß sie alles. Wenn sie zur Polizei rennt, werden wir in große Schwierigkeiten geraten!«

Ich muss lachen. »Wir sind in der Nähe von Bangkok. Denkst du, dieses Land interessiert sich für die spanischen Prinzen? Außerdem sind wir *offiziell* tot.«

»Es gibt da etwas, das nennt sich Flughafen.«

»Die Gesellschaft hat sich längst in den Flughafen eingebracht. Sie wird das Land nicht verlassen, wenn wir es nicht wollen.«

Lorenzo stützt die Ellenbogen auf den Knien ab und versenkt sein Gesicht in den beringten Händen. Ich verstehe sein Problem nicht. Ich habe alles durchdacht, bevor ich Aitana mitgenommen habe. Sie wird uns nicht entkommen. Wenn wir ihr von unserem Plan erzählen, gehen wir kein Risiko ein.

»Wir können warten, bis Salvador sich meldet, Enzo. Wenn er sagt, dass Spanien sich beruhigt und unsere *Beerdigung* stattgefunden hat, können wir ihr alles erzählen.«

»Das macht keinen Unterschied. Dann können wir ihr es auch sofort erzählen. Zudem habe ich keine Ahnung, wie lange es dauert, bis Spanien sich beruhigt hat. Ich will Aitana nicht monatelang in ihrem Zimmer einsperren.«

»Also ist das geklärt?«

»Nein!«

Ich seufze genervt. Dieses Gespräch wird niemals ein Ende finden. Wir sind uns uneinig, und dabei wird es vorerst bleiben.

»Du hast dich in sie verliebt. Ich auch. Und sie sich in uns. In uns *beide*! Wir haben so ein Glück mit ihr. Sie ist das, was wir immer wollten, und du lässt sie gehen. Ich bin schwer enttäuscht von dir. Eigentlich solltest du hier stehen und mich überreden. So war es doch immer. Was hat sich verändert?«

»Als sie bei uns ankam, konnte ich es kaum erwarten, sie loszuwerden. Bis ich dasselbe bemerkt habe wie du. Sie will uns beide. Und glaub mir, Varo, ich würde alles tun, um sie bei mir zu behalten, aber es geht nicht, wenn sie nicht glücklich wird. Ich habe verstanden, was für ein Arschloch ich sein kann und wünsche mir das für sie nicht! Wenn sie uns nicht will, dann lass sie verdammt nochmal gehen!«

Ich senke den Blick und lasse mir seine Worte einen Moment lang im Kopf zergehen.

Bin ich so schlimm?

Bin ich das Arschloch in dieser Geschichte?

»Okay, ich fasse zusammen: Aitana möchte studieren und tun und lassen können, was sie will. Was auch immer das sein mag. Wie wäre es, wenn wir ihr das ermöglichen. Dann haben wir sie bei uns und sie kann ihr Ding machen.«

Lorenzo schaut zu mir auf. »Darüber habe ich längst nachgedacht, aber ich bin mir unsicher.«

Ein erneutes Seufzen verlässt meine Lippen. »Das ist eine Win-Win-Situation, Enzo. Jetzt gib mir endlich dein Einverständnis!«

Mein Bruder steht auf und kommt bis auf wenige Zentimeter nah an mich heran. »Tu, was du nicht lassen kannst, aber wenn irgendetwas schief geht, läuft das auf deine Kappe!«

»Deal!«, sage ich und halte ihm meine Hand hin, um unser Vorhaben festzuhalten. Er schlägt ein und nickt.

Nun muss ich das nur noch unserer kleinen Süßen beibringen.

»Ich darf das Zimmer nicht verlassen!«, protestiert Herzblatt, nachdem ich sie darum gebeten habe, mit mir an den Strand zu gehen.

Ich verdrehe die Augen. »Warum hörst du so brav auf Lorenzo, aber nicht auf mich?«

»Irgendwie vertraue ich ihm mehr!«, antwortet sie schnippisch.

Ich schmunzle. »Komm jetzt. Ich will dir alles erzählen und dir ein Angebot machen.«

»Nö.«

Ich verenge die Augen zu kleinen Schlitzen und funkle ihr genervt entgegen. »Wenn du nicht sofort mitkommst, werde ich dich persönlich an den Strand tragen!«

»Versuchs doch!«

Ich schreite zielsicher auf sie zu, packe ihre Hüfte und werfe sie über meine Schulter. Mutig hält sie sich am Türrahmen fest, was das Weiterlaufen schwierig macht. »Lass los!«, knurre ich.

»Nein!«

Ich greife hinter mich und löse grob ihre Finger vom Rahmen. Mit einem Ruck gehen wir weiter. Sie schreit und zappelt, was ich kommentarlos geschehen lasse. Sie ist mir sowieso ausgeliefert, da kann sie meckern, wie sie will.

»Alvaro!«, schreit sie meinen Namen durch den ganzen Flur. Die wenigen Leute, denen wir begegnen, schauen nur belustigt. Keiner traut sich, ihr zu helfen.

Niemand *will* ihr helfen.

»Wir sind gleich da!«, verkünde ich, ehe wir durch die großen Eingangstüren nach draußen marschieren.

Der Himmel färbt sich über dem Meer in ein sanftes Rot, die Sonne ist am untergehen, und die Vögel verschwinden allmählich in ihren Nestern. Zu hören ist nur das Rauschen des Wassers.

Und Aitanas Geschrei.

Ich setze sie vorsichtig im Sand ab, doch weil sie zu sehr zappelt, verliert sie ihr Gleichgewicht und landet auf dem Hintern.

»Aua, verdammter Mist!«, keucht sie wütend und blitzschnell liege ich in ihrem Visier. Sie springt auf, holt aus und feuert mir so schnell eine Backpfeife, dass ich gar nicht erst reagieren kann.

Meine Wange beginnt schmerzhaft zu prickeln. Sie hat ordentlich ausgeholt, jedoch muss ich ehrlich zu mir selbst sein: Die habe ich definitiv verdient!

»Schlag mich noch einmal und du wirst es bereuen«, knurre ich trotzdem. Auf mangelnden Respekt kann ich nämlich verzichten.

Plötzlich wandert ihr Blick an mir vorbei. Sie betrachtet das große Gesellschaftsgebäude mit weit geöffneten Augen. Dann kommen ihr mit einem Mal die Tränen.

»Jetzt habe ich gesehen, wo wir sind! Jetzt werde ich niemals in Freiheit leben können!«

Langsam platzt mir der letzte Nerv!

»Würdest du mir einfach einen Moment lang zuhören -«

»Das ist deine Schuld!« Tränen rinnen ihren Wangen hinab, und ich weiß nicht recht, was ich jetzt tun soll. Sie lässt mich nicht zu Ende sprechen, sie hat Angst, sie ist wütend und ja, ich verstehe das alles, aber so kommen wir nicht vorwärts.

Soll ich sie trösten? Oder einfach reden? *Frauen! Ein anstrengendes Volk! Wieso bin ich nicht schwul geworden?*

»Hör mir zu. Bitte«, sage ich und will ihre Hand aufnehmen, die sie mir jedoch sofort entzieht. Sie trommelt wütend gegen meine Brust, bis ich sie festhalte und lauter werde. »Hör mir zu!«

Schluchzend wendet sie ihre braunen Augen von mir ab und starrt die nächstgelegene Palme an. Sie wirkt abwesend, enttäuscht, nachdenkend. Ich kann nicht ganz erkennen, was in ihr vorgeht, aber es sind keine positiven Emotionen.

Ich hoffe, dass ich nicht alles ruiniert habe. Dass ich sie nicht gebrochen oder innerlich zerstört habe. Ich will diesen Widerwillen, diese Sturheit, die Stärke bei ihr behalten, die sie so oft an den Tag gelegt hat.

Sie darf nicht verblühen, nicht verwelken, wie jede Blume es irgendwann tut.

»Die spanische Krone existiert nicht mehr«, beginne ich mit meiner Erklärung. Empört findet ihr Blick den meinen.

»Verarsch mich nicht. Mir ist nicht nach Scherzen zumute.«

Ich schüttele den Kopf. »Das ist kein schlechter Scherz, sondern die harte Wahrheit. Glaubst du ernsthaft, dass wir noch in Spanien sind? Nein, Herzblatt, wir sind nicht weit von Bangkok weg.«

»Bangkok?!« Ihre Stimme ist schrill. Ich nicke. »Ich … Ich bin in … Bangkok.« Neue Tränen sammeln sich in ihren Augen.

»Komm, wir gehen ein Stück.« Gehorsam folgt sie mir den Strand entlang. »Enzo und ich wollten nie die Prinzen von Spanien sein. Und ich wollte nie König werden. Was blieb uns anderes übrig, als die Monarchie zu zerstören? Alle Anhänger der Krone, die nicht mit uns gehen wollten, mussten sterben. Salvador sitzt jetzt auf dem Thron, aber als erster Präsident. Er ist gerade dabei, eine Demokratie aufzubauen, während wir unseren Tod vorgetäuscht und unsere Mutter umgelegt haben und in die Gesellschaft geflohen sind, die schon seit Jahren darauf gewartet hat, dass es endlich losgeht.«

»Du erzählst mir das, damit ich keine Chance mehr habe, dass Lorenzo mich gehen lässt, oder? Du bist ein Arschloch!«

Abrupt bleibe ich stehen, nehme ihr Gesicht zwischen meine Hände und küsse sie. Einfach so. Weil sie mich verletzt. Weil sie glaubt, ich wäre ein Arschloch.

Und ja, verdammt, vielleicht hat sie recht und ich bin wirklich ein Arschloch. Aber ich tue das nicht nur für mich oder meinen Bruder, sondern auch für sie.

Sie wird bei uns glücklich, das weiß ich. Sie muss es nur probieren! Uns eine Chance geben.

Ich kann sie einfach nicht loslassen.

Zu meiner Überraschung erwidert sie meinen Kuss, und wir zerfließen ineinander. Unsere Zungen umspielen sich sanft, ihre Hände finden meine Brust und meinen Schwanz ... Ich könnte sie jetzt und hier nehmen.

»Ich erzähle dir das, weil ich dir vertraue und will, dass du auch mir vertraust«, raune ich in den Kuss hinein. Ich wünschte, es wäre ein Versprechen, dass sie für immer bei mir bleibt, aber meine Arbeit ist noch nicht getan. Sie braucht noch mehr Informationen, bevor ich ihr meine Frage stellen kann. Deshalb lasse ich von ihr ab.

Ihre Lippen haben sich rötlich verfärbt, so wie ihre Wangen. In ihren Augen funkelt die pure Verzweiflung, und ein wenig tut es mir leid, dass sie wegen *mir* leidet.

»Spanien wird es besser gehen. Die Monarchie hat das Land viel zu lange ruiniert. Eine Demokratie ist das, was die Menschen brauchen, und es war die richtige Entscheidung, auch wenn einige deswegen sterben mussten«, erkläre ich nonchalant, ehe wir weiterlaufen.

»Und nun? Was hat es mit der Gesellschaft auf sich?«

»Wir sind die *Society of Royal Damage*. Der Name kam von Flavio, also frag besser nicht.« Ich muss lächeln. »Lorenzo und ich haben früh angefangen, die Gesellschaft zu planen und durchzusetzen. Wir sind seit Jahren im

Drogenbereich unterwegs und haben damit bereits ein riesiges Vermögen aufgebaut. Die Gesellschaft steht natürlich ganz am Anfang, aber wir haben bereits Ärzte, Anwälte und weitere wichtige Mitglieder im Team.«

»Aber ... Ihr führt eine Gesellschaft, wollt jedoch kein Land regieren?« Endlich hat sich ihre Verzweiflung in Neugier verwandelt. Ihre großen Augen mustern mich interessiert.

»Das eine hat nichts mit dem anderen zu tun. In der Gesellschaft können wir unsere Regeln selbst bestimmen. Wir können in Freiheit leben und tun und lassen, was wir wollen. Das geht als König eines Landes nicht. Da läuft das alles etwas anders, strenger, man kann nie machen, worauf man gerade Lust hat.«

»Und wieso ausgerechnet Drogen?«

Ich gestikuliere mit den Händen, dass ich Scheine zähle, und entlocke Aitana ein leichtes Lächeln.

»Gut, wegen des Geldes. Ihr wisst jedoch, dass ihr mit den Drogen Menschen in Abgründe zieht, oder?«

Ich kann mir ein kurzes Lachen nicht verkneifen.

»Wenn wir es nicht tun, verkauft jemand anderes diesen Kram. Außerdem zwingen wir die Leute nicht, Drogen zu nehmen. Sie entscheiden es selbst. Sie stürzen sich selbst in den Abgrund.«

»Na ja, davon bin ich nicht ganz überzeugt«, erwidert sie und schmunzelt. »Eure Gesellschaft ist also euer Drogenimperium?«

Ich nicke.

»Und ihr tut das, weil ihr damit glücklich werdet?«

Ich nicke erneut.

»Ihr könntet auch einen normalen Job ausüben!«

»Denkst du, ich werde irgendein dummer Angestellter einer großen Firma und lasse mir auf der Nase herumtrampeln? Ich trage immer noch blaues Blut in mir, und das verlangt nach Macht und Reichtum.«

Ich spüre, wie Aitana meine Hand nimmt, und lasse es geschehen. Ihre Nähe tut mir gut, auch wenn sie noch so klein ist.

»Und welches Ziel verfolgt ihr?«, fragt sie.

Ich muss darüber nachdenken, weil Lorenzo und ich noch nie über ein spezielles Ziel gesprochen haben. Alles, was wir je wollten, war, dass wir die Möglichkeit auf pure Freiheit haben. Mit der Gesellschaft stehen uns sämtliche Türen offen: Freiheit, Geld, Macht, Schutz.

Weil wir die Regeln selbst schreiben.

Weil Drogen verdammt viel Geld bringen.

Weil wir eine Einheit hinter uns haben.

Weil wir die Macht haben, dass jeder sich vor uns stellt, sollten wir einmal Hilfe benötigen.

Es ist wie ein eigenes Königreich. Nur sind wir dieses Mal wahrhaftige Könige! Freie Könige. Nicht an ein Land gebunden.

Ich offenbare Aitana meine Gedanken, was ihre Frage recht gut beantworten sollte. Schließlich bleibe ich stehen, da auch ich eine Frage habe.

In Aitanas Augen spiegelt sich der lila-rote Himmel, und ihre wunderschönen braunen Haare wehen sanft im Wind.

»Ich habe mit Lorenzo gesprochen«, meine ich. »Wir wollen, dass du bei uns bleibst. Und ja, mir ist klar, dass du dir dieses Leben nicht wünschst, aber damals hast du von der Krone, nicht von der Gesellschaft gesprochen. Die Sache sieht jetzt anders aus, und du solltest es dir wirklich überlegen.« Sie will mich unterbrechen, aber ich spreche einfach weiter. »Wir werden dir alles ermöglichen. Du darfst studieren. Wir kaufen dir eine Wohnung, ein Haus, eine Villa, ein Auto, alles, was du willst, solange du glücklich wirst. Wir werden dir das beste Leben schenken, dass du dir vorstellen kannst. Bitte. Denk darüber nach!«

KAPITEL 30

AITANA

Ich bin hin- und hergerissen von seinem Angebot.
Wie soll ich mich nur entscheiden?
Was habe ich zu verlieren?
Wie würde mein Leben ohne die beiden Prinzen aussehen?
Scheiße ...
Ich kann keinen klaren Gedanken fassen. Sein Angebot ist zu gut, um es abzulehnen. Er bietet mir alles an, was ich jemals wollte.
Freiheit.
Glück.
Liebe.
Wie soll ich das ablehnen?
»Und wie soll unsere Zukunft aussehen?«, frage ich Alvaro, der mich hoffnungsvoll ansieht. Was auch immer ich getan habe, ich habe alles richtig gemacht. Dieser Prinz ist vollkommen in mich verliebt. Und seine Gefühle erwidere ich nur zu gerne.
»Ganz einfach: Du heiratest Alvaro, und mit mir bekommst du Kinder, wenn du welche willst«, ertönt plötzlich Lorenzos Stimme hinter mir. Ich drehe mich um und sehe den dunklen Prinzen auf mich zukommen. Er lächelt und sieht viel zu gut in seiner zerrissenen Jeans und dem dunklen Shirt aus.

»Ich will nämlich keine Kinder«, fügt Alvaro flüsternd hinzu, und ich muss lachen. Die beiden scheinen längst alles durchdacht zu haben. »Ich kann doch keine Beziehung mit euch beiden führen?!«

Lorenzo umfasst meine Hüfte und zieht mich nah an sich heran. Ich rieche seinen Duft und schwebe im nächsten Moment auf Wolke Sieben.

Sie machen mich wahnsinnig, lassen mein Herz höher schlagen, und trotzdem zweifle ich. *Warum nur? Wieso zweifle ich?*

»Doch das kannst du. Du musst dich nur trauen«, säuselt Lorenzo, ehe er mir einen Kuss auf die Stirn drückt.

Ein Versprechen, dass alles gut gehen wird. Dass wir glücklich werden. Dass es die beste Entscheidung meines Lebens sein wird.

»Sag endlich Ja«, raunt Alvaro von hinten an mein Ohr. Ich spüre die Wärme, die er ausstrahlt und zerfließe immer mehr zwischen den beiden Prinzen.

»Nur, wenn ich die Königin eurer Gesellschaft werden darf. Ich entscheide gemeinsam mit euch und stehe auf derselben Ebene wie ihr. Nur dann sage ich Ja.«

Es ist ein Kompromiss. Ich will nicht unter der Leitung von ihnen leben, aber sie auch nicht aufgeben. Dafür habe ich mich viel zu sehr in sie verliebt.

Dass ich ihre Königin werde, gibt mir Sicherheit. Ich will mit den Prinzen auf Augenhöhe sprechen können, und vielleicht kann ich das ein oder andere Mitglied vor ihren Monstern beschützen.

Blanka zum Beispiel. So was darf sich nicht noch einmal wiederholen.

Lorenzo und Alvaro werfen sich vielsagende Blicke zu. »Schön. Deal!«, antwortet Lorenzo schließlich und ich lächle.

Hoffentlich werde ich diese Entscheidung nicht bereuen. Jedoch sagt mein Herz mir, – das gerade Freudensprünge macht – dass es das Beste ist.

»Willkommen in der *Society of Royal Damage*, Königin Herzblatt.« Plötzlich werde ich hochgehoben. Alvaro rennt mit mir über der Schulter auf das Wasser zu, und ich habe keine Chance, aus dieser Situation herauszukommen. Schneller, als ich überhaupt schreien kann, werde ich fallen gelassen und tauche unter Wasser.

Ich zappele wild um mich, bis ich wieder Luft schnappen kann. »Alvaro!«, fauche ich und sehe den blonden Prinzen – oder sollte ich jetzt *König* sagen – an.

Er knöpft lässig sein Hemd auf und wirft es zusammen mit der teuren Rolex zurück in den Sand.

So würde ich niemals mit dieser Uhr umgehen!

Dann stößt auch Lorenzo zu uns in Wasser. Er hat sich aus seinen Klamotten befreit, und ich kann mein Glück kaum fassen, zwischen diesen wunderschönen und heißen Männern stehen zu dürfen.

Alvaro küsst die linke Seite meines Halses, während Lorenzo sich die Rechte vornimmt. Ich stöhne leise und genieße ihre Lippen auf meiner zarten Haut. Ich berühre sie beide an ihren Waschbrettbäuchen und lasse zu, dass sie mich verführen.

Mir ist klar, dass es nur ein Vorspiel ist und dass wir Sex haben werden, aber ich bin bereit. Ich bin schon längst bereit, und endlich sind sie es auch. Sie brauchen keine Angst mehr haben, sich zu stark in mich zu verlieben, weil ich entschieden habe zu bleiben.

Die Atmosphäre, der dunkelbunte Himmel, das warme Wasser, einfach alles macht diesen Moment perfekt und unvergesslich. Meine Hüfte bewegt sich zum Takt der Wellen, während Lorenzos Hände anfangen, mich auszuziehen.

Es ist mir egal, ob jemand aus der Gesellschaft uns sehen könnte. Denn ja, jemand wird uns definitiv durch die großen Fensterfronten sehen können. Aber nichts kann diesen Augenblick zerstören.

Ich will sie. Ich will sie beide. Sofort. Auch wenn sich mein Verstand nicht erklären kann, wie es möglich ist, zwei Menschen so sehr zu begehren.

Alvaro wandert küssend zu meinen Lippen. Ich lasse seine Zunge meinen Mund passieren, ehe Lorenzo meine nackten Brüste zu kneten beginnt. Ich seufze leise, voller Erregung und gebe mich ihnen hin.

Eine Hand gleitet zwischen meine Beine. Ich habe keinen Schimmer, wer von ihnen mich an meiner intimsten Stelle zu befriedigen beginnt, doch es tut zu gut, um danach zu fragen.

Die Finger streicheln über meinen Kitzler, lösen ein intensives Kribbeln in meinem Bauch und Unterleib aus, und mir wird klar, dass ich nicht lange brauchen werde, um zu kommen.

Zu lange hat sich die Erregung in mir angestaut, und sie wartet nur darauf, endlich freigelassen und hervor gekitzelt zu werden.

Lorenzo umklammert meine Oberschenkel und hebt mich auf seinen Schoß. Sofort drückt sich seine Härte gegen meine Pussy und ich keuche auf. »Ich will nicht länger nur fummeln«, knurrt er hungrig. »Ich will dich endlich spüren. Ich habe viel zu lange gewartet. Verzeihst du mir das?« Überrascht schaue ich in sein Gesicht. Er grinst verschmitzt, und seine Augen funkeln verspielt. *Diese verdammten, bunten Augen ...* »Wie könnte ich dir nicht verzeihen«, hauche ich begehrlich. Er trägt mich aus dem Wasser und legt mich auf dem Sand ab. Mein Blick wandert zu Alvaro, der sich aus dem Rest seiner Klamotten befreit hat und zielstrebig auf mich zukommt.

Ich lasse es mir nicht nehmen, ihnen auf ihre Härte zu schauen und muss schlucken bei dem Gedanken, dass sie mich gleich nehmen werden.

In meinem Becken steigt eine unkontrollierbare Hitze auf. Das Kribbeln ist kaum noch auszuhalten und am liebsten würde ich zu betteln beginnen.

Alvaro bleibt neben mir stehen, Lorenzo beugt sich über mich, spreizt grinsend meine Beine und nimmt dazwischen Platz. Meine Nervosität kennt keine Grenzen mehr.

»Du wirst uns jede Nacht wollen, wenn du einmal in den Genuss kamst«, versichert der dunkelhaarige *König* mir und küsst mich. Seine Spitze trifft meine Pussy, und ich halte den Atem an.

Dann … dringt er in mich ein, und ich kralle mich triebhaft an seinem muskulösen Rücken fest. »*Scheiße*.«

Es fühlt sich zu gut an. Das muss ein Traum sein. Wieso hatte ich bloß noch nie Sex?

Mit langsamen, vorsichtigen Zügen bewegt er sich in mir, küsst meinen Hals, meine Lippen, knetet mit einer Hand meine Brüste.

Und nach einigen Augenblicken entzieht er sich mir wieder. Enttäuscht sehe ich ihn an, doch er grinst nur.

»Wir wollen doch Alvaro nicht ausschließen«, brummt er, dreht mich mit einem gekonnten Griff auf den Bauch und hebt schließlich mein Becken an.

»Ich will dich nämlich auch«, fügt Alvaro hinzu und kniet sich in mein Sichtfeld. Seine Erregung stößt gegen meine Lippen, und ich öffne automatisch den Mund, um ihn in mir aufzunehmen.

Währenddessen stößt Lorenzo sich erneut in mich, und nur Alvaros Schwanz hindert mich daran, meine Lust über den Strand hinweg zuschreien.

Diesmal ist Enzo nicht vorsichtig und langsam. Er ist dringlicher, schneller, gieriger und ich fühle, wie sich meine Pussy an seinen Schwanz saugt und nach mehr verlangt. Ich bin so nass, dass er leichtes Spiel hat, mich zu ficken.

»Zeig mir, wie gut du blasen kannst, Herzblatt.«

Ich schmecke Varos Lusttropfen, lasse sie auf meiner Zunge zergehen, bevor ich seinen Schwanz tiefer in meinen Mund hineinlasse und daran sauge. Ich umspiele seine Spitze mit der Zunge, lasse ihn immer wieder hinaus- und hineingleiten, was ihm ein raues Stöhnen entlockt. Ich kann mich nicht auf beide Männer gleichzeitig konzentrieren. Das ist unmöglich. Nicht machbar. Und doch spüre ich sie beide haargenau. Spüre Lorenzos Härte in meiner Pussy, wie sie das Kribbeln vorantreibt und immer stärker werden lässt, und spüre Alvaros Länge in meinem Hals, seine weiche Haut.

Ich möchte ihn öfters schmecken.

Mein Herzschlag beschleunigt und meine Beine werden weich. Dann bekomme ich meinen Höhepunkt. Ich drücke mich Enzos Hüfte entgegen, stöhne erstickt gegen Alvaros Schwanz und lasse die elektrisierenden Wellen meinen Körper erobern.

Ich sinke auf die Ellenbogen, suche Halt im Sand, doch finde keinen. Einen Moment lang brauche ich, um mich von dem Orgasmus zu erholen, und die Könige genehmigen mir diesen schmunzelnd.

»Du machst jetzt aber noch nicht schlapp, oder?«, raunt Lorenzo gegen meine Ohrmuschel. Sein warmer Atem zeichnet eine Gänsehaut auf mir ab.

Schnell schüttele ich den Kopf. Ich will mehr. Ich will nie wieder damit aufhören.

»Wir tauschen«, beschließt er, und die Könige lassen von mir ab, nur um die Plätze zu wechseln.

Diesmal ist es Lorenzos Schwanz, der sich gegen meine Lippen drückt. Und das er kurz davor noch in mir war, stört mich kein bisschen. Ich schmecke süß, er schmeckt herb. Die Mischung ist perfekt, um die Hitze in meiner Hüfte erneut zu entfachen.

Alvaro dringt schnell und hart in mich. Ich schreie auf und meine Hand findet Enzos Rücken.

Ich brauche den Halt.

Im Gegensatz zu seinem Bruder verschont Alvaro mich kein bisschen. Er stößt grober in mich, rücksichtsloser. Doch irgendwie gefällt mir genau das. Ich will nicht, dass die Könige mich verschonen.

»Oh, sie will keinen Blümchensex, Enzo«, verkündet Alvaro, ohne sein Tempo zu verringern.

»Ach, so ist das«, feixt sein Bruder und stößt seinen Schwanz in meine Kehle. Ich muss würgen, weil er viel zu tief ist. Im Anschluss sammelt er meine Haare zu einem Pferdeschwanz auf, damit er kontrollieren kann, wie ich *ihn* blase. Und er will es nicht sanft.

Nach ein paar heftigen Stößen in meine Kehle zieht er meinen Kopf in den Nacken, drückt mir einen Kuss auf die Lippen und lässt seine Spitze über meine Wangen gleiten.

»Ich habe gehofft, dass du versaut bist. Du enttäuschst mich auf keinen Fall«, brummt er amüsiert, und ehe ich antworten kann, hat er sich auch schon wieder in mich geschoben.

»Ich bin auch schwer beeindruckt. Uns beide muss man erst einmal aushalten«, säuselt Alvaro, und aus irgendeinem Grund weiß ich, dass er höhnisch am Grinsen ist.

Da ich keine Worte hervorbringen kann, antworte ich Lorenzo mit Fingernägeln, die sich in die Haut seines Rückens graben.

»Kleines Miststück«, knurrt er, umfasst den Pferdeschwanz fester und fickt derbe meinen Mund.

Es dauert keine zehn Sekunden mehr, da bin ich erneut kurz davor zu kommen. Das entgeht Alvaro jedoch nicht, und ehe ich meinen Höhepunkt ausleben kann, zieht er sich aus mir zurück und lacht. Der Sturm versiegt sofort und Frustration frisst sich in mich.

»Du darfst nur kommen, wenn du brav bei unserem nächsten Schritt mitmachst«, meint der blonde König, und ich sehe verzweifelt zu Lorenzo auf. Er wird mir keine Hilfe sein – dieser verspielte Ausdruck in seinem Gesicht verriet mir, dass er es genießt, mich zu ärgern.

Enzo lässt meine Haare los und richtet sich auf. Mein Mund fühlt sich leicht taub an und die Neugier in mir, was die Brüder nun mit mir vorhaben, steigt.

Ich bleibe in meiner Position, nur, dass Lorenzo sich unter mich legt. Ich sehe ihm tief in die Augen, merke das erste Mal, wie viel er mir mittlerweile bedeutet und das ich ihn sowie seinen Bruder nie wieder missen möchte.

Sein Schwanz dringt von unten in mich ein und fickt mich sanft. Unsere Lippen berühren sich vorsichtig, als hätten wir uns noch nie geküsst, und ich nutze den Augenblick, um durchzuatmen. Um zu genießen.

»Schön entspannen, Herzblatt«, säuselt Alvaro hinter mir. Plötzlich finden zwei Finger meinen Anus. Sie sind feucht, wodurch sie ohne Probleme in mich hineingleiten.

Das Gefühl ist ungewohnt, wenn auch nicht ganz, da ich bereits Analsex mit Alvaro hatte. Es kommt mir trotzdem vor, als wäre es eine Ewigkeit her, und unbewusst spanne ich mich an.

»Nicht, Herzblatt. Sei ganz locker. Du willst doch einen Orgasmus, oder?«

»Hör lieber auf ihn, Sweetheart«, raunt Lorenzo, bindet mich tiefer an den Kuss, sodass ich vergesse, was sein Bruder tut. Und es funktioniert. Ich kann mich entspannen, und der blonde König nimmt ein Finger nach dem anderen dazu.

»Sie ist gut genug gedehnt«, meint er nach einigen Atemzügen und ich werde abrupt auf die Seite gedreht. Lorenzo bleibt in mir, nah an mir und mit seinen Lippen auf meinen. Alvaros Oberkörper drängt sich von hinten an mich. Wärmt mich, da die Sonne längst verschwunden und die kühle Nacht hervorgekommen ist. *Sex unter dem Sternenhimmel. Gibt es etwas Schöneres?*

Seine Spitze drückt sich gegen meinen Anus, und ich versuche, mich ausschließlich auf Lorenzos Härte in mir und seine Küsse zu konzentrieren, um nicht vor Nervosität zu verspannen.

»Ich bin drin«, teilt Alvaro uns mit, und als hätte Lorenzo nur auf diese Aussage gewartet, fickt er mich schneller und härter. Die Männer passen sich aneinander an, benutzen mich rhythmisch und ich stöhne meine Lust in die Nacht hinaus.

Das ist viel zu gut. Wie soll ich je wieder klar im Kopf werden, wenn die Könige meine Sinne benebeln. Ihr Duft, ihre Nähe, ihre Schwänze. Ich werde süchtig danach.

Mir wird klar, dass ich niemals mehr eine ruhige Nacht haben werde.

Mein ganzer Körper ist elektrisiert vor Lust. Ich glaube, meine Beine nicht länger spüren zu können. Genauso wie meine Arme, meine Hände, meine Lippen. Das Kribbeln in meinem Unterleib, in meiner Pussy, sogar in meinem Anus regiert mich.

Es steht fest, dass ich morgen wund sein werde, weil sie nicht sanft zu mir sind. Sie nehmen sich schlichtweg, was ihnen gehört. Und ich will für den Rest meines Lebens ihnen gehören!

Sie sollen mich teilen. Jede Nacht. Jede freie Minute.

Wieso einen König, wenn ich beide haben kann?

Und das Beste ist, sie wollen es auch!

Mein Unterleib zieht sich erregt zusammen. Mich überkommt ein Tsunami an Gefühlen, und ich gebe mich diesem Höhepunkt mit jeder Faser meines Körpers hin. Alles prickelt, alles brennt. Diese unermessliche Lust in mir schmerzt beinah schon.

Und irgendwie bin ich froh, dass die Könige ebenfalls ihren Orgasmus haben. Sie stöhnen laut. Lorenzo kehliger, Alvaro sanfter, so lange, wie sie ihr Sperma in mich pumpen.

Enzo löst sich zuerst von mir und rollt sich schnaufend auf den Rücken. Er verschränkt die Arme hinter dem Kopf und blickt in den Sternenhimmel hinauf. Seine Zufriedenheit steht ihm auf die Stirn geschrieben.

Am Ende liegen wir alle nebeneinander mit Blick gen Himmel da. Glücklich, befriedigt, erleichtert darüber, dass wir *endlich* Sex hatten. Wie konnten wir es nur solange ohne aushalten?

»Ich will das wiederholen«, sage ich entschlossen.

Die Brüder grinsen.

»Sooft du willst, Sweetheart.«

»Aber zuerst solltest du entscheiden, bei wem du heute Nacht schläfst. Außer, du willst lieber in deinem eigenen Zimmer sein«, meint Alvaro, und ich neige den Kopf zu ihm.

»Wir schlafen nicht zusammen?«, frage ich fast schon enttäuscht.

»Wir ficken gemeinsam, aber wir teilen uns kein Bett, Herzblatt.« Die beiden lachen.

»Okay, das muss ich nicht verstehen, aber für euer blödes Lachen schlafe ich heute Nacht alleine!«, necke ich sie, was sie sofort hochfahren lässt.

»Oh nein! Varo hat sich da falsch ausgedrückt. Du wirst keine einzige Nacht mehr alleine verbringen. Also entscheide dich!«

Das kann ich nicht. Das werde ich niemals können! Aber ich habe da eine Idee.

»Der Billardgewinner bekommt die erste Nacht mit mir!«

Vielsagende Blicke werden zwischen Enzo und Varo getauscht, bis sie zustimmen.

Und nach einer hitzigen Runde hat Lorenzo gewonnen.

EPILOG

AITANA

EIN HALBES JAHR SPÄTER

Mein Herz hatte recht. Bei den Königen zu bleiben, war die beste Entscheidung meines Lebens. Ich werde in der Gesellschaft verehrt. Ich werde von den Königen verehrt. Ich habe Freunde gefunden. Und ich habe einen Studienplatz in Bangkok bekommen. Dabei lerne ich gerade fleißig die Sprache.

Ich könnte mir kein besseres Leben vorstellen als das, welches die Brüder mir bieten.

Sex.

Party.

Freiheit.

Noch mehr Sex.

Liebe.

Noch mehr Freiheit.

Noch viel, viel mehr Sex.

Was wünscht man sich mehr als Unbeschwertheit?

»Scheiß doch drauf, wie lange wir uns kennen.«

»Nein, Varo! Wir können nicht heiraten.«

»Und wenn ich dir einfach einen Antrag mache?«

Er liegt auf der Seite im weichen Sand und betrachtet mich aufmerksam. Meine Sonnenbrille verdeckt, dass ich die Augen genervt verdrehe.

»Dann sage ich Nein!«

»Aber -«

»Verdammt, Bruderherz, stell dir vor, ich würde sie anbetteln, Kinder mit mir zu bekommen. Du kannst von niemandem etwas verlangen, dass er noch nicht möchte«, zischt Lorenzo, der zu meiner anderen Seite liegt. Er sonnt sich entspannt auf dem Bauch.

»Das kann man nicht vergleichen. Kinder sind scheiße. Sie stinken, sie schreien und sie sabbern!«

»Sabbern tust du auch!«, werfe ich ein und verkneife mir ein Lachen.

»Ich sabber nicht!«, protestiert er. »Gut, wenn du nicht heiraten willst, bleibt der Ring eben in meiner Schublade.«

Plötzlich werde ich hellhörig und richte mich auf.

»Du hast schon einen Ring?« Alvaro nickt. »Zeig ihn mir!«

»Auf keinen Fall!«

»Bitte!«

»Dann heirate mich.« Er grinst, weil er glaubt zu gewinnen.

»Ihr solltet euch beide noch ein wenig gedulden«, meint Lorenzo beiläufig. »Wir haben noch ein ganzes Leben vor uns. Jetzt seid endlich still.«

Damit hat er das Machtwort gesprochen, auch wenn Alvaro und ich nicht aufhören können, uns vielsagende Blicke zuzuwerfen.

Aber Enzo hat recht: Wir haben noch ein ganzes Leben vor uns. Wir müssen nichts überstürzen.

»Wirst du mir irgendwann verraten, warum du eine Kontaktlinse trägst? Dein blaues Auge ist so schön. So besonders. Wieso versteckst du es?« Ich wende mich an Lorenzo.

»Ich habe Probleme, es zu akzeptieren.«

»Das ist alles?« Ich richte mich auf und stupse ihn an. »Mehr steckt nicht dahinter?«

»Was hast du erwartet? Ich mag diese *Besonderheit* einfach nicht.«

Alvaro mischt sich amüsiert ein. »Glaub mir, Herzblatt. Ich verstehe es auch nicht. Ich wünschte, ich hätte zwei verschiedene Augenfarben. Aber nein, es musste meinen Bruder treffen, der es nicht einmal zu schätzen weiß.«

Wir lächeln uns alle an, und ich lasse die Aussage ruhen. Wenn Lorenzo zwei braune Augen mehr mag, soll er die Kontaktlinse weiterhin tragen. Aber beim Sex will ich das Blaue sehen!

ENDE

Danksagung

Zuerst möchte ich mich bei dir – dem Leser – bedanken. Dadurch, dass du dieses Buch gekauft hast, unterstützt du mich bei weiteren Buchprojekten.
Falls du eine Rezension geschrieben hast, bedanke ich mich auch dafür ganz herzlich bei dir!
Ich hoffe natürlich, dass dir das Buch gefallen hat!

Außerdem gilt mein Dank meinen Testlesern. (Instagram) Ayleenloening, kiwis_leseecke, kxmi333, kaxhi.910, mareikekaeferbuchliebe und _.bluefire96._, die fleißig versuchten, alle Fehler aus dem Manuskript zu holen. Ich weiß nicht, wie das Büchlein ohne euch aussehen würden!

Meinen lieben Bloggern gilt natürlich auch ein Dank. Sie haben mich fleißig bei der Verbreitung des Buches unterstützt. Ich wüsste nicht, wo das Buch ohne jeden Einzelnen von ihnen stehen würde!

Die liebe Tatjana von (Instagram) her.book.lover bekommt meinen größten Dank. Sie ist mehrmals durch das ganze Manuskript gegangen, hat mir die Schwächen des Buches und der Protagonisten aufgezeigt, wodurch es immer besser wurde. Ich liebe die Zusammenarbeit mit ihr, da sie stetig versucht, das Beste aus mir und meinen Büchern hervorzuholen. Ich hoffe, wir werden noch viele weitere Projekte zusammen angehen.

Danke an S. F. Freyja für die tollen Schreibabende, die haben mir so unglaublich beim Dranbleiben geholfen. Auf weitere schöne Abende und Nächte.

Der letzte Dank geht an meine Familie und meine beste Freundin. Danke, dass ihr immer an mich glaubt.

Über die Autorin

C. S. Vatra ist eine deutschsprachige Autorin in den Genres Dark Romance, Romance Suspense, Reverse Harem und Erotik.

Gemeinsam mit ihrem Verlobten und ihrem Hund lebt sie in der Nähe einer absolut langweiligen Stadt, die dafür sorgt, dass sie umso mehr von aufregenden Geschichten träumt.

Die Charaktere in C. S. Vatras Geschichten entsprechen nicht dem Idealbild der Gesellschaft.
Sie können fehlerhaft, toxisch, böse und naiv sein.
Es gibt keine glitzernden Einhörner und rote Rose, dafür aber Spannung, explizite und intensive Szenen.
Dabei versucht sie immer, unterbewusste Messages mit einzubauen. Kannst du sie finden und entschlüsseln?

Wenn du mehr über C. S. Vatra und ihre Bücher
erfahren möchtest, folge ihr hier:

INSTAGRAM

TIKTOK

SIE WIRD MEINE RACHE SEIN.

Wie geht es nach Royal Damage weiter?

Die Monarchie ist zerstört und Salvador übernimmt das Land als erster Präsident von Spanien.
Doch es läuft nicht alles nach Plan, und nur Daisy wird ihm helfen können, seine Schatten zu überwinden.